T0030480

Mil veranos contigo

Elsa Jenner

Mil veranos contigo

Papel certificado por el Forest Stewardship Council®

Primera edición: mayo de 2022

Printed in Spain – Impreso en España

ISBN: 978-84-9129-714-7
Depósito legal: B-5386-2022

Compuesto en Mirakel Studio, S.L.U.
Impreso en Rodesa
Villatuerta (Navarra)

SL 9 7 1 4 7

A todos los que luchan por alcanzar sus sueños

1
AIRAM

—No pienso ir a esa fiesta de pijos —sentencié desde el sofá.

—¿Y qué vas a hacer?, ¿quedarte aquí solo viendo PornoTube? —Dani me lanzó una mirada de soslayo antes de irse a su habitación.

—No, eso ya lo hago en la isla. Cabrón, he venido a Madrid a verte a ti y disfrutar de la ciudad, me importa una mierda quién se comprometa esta noche.

Me molestaba tener que malgastar en una aburrida fiesta de compromiso mi penúltimo día en Madrid, pero cuando a Dani se le metía algo en la cabeza, no había quien lo hiciera cambiar de opinión.

—Julián es mi amigo, ya le había confirmado que iría antes de tener constancia de tu visita. Habrá bebida y buena comida gratis, ¿qué más se puede pedir?

—Unas cervezas y unas cortezas en un bar cualquiera de La Latina, por ejemplo. —Me incorporé y fui a la cocina, busqué una cerveza en la nevera de mi amigo, pero no quedaban.

—Esto es Madrid, Airam. Así es mi vida aquí —vociferó desde la habitación.

—No sabía que fuese tan aburrida.

—Toma, ponte esto y cállate. —Apareció en el pasillo y me lanzó una camisa blanca.

—Uf, no pienso ponerme una camisa, loco.

—No pretenderás ir vestido de Melendi, vamos al hotel Urban, un hotel de cinco estrellas gran lujo.

—Aún no he dicho que sí.

—Doy por hecho que vendrás, solo estaremos un rato, te lo prometo.

—Venga, va, pero mañana es mi último día aquí y elijo yo el plan, así que tienes que apañártelas para enseñarme el proyecto del Bernabéu.

—Mañana por la mañana trabajo, ya te he dicho que en esta ocasión va a ser difícil enseñarte las obras, pero te prometo un tour cuando esté terminado.

—Joder, loco. Me dijiste que me lo enseñarías —me quejé.

—Te recuerdo que, cuando no estoy de vacaciones, soy una persona responsable y con muchas obligaciones que no puedo eludir.

—¡Déjate de mariconadas!

—Tú deberías buscarte algo más estable y dejar esa vida hippy que tienes.

—No es una vida de hippies, me gusta lo que hago y me pagan por ello.

—Ahora resulta que ver cómo cuatro guiris se dan de leches contra el agua es trabajar.

—Te jode que me paguen por ello, porque tú preferirías estar en la isla practicando surf todos los días y cobrar por ello. ¡Deja el palique, que vas a llegar tarde!

—Vístete, salimos en media hora. —Se asomó al salón y soltó una carcajada.

—Estoy en cero coma —aseguré.

Dani vivía en pleno centro de Madrid, junto a plaza de España, una de mis zonas favoritas de la ciudad. Aunque yo no podría vivir allí; estar lejos del mar sería como estar muerto.

Necesitaba la paz de mi isla, subirme a una tabla y perderme en el mar, sentir el romper de las olas contra mi cuerpo.

Lo conocí un verano en Fuerteventura, hacía ya varios años. Intentaba coger la Derecha de Lobos, una locura de ola para la que no está preparado cualquiera, y pasó lo que era de esperar. Al llegar al pico de la ola, esta lo arrastró. Me acerqué a él y le pregunté si se encontraba bien, asintió con la cabeza, luego me dijo que si no me importaba que surfeara la ola conmigo: existe un «código surfero» que da prioridad a los locales. Yo le dije que, si quería cabalgar esa ola, tenía que aprender un par de técnicas antes, a lo que él respondió con cierta arrogancia. Finalmente aceptó que le enseñara un par de giros y, desde entonces, cada verano recorremos la isla con otros colegas en mi autocaravana.

La capital está bien para pasar unos días de vez en cuando, pero nada más. Las aglomeraciones y el estrés no son lo mío.

Salimos a la calle y nos subimos al primer taxi que vimos. En quince minutos llegamos a la puerta del hotel, un espacio sofisticado y elegante. La clasificación de «gran lujo» no era exagerada.

El segurata comprobó que nuestros nombres rezaran en la lista y luego nos dejó pasar. Subimos en el ascensor hasta la terraza. La luz tenue se fundía con la iluminación nocturna de la ciudad provocando un centelleante baile. Los invitados lucían ropas elegantes. Me percaté de que solo los camareros, que pasaban con bandejas repletas de comida, llevaban camisa blanca; al menos yo no me había puesto una corbata negra, habría sido divertido.

Dani buscó a su amigo, el prometido.

—Te presento a Julián —dijo después de darle un abrazo.

—Encantado, Julián. —Sonreí y le di un apretón de manos.

No me pasó desapercibida la mirada que le echó a mis vaqueros desgastados, como si estos no estuvieran permitidos en el código de vestimenta de tan sofisticada fiesta.

—¿Y la afortunada novia? —preguntó Dani.

Julián la buscó con la mirada entre la multitud, pero no la localizó.

—Luego os la presento, habrá ido a retocarse. ¡Mujeres!

Forcé una sonrisa y luego el tipo se fue y siguió saludando a gente.

—¿Es tu amigo y no conoces a su prometida? —pregunté confuso.

—Somos compañeros de trabajo.

—Ah.

—En realidad, es el director de la compañía.

—Ahora entiendo por qué no querías faltar. ¡Menudo pelota!

—No te quejes, mira qué mujeres hay aquí. Quién dice que no te vayas a encontrar esta noche con el amor de tu vida —se burló y le di un puñetazo en el costado.

—Voy al baño un momento.

—Te espero en la barra pidiendo una copa —dijo Dani.

Cuando terminé de mear, mientras me lavaba las manos, contemplé mi reflejo en el espejo. Había procurado cuidar un poco mi aspecto esa noche y estaba contento con el resultado. La camisa blanca resaltaba el bronceado de mi piel y me había recortado la barba, cosa que no solía hacer. Me pasé la mano por el pelo y me lo coloqué bien. Tenía las puntas rubias, algo quemadas del sol y el salitre, pero me gustaba, me aportaban personalidad. Tenía muchas papeletas para llevarme a la cama a una de esas pijas.

Al llegar a la barra no vi a Dani, así que me pedí un gintonic de Hendrick's. En ello me encontraba cuando escuché a la chica que estaba a mi lado darle puerta a un tío de la forma más original que jamás hubiera visto.

—¿Te puedo invitar a una copa? —le preguntó él.

—Aquí todo es gratis, cielo —respondió ella y le dio un sorbo a su cóctel rosa.

—¡Qué ojos tan bonitos tienes! Eres muy guapa, pero no te lo creas mucho, eh —insistió él.

—Entonces ¿para qué me lo dices? Si eso es lo mejor que se te ocurre para ligar con una chica, lo tienes complicado. Ahora, si no te importa, déjame disfrutar de mi Strawberry Moscow Mule, no hablo con hombres casados.

—No estoy casado —aseguró él.

—¿Te crees que soy imbécil? He visto cómo te quitabas la alianza mientras te acercabas.

No pude evitar sonreír. Menudo carácter se gastaba aquella mujer. El tipo se fue sin rechistar y quise hablarle, pero no sabía qué decir. Es extraño, pero su seguridad me amilanó.

—Yo también habría optado por invitarte a una copa —dije espontáneo.

—¡Qué poco original!

—Pensé que eso le gustaba a las chicas —confesé.

—A las chicas, tú lo has dicho. Niñas de diecinueve años, cuyo mayor problema es no tener veinte euros para el botellón y pagar la entrada de la discoteca.

—Toda la razón, no lo había pensado. ¿Y cómo tendría que entrarle a una chica como tú si quisiera ligar con ella?

—Lo primero, preguntarle el nombre. —Posó sus carnosos labios sobre la pajita y bebió de su copa.

—¿Y luego?

—Luego preguntarle si le importa que le hables. Los tíos dais por sentado que porque una mujer esté sola en la barra significa que está esperando a que un hombre venga a darle conversación.

—¿Cómo te llamas? —pregunté al tiempo que me ponía de pie frente a ella.

—Bianca.

—Encantado, Bianca, soy Airam. ¿Te importa si charlamos?

Ella sonrió.

—Airam, qué nombre tan... exótico.

—Como tú.

—¿De dónde eres?

—¿No lo has adivinado por mi acento?

—¿De las Canarias?

—Cómo sois los de la península, no hacéis distinciones entre islas. Es como si yo digo que eres de Andalucía sin especificar la ciudad.

—¿Crees que soy andaluza?

—Por tu belleza podrías serlo, pero por el acento lo dudo. Creo que eres madrileña de pura cepa.

Ella rio y asintió con la cabeza.

—¿Qué hace una chica tan guapa como tú aquí sola en la barra?

—Espero a mi mejor amiga.

En ese momento alguien me tocó el hombro y me pidió algo para beber como si me confundiera con un camarero.

—Perdone, póngame una copa de... —dijo una voz de mujer.

Me giré y ella enmudeció. A mí se me detuvo el corazón.

—¿Airam?

—¿Idaira?

2
IDAIRA

Estaba nerviosa porque siempre había soñado con casarme, formar una familia y sentirme parte de algo grande, y por fin iba a conseguirlo. Ese día se celebraba mi fiesta de compromiso. Llevaba dos años saliendo con Julián. Lo conocí en la empresa que dirige y en la que yo trabajaba como asesora jurídica. Vivíamos juntos en un ático frente al parque del Retiro y me sentía muy afortunada de haber alcanzado por fin mis aspiraciones, tanto a nivel personal como profesional.

Eran las siete de la tarde y Bianca, mi mejor amiga en la ciudad, acababa de llegar para ayudarme con unas ondas hollywoodienses en el pelo.

—¡Me encanta el vestido! ¡Pareces una princesa! —Le chispearon los ojos.

Me lo había comprado para la ocasión en la boutique de un prestigioso diseñador. Era largo, sin mangas, con cuello a la caja y de corte sirena clásico en color rosa pastel, un tono que me favorecía bastante. La espalda era abierta con incrustaciones de pedrería, ideal para la estación en la que nos encontrábamos.

Desde que me mudé a Madrid mi vida había cambiado mucho. Atrás habían quedado la pobreza de la isla, la miseria en la que estuve inmersa durante años, aquel chiringuito de playa en el que mi padre me obligaba a trabajar, sus borracheras y... todo.

Gracias a mi trabajo y al buen sueldo que me pagaban por desempeñarlo, podía permitirme lujos con los que siempre había soñado. Eso por no hablar de los regalos que me hacía Julián, un hombre apuesto y generoso, el jefe con el que cualquiera soñaría.

Para la ocasión, él había reservado la terraza de uno de los hoteles más lujosos del centro y contratado a un *event planner* para que lo gestionara todo.

Cuando mi amiga y yo estuvimos listas, pedimos un uber y fuimos al hotel. Mi futuro marido llegaría un poco después porque tenía una reunión a última hora de la tarde.

El lugar estaba decorado con una iluminación elegante. Sobre las mesas y la barra había hermosos ramos de flores que incluían plumas de avestruz. Los taburetes estaban tapizados con un pálido terciopelo amarillo. Los canapés que ofrecían las camareras en bandejas tenían una pinta exquisita, el catering que servían era uno de los mejores.

Me sentía feliz, por la fiesta y por quitarme el peso de mi soltería al fin. Me parecía tan romántico que hubiese organizado él la fiesta... Bueno, vale, no la había organizado él técnicamente, pero se había gastado un dineral en que otra persona lo hiciera, y eso es lo que contaba.

A muchas de las mujeres que me inspeccionaban de arriba abajo no las conocía. Me sentía un poco intimidada, pero en el fondo sabía que iba bien vestida y que era socialmente igual que ellas, o al menos pronto lo sería.

Saludé a los invitados, la mayoría amigos de Julián, gente encumbrada. Las esposas de sus colegas me hacían enseñarles el anillo de compromiso que mi novio me había regalado. Todas se impresionaban al ver el diamante incrustado del tamaño de un guisante. Ane lo contempló fascinada. La conocía poco. Era la mujer más notable de las presentes. Su padre y la madre de mi prometido eran los accionistas mayoritarios de la empresa. Pese a que ella, a diferencia del arcaico de su padre, era una mujer de la nueva escuela y muy intelectual, no trabajaba y se dedicaba a cuidar de su casa y de su marido, quien le tenía los nervios destrozados con sus constantes salidas nocturnas.

Le presenté a mi amiga Bianca y las tres charlamos un rato en un tono indiferente. Más tarde, llegó Julián. Llevaba puesto un elegante traje de chaqueta gris oscuro con camisa blanca y corbata gris marengo.

—Idaira, mi amor, estás preciosa. —Me besó en los labios y luego saludó a Bianca y a Ane.

Julián y yo éramos muy diferentes, él procedía de una familia adinerada, mientras que yo había crecido entre fritanga. Había luchado mucho para ganarme un lugar en la ciudad y que la gente me tuviera en cuenta, aunque a veces dudaba de si lo había conseguido o solo era el respeto que le tenían a mi futuro marido lo que hacía que me tuvieran por una igual.

La cuestión es que nadie se había atrevido a hacerme ningún tipo de desprecio o a mofarse de mí por mis raíces, aunque yo nunca hablaba de mi pasado y prefería mantenerlo oculto para sentirme invulnerable.

Cansada después de presenciar cómo algunos hombres hablaban de negocios y alzaban la voz para que otros se impresionaran con los «importantes» temas que trataban, le pedí a Bianca que me acompañase a la barra.

—No sé cómo no te aburres con esa gente. —Bianca resopló como si hubiera estado conteniendo la respiración durante horas.

—Claro que lo hago, pero no se me puede notar. —Sonreí y saludé con la mano al director del departamento de recursos humanos.

—Pues lo disimulas muy bien. —Bianca se acomodó en el taburete frente a la barra.

—Voy un segundo al baño —me disculpé.

—¿Te pido algo de beber?

—No, ahora cuando venga lo pido yo.

Fui al aseo, me levanté el vestido y me tiré un pedo. Sí, ¿qué pasa?, ¿que la gente fina no se pee? ¿Qué hacen entonces cuando comen fabada? Dios, necesitaba expulsar aquellos gases que me estaban torturando. Sentía un incómodo revoloteo en mi vientre.

Antes de salir me retoqué el maquillaje, me atusé un poco el pelo y regresé.

Vi a un camarero cerca de mi amiga Bianca y aproveché para pedirle algo de beber. Como no me escuchaba, le toqué el hombro.

—Perdone, póngame una de copa de...

Se giró y algo me atenazó por dentro. En esa ocasión no fueron los gases. Emití un grito inarticulado. Lo primero que captó mi atención fue su pelo, rebelde y ondulado, rubio a consecuencia del sol. Pese a lo elegante de su uniforme, seguía teniendo las mismas pintas de siempre.

—¿Airam? —Mi voz sonó temblorosa.

—¿Idaira? —preguntó como si no me reconociera.

¿Por qué tenía que aparecer en mi vida en ese preciso instante? Miré a Bianca desconcertada e inquieta.

—Cuánto tiempo. No sabía que vivías aquí y trabajabas en la hostelería. —Me esforcé en actuar con normalidad.

—¿Lo dices por mi camisa? Siento decepcionarte, pero no soy camarero —replicó él con cierta hostilidad y con su habitual marcado acento canario.

No me decepcionaba y tampoco me sorprendía. Airam nunca destacó en el instituto como buen estudiante. Era un espíritu libre, algo rarito e introvertido, diferente.

—Lo siento, no pretendía ofenderte.

—Tranquila, no lo has hecho. Te recuerdo que pasé muchos veranos echándoos una mano a ti y a tu padre en el chiringuito.

—Es cierto, lo había olvidado. —Forcé una sonrisa.

Y no mentía, hacía mucho tiempo que había borrado esa parte de mi vida del disco duro principal, guardando en una carpeta chiquitita muchos de los recuerdos de esa isla.

Quería preguntarle qué tal le iba la vida, si tenía trabajo y cómo estaban sus padres y el mío. Si tenía novia y cuánto tiempo se quedaría en Madrid.

—¿Os conocéis? —La cara de Bianca había adoptado una expresión de sorpresa.

—Fuimos juntos al instituto —me apresuré a decir—. Y entonces ¿qué haces aquí, Airam?

—Me han invitado, ¿y tú?

—Es mi fiesta.

Él torció un poco el gesto, supongo que ambos estábamos sorprendidos de habernos encontrado en ese ambiente que, a las claras, no era el suyo. Por un momento sentí el impulso de abrazarlo por la amistad que nos había unido. No podía creer que de verdad estuviera frente a mí, necesitaba tocarlo para tener la certeza de que era real, pero entonces soltó una de sus estúpidas conclusiones:

—¿Te refieres a que la has organizado tú?

—Me refiero a que es mi fiesta de compromiso —respondí orgullosa.

Mi respuesta lo dejó pensativo y en su rostro se instaló una expresión embelesada que le daba apariencia de espíritu.

—Cariño, estaba buscándote. —Julián apareció junto a mí y pasó su mano por mi cintura.

Habría esperado encontrarme a Airam en cualquier otro sitio menos allí. Al verlo pensativo, dominado por un ineludible patetismo, sentí lástima por él.

—¿Ya te han presentado a Airam?

¿De qué conocía mi futuro marido a Airam? Miré a Bianca, que permanecía en silencio, aún más confundida que yo.

—Ha sido una casualidad. —Bajé la cabeza y esquivé la mirada de mi prometido.

—¿Va todo bien? —Julián deslizó su mano por mi espalda y nos miró a ambos.

—Sí, cielo, tan solo que me ha sorprendido ver a Airam aquí.

—Pero... ¿os conocéis? —preguntó Julián inexpresivo.

—Del instituto. —Airam sonrió estúpidamente y bebió de su copa.

—¡Qué bueno!

Mi aspecto en ese momento debía de ser un tanto cómico.

—¿Y tú? —quise saber.

—Es el amigo de Dani, me lo han presentado hace un momento. Dani, esta es mi prometida.

—Encantado. —Un hombre, de cuya presencia no me había percatado, se inclinó y me dio dos besos.

—Igualmente.

—Bueno, no hace falta que os introduzca entonces —dijo Julián dirigiéndose a Airam, que negó con la cabeza mostrando su aspecto más amable.

Presenté a Bianca y Dani, quienes cruzaron un par de palabras. Luego Julián entabló conversación con Airam.

—¿Y qué tal las cosas por Fuerteventura? Le he dicho muchas veces a Idaira que me lleve a conocer la isla y siempre pone excusas, prefiere las aguas del Caribe.

—Todo bien, aunque no tiene el glamour de esas playas paradisiacas. —Me echó una mirada cargada de dobles intenciones.

—¿Cuánto tiempo te quedas? —Julián no paraba de hacerle preguntas y empezaba a ponerme nerviosa.

—Hasta pasado mañana. Me voy con las ganas de ver la remodelación del Santiago Bernabéu, Dani me contó que os encargáis vosotros.

—Sí, así es. Yo estuve hace un par de semanas y la verdad es que las obras para crear el mejor estadio del mundo están avanzando muy bien. La nueva cubierta va a ser espectacular. El proyecto incluye una grada abatible y aparcamiento, una plaza peatonal y un edificio en Padre Damián.

—Una pena que Dani no esté por la labor de salir antes del trabajo para pasar el último día conmigo y enseñarme el proyecto. —Airam le lanzó una mirada a su amigo que no supe interpretar.

Había en el ambiente una sensación de ultraje, como si se dijeran lo imperdonable, pero en tono cómico.

—Lo siento, es culpa mía —repuso Julián—. Aunque nuestras oficinas están al lado, ahora mismo tenemos un proyecto millonario en marcha y nos está quitando muchísimo tiempo. Veré qué puedo hacer.

—Muchas gracias, aunque no quiero ocasionar problemas.

—Cariño, tú tenías que salir mañana a la prueba del vestido, ¿no?

—Sí, pero...

—Pues ¿por qué no acompañas a tu viejo amigo a ver las obras del estadio? —Julián me asió por la cintura hacia él mientras proponía aquella cosa tan estúpida.

—Estaría bien, pero de un día para otro y sin avisar no creo que sea posible, además...

—Nada, yo me encargo de eso, con un par de llamadas está solucionado.

—Me encantaría poder ver cómo está quedando el estadio y sería agradable ponernos al día —soltó Airam divertido.

—No creo que pueda. También he quedado con Doti, la organizadora de nuestra boda, ¿recuerdas, cariño?

—Pero si trabajamos al lado, no te quitará mucho tiempo.

—Si no quieres, no pasa nada —se atrevió a decir Airam, quien me miró con aires de suficiencia.

—Discúlpala, es muy tímida a veces. —Mi prometido pasó su mano por mi nalga y sentí un sofoco repentino—. Perdonadme, tengo que saludar a alguien. Dani, ven conmigo, te presentaré a ese pez gordo.

—No voy a quedar contigo —le dije cuando Julián y Dani se hubieron marchado.

—¿Por qué no puedes quedar con él, Idaira? ¿Hay algo que no me habéis contado? —preguntó mi amiga.

—No —mentí—. Es solo que no sé si me va a dar tiempo.

3
IDAIRA

Cuando era pequeña y nos daban las vacaciones en el colegio, gran parte de los días los pasaba en la playa jugando junto al chiringuito familiar. Podría parecer que crecer junto al mar es una especie de suerte, pero la vida era muy complicada para una niña a la que no se le permitió serlo durante mucho tiempo.

Aquella mañana había poca gente en el chiringuito y mami se puso a construir un castillo de arena conmigo. Al mediodía comenzaron a llegar los primeros clientes y ella se fue a atender la cocina. Se despidió dándome un beso en la mejilla.

Me quedé perfeccionando la fortificación que habíamos creado juntas. Desde la orilla se percibía el olor a pescado frito.

Estaba muy feliz porque el castillo parecía sacado de una película. Me puse a jugar con las conchas, imaginándome que la más grande y blanca era la princesa y que otra, de igual tamaño y de color oscuro, el príncipe. Por aquel entonces yo tenía unos cinco años y me entretenía con cualquier cosa.

Doña Carmen, mi maestra, que había ido a comer al restaurante, se acercó a saludarme.

—Idaira, ¿por qué no vas a que tu madre te eche protección? Te vas a quemar, cariño.

—Vale, ahora voy, señorita.

—¿Qué es eso?

—Un castillo de arena —dije molesta, pues me parecía obvio.

—¡Qué bonito! ¿Y lo has hecho tú sola?

—No, me ha ayudado mami.

Doña Carmen dijo algo que no escuché y luego se fue hacia el chiringuito. Yo continué jugando.

Un niño pasó corriendo por la arena en dirección al mar y pisó mi obra. Rompí a llorar. Quise gritarle, pero para cuando reaccioné ya se había metido en el agua y seguramente ya no me escucharía. Cuando terminó su baño, me miró, sonrió y se acercó a mí. Le faltaban dos dientes. El flequillo le tapaba la frente y el agua se le escurría por todo el cuerpo. Parecía un monstruo acuático, como esos que salían en los cuentos de marineros que me contaba mi padre antes de ir a dormir.

—¿Por qué lloras?

Estaba demasiado molesta como para responder.

—¡Fea! —El niño se alejó enfadado porque lo había ignorado.

En ese momento me cabreé tanto que le tiré una concha a la cabeza.

—Tú sí que eres feo, monstruo. ¡Has destrozado mi castillo! —grité un poco atemorizada por su reacción.

—¡Yo no he sido!

—Sí, has sido tú. Has pasado corriendo por encima y lo has pisado. —Rompí a llorar, esta vez con más fuerza.

—Lo siento, ¿quieres que te ayude a hacer otro?

Lo miré dubitativa. Tenía los ojos de un azul intenso.

—No va a ser igual que el que me ha ayudado a hacer mi mami.

—Yo te puedo hacer uno más grande, se me da bien hacer castillos.

No respondí, pero él se agachó y comenzó a cavar con mi pala rosa. Llenó el cubo de arena e hizo cuatro grandes columnas. Luego las unió con una pared gigante. A ratos, cuando la brisa soplaba, el flequillo del niño se mecía. Se lo apartó con la mano para que no se le metiera en los ojos, llenándose la frente de arena.

—¿Cómo te llamas? —pregunté.

—Airam, ¿y tú?

—Idaira. ¿Y con quién has venido?

—Con mis padres, están comiendo ahí. —Señaló nuestro chiringuito con el dedo.

—Este castillo es diferente al que me ha hecho mi mami.

—¿No te gusta?

Asentí con la cabeza.

—Es para ti —dijo antes de levantarse y hacer el amago de irse.

—¿Quieres jugar? —pregunté.

Se quedó pensativo e indeciso.

—¿A qué?

Me encogí de hombros. Él cogió una de las conchas y entablamos algo parecido a una guerra por salvaguardar el castillo. No sé si pasaron horas o minutos, pero para mi fue muy breve.

Cuando mi padre me llamó anunciando el almuerzo, me puse triste porque no quería despedirme de Airam.

Miré a mi padre y este, desde el chiringuito, me hizo un gesto insistente para que fuera.

—Me tengo que ir ya.

—Yo cuidaré del castillo.

—Vale. —Sonreí—. Adiós, Airam.

—Adiós. —Agitó su mano llena de arena.

4
AIRAM

Idaira había cambiado mucho, ya no llevaba el pelo por la cintura ni despeinado y lucía una media melena por debajo de los hombros muy arreglada. Su forma de vestir tampoco era la misma, e incluso el acento sonaba diferente. Lo único que no había cambiado era su mirada: esos ojos azules, penetrantes y luminosos en los que parecían romper las olas.

Su seguridad rozaba la soberbia, pero confieso que me excitaba.

Dani esperó hasta que dejamos la fiesta para preguntarme por ella.

—Tío, ¿estás bien? Te ha cambiado la cara ahí dentro.

—Ya te dije que no me apetecía venir —acerté a decir. No quería hablar del tema.

—No me jodas, ha sido desde que has hablado con la prometida de Julián. ¿Hay algo que yo no sepa?

—Nada importante —respondí fingiendo indiferencia.

—Te conozco, Airam. ¿Qué pasa con ella?

—Ya nada.

—¿Eso quiere decir que pasó algo entre vosotros?

—Cosas de instituto.

—No será la chica de la que me hablaste aquel verano, la hija del tipo del chiringuito, ¿no?

No respondí, no me apetecía hablar de ello.

—¿Y aun así vas a quedar con Bianca? —Frunció el ceño.

—Bianca es una mujer directa e independiente y yo soy un hombre libre. Si ella ha aceptado quedar conmigo, ¿dónde está el problema?

—No, en realidad, en ningún sitio.

—Anda, ¿qué tal si me llevas a un lugar más sencillo y te invito a unas cervezas? —dije para zanjar el asunto.

—Trato hecho.

Nos montamos en su coche y condujo hasta un aparcamiento próximo a uno de los pubs más concurridos de Malasaña.

—Entonces ¿Idaira va a enseñarte el Bernabéu mañana? —dijo sacando el tema de nuevo cuando nos acercamos a la barra a pedir.

—Eso parece, aunque me da un poco igual.

—Igual no te da, te morías de ganas por ver el proyecto y, mira, al final parece que no te vas a quedar con ellas.

—Prefería ir contigo y que me contases todos los detalles, en cualquier caso me parece que Idaira se va a rajar.

—¿Tú crees?

Asentí, pues, viendo su actitud y conociéndola como lo hacía, sabía que trataría de mantenerse lo más alejada posible de mí.

—Mañana a primera hora hablaré con Julián para que haga un poco de presión.

5
IDAIRA

Al día siguiente el despertador sonó como siempre a las siete. Estaba agotaba, no me sentaba nada bien beber.

Julián se desperezó en la cama, luego se giró hacia mí, me besó en la mejilla y me dio los buenos días. Me levanté de la cama y entré en el baño para acicalarme. Mis ondas de estilo Hollywood de la noche anterior parecían del Sáhara, desgreñadas y resecas por el producto que había usado Bianca para fijarlas. Me cepillé el pelo y me hice una cola alta que quedó bastante decente. Luego me eché un poco de base, polvos, eyeliner, rímel, me pinté los labios y listo. Parecía otra.

Después de maquillarme, me acerqué a Julián y lo desperté, siempre lo dejaba dormir un poco más mientras yo me arreglaba. Abrí las cortinas y subí la persiana. La débil luz del amanecer se coló en el dormitorio y este adquirió una apariencia agradable. Pese a mi extrema delicadeza, él se levantó igual que aquellos a quienes se despierta bruscamente.

Me puse una camisa blanca con hombreras, todo un boom, que simulaba una americana con escote un poco abierto, junto con unos vaqueros slim oscuros y combinado todo ello con unos zapatos de tacón marrones.

Como llevaba el pelo recogido, opté por unos elegantes pendientes de aro de Jacquemus que había rescatado del joyero.

Julián eligió uno de sus elegantes trajes a medida que hacían que pareciera un príncipe. Mi prometido era un hombre alto, fuerte y con porte. Cualquier cosa le quedaba bien porque era guapo. No, guapo no, guapísimo. Con su sonrisa deslumbraba a cualquier mujer. En la oficina todas estaban locas por él y, cómo no, por su generosidad. Era un hombre muy detallista, siempre enviaba flores y chocolates al despacho de sus empleados en sus cumpleaños. Vale, de eso se encargaba Marisa, su secretaria, pero la intención es lo que cuenta. Puede sonar un poco a tópico, pero es que Julián era el hombre perfecto y por eso estaba perdidamente enamorada de él.

El día que entré a trabajar en la empresa como becaria y lo vi, se me cayeron las bragas. Fue un flechazo. Pese a que estábamos en departamentos diferentes hice todo lo posible por encontrarme con él. Llegaba a la misma hora para coincidir en el ascensor, me tomaba el descanso de media mañana a las once, igual que hacía él, y nos saludábamos en la cafetería. También trataba de captar su atención en las reuniones y lo miraba a los ojos más tiempo del que debía. Coqueteaba con él en cada oportunidad que se me presentaba.

Un día que llovía a mares se ofreció a llevarme a casa al salir del trabajo; por supuesto, acepté. Aquella noche me hice demasiadas ilusiones, que no se vieron cumplidas a corto plazo. No fue hasta un mes más tarde, cuando programaron una reunión en París y él pidió que, además del jefe de mi departamento, fuera yo. La primera noche me llevó a cenar a Le Pré Catelan, en el corazón del Bois de Boulogne. Era el restaurante más elegante en el que había estado hasta ese momento, aún puedo recordar el suntuoso marco de un pabellón Napoleón III con esos techos adornados por frisos de Caran d'Ache. Me dejé llevar por él a la hora de pedir y me hizo probar la *aubergine en caviar* y la *crème d'avocat.* La cocina que el restaurante ofrecía era sencilla y sabrosa, aunque el precio no tanto.

Anocheció con nosotros paseando por el Embarcadère du Chalet des Iles. Esa noche me dejé llevar aún más y me acosté con él, pese a que estaba convencida de que aquello sería solo una aventura pasajera, de que, una vez que se resolviera la tensión sexual, todo habría acabado. Pero ¡sorpresa!, ahí estaba, a punto de casarme con él.

Cogí mi bolso tote, en tono caramelo, y salimos de casa. Pedimos un café para llevar en una cafetería que había frente al Retiro y fuimos directos a la oficina.

A las once, Julián y yo quedamos para desayunar. Previamente me había llamado al despacho para darme instrucciones sobre la visita de Airam al Bernabéu; al parecer Dani se lo había pedido como favor.

—Ya he hablado con Pablo. Cuando lleguéis al estadio, lo llamas y él saldrá a buscaros para que entréis por la puerta trasera —dijo después de que tomásemos asiento en la cafetería de la oficina.

—No me apetece nada, y ya te dije que había quedado con Doti, tendré que cancelar la cita —musité con desgana.

—Lo sé, mi amor, pero entiende que es el mejor amigo de Dani y quiero quedar bien con él, está echando muchas horas últimamente y es de los mejores empleados.

—Tú siempre estás intentando quedar bien con todo el mundo.

—Es lo que tiene ser un buen líder.

Puse los ojos en blanco.

—Voy a pedir, no sé cuándo demonios van a poner a una camarera aquí para que sirva en las mesas —se quejó.

—Yo, lo de siempre —dije sin apartar la vista de la agenda de mi móvil.

Al rato mi prometido regresó con dos cafés, una tostada con aceite, tomate y pavo para mí, y otra con aguacate para él.

—¿Vuelves a la oficina después de la prueba del vestido?

—No, hoy ya no vendré. ¿Quedamos para comer?

—Imposible, tenemos reunión y se alargará seguramente. Para colmo esta tarde viene un cliente grande para proponernos un nuevo proyecto. Así que te veo en casa esta noche.

Observé a lo lejos a Dani, a quien hasta la noche anterior solo conocía de haberlo visto por la oficina un par de veces. Había tantos empleados que era imposible saber en qué departamento trabajaba cada uno.

Julián lo saludó con la mano y él se acercó a nuestra mesa.

—¿Al final no le vas a enseñar el estadio a Airam? —preguntó acompañando sus palabras con un movimiento brusco.

—Sí, salgo ahora para allá. Le he enviado un mensaje diciéndole que nos vemos directamente en la entrada a las once y media.

—Son las once y media —expresó Julián.

—Pues que espere un poco, tampoco pasa nada. Primero está el trabajo, que algunos no estamos todo el año de vacaciones —repuse con sarcasmo.

Tanto mi prometido como Dani sonrieron incómodos.

—¡Siéntate! Yo me voy ya —anuncié mientras me levantaba y cogía mi bolso.

Le di un corto beso a Julián en los labios y me despedí.

—¡Cuida bien de mi amigo! —dijo Dani después de ocupar el asiento que acababa de dejar libre.

Cuando salí de la oficina, pensé en llamar a Bianca para que me acompañase, pero por alguna razón no lo hice. Aún no entendía por qué le había mentido la noche anterior cuando me preguntó por Airam. Aunque supongo que hice bien, porque luego me confesó que le había gustado y que estaban ligando cuando yo los interrumpí.

He de decir que en cuanto lo vi se me desbocó el corazón, no esperaba encontrármelo, y menos en Madrid después de diez años. Agradecí no tener que darle dos besos y enfrentarme al contacto con su piel.

Bianca y él habían intercambiado los teléfonos. Según me había contado ella, habían quedado esa misma tarde para tomar algo. Parecía ilusionada. La adoraba, era como una hermana para mí y, aunque le quise advertir que él no era el tipo de hombre con el que solía salir, opté por no entrometerme, ya se daría cuenta por sí misma. Aunque, por otra parte, sus caracteres eran muy parecidos, ambos tan... ¿auténticos? ¡Cómo si se pudiera vivir de la autenticidad!

No creía en la existencia del accidente. Todo estaba unido en el más profundo sentido. Que Airam hubiese aparecido en mi fiesta de compromiso y que de todas las mujeres solteras de la fiesta se hubiera fijado en mi amiga no me pareció una casualidad. Algo no me cuadraba, pero lo iba a averiguar.

Acepté enseñarle el dichoso estadio para no despertar las sospechas de mi prometido, no quería tener que darle detalles de mi historia con Airam. Eso me dejaría en muy mal lugar ante sus ojos. Solo había que ver las pintas de mindundi que tenía.

6
IDAIRA

Mi madre era la persona más importante de mi vida. Pasábamos mucho tiempo juntas, ella siempre me decía que le habría gustado vivir fuera de la isla, viajar, conocer mundo, darse algún lujo... Ella no tenía estudios y su único trabajo era la cocina en el chiringuito de la playa. Algunos días me preguntaba si quería ayudarla a descamar el pescado, yo aceptaba, pero rápido desistía porque me daba mucho asco la sensación que me producía sostener en las manos aquellos peces sin vida. Papá y ella discutían mucho cuando los clientes se iban y ellos contaban el dinero.

Mami a veces hacía tartas que le encargaban las vecinas para celebraciones y papá la regañaba. Se quejaba de que los ingredientes eran muy caros y que durante el tiempo que ella dedicaba a hacer esos postres dejaba desatendido el restaurante, y que no le compensaba, pero a ella le gustaba y a mí también, porque siempre me dejaba probarlos y con lo que quedaba hacía uno pequeñito para mí. Yo la ayudaba en la cocina porque eso era lo único que me aseguraba catar algo dulce y rico. En casa no solíamos tener yogures o postres, eso era un lujo fuera de nuestro alcance. Solo cuando sobraba algo del restaurante, que estaba a punto de caducar, podía comérmelo.

Las vecinas se ponían a cotillear con mi madre cuando venían al restaurante, pero ella era una mujer muy callada, nunca andaba con chismes ni criticaba a nadie. Le encantaba leer, decía que en los libros descubría las vidas que ella no había podido vivir. Una vez le pregunté que cuál era su libro favorito y ella me dijo que no tenía ninguno, sino que en cada uno encontraba momentos favoritos. Muchas noches me leía esas escenas en las que aparecían príncipes guapos y con mucho dinero que llevaban a las princesas a vivir a sus palacios. Yo cerraba los ojos y así me quedaba dormida sobre su regazo. Sus historias siempre me gustaban más que las de papá.

Mami también me decía que no me enamorase de un local, que volara y conociese mundo, que en esa isla estaría condenada a la pobreza y que, si me quedaba allí, acabaría como ella. Una vez me dijo: «Yo quería ser secretaria de papeles, no limpiadora ni cocinera». Aquello se me quedó grabado en la mente. «Secretaria de papeles», sonaba tan bien. Yo, de mayor, también quería ser eso, aunque en la escuela no me iba demasiado bien, y mami decía que, para llegar lejos, tenía que estudiar mucho y sacar buenas notas. Yo lo intentaba, pero es que en el colegio los niños eran malos y se reían de mí, me decían la Fritos. A mí se me quitaban las ganas de hacer los deberes.

Cuando conocí a Airam, las cosas mejoraron un poco. Descubrí que íbamos a la misma escuela, estábamos en cursos diferentes porque él era dos años mayor que yo. En el recreo me iba a jugar con él y otros amigos suyos. Uno de ellos nos contaba muchas mentiras, pero nosotros hacíamos como que nos las creíamos. A veces nos escondíamos para estar a solas o por pura diversión. Cuando sonaba el timbre, daba la sensación de que la media hora de recreo había sido más corta.

Él siempre me defendía. Como aquel día que salí al patio y me senté en un banco a comerme el bollo de pan con la leche que me había preparado mi madre, porque me daba vergüenza ir a donde se encontraban Airam y sus amigos, pues la mayoría llevaban Bollycaos, bizcochos, galletas, chocolate, fruta, zumos, batidos, así que, cuando me veían a mí con el pan y la leche en una vieja botellita de agua, me miraban raro.

La Yani, una niña pija de familia rica dedicada a la construcción y a la que odiaba por haberme puesto el mote de la Fritos (según ella siempre me olía el pelo a fritanga), se burlaba de mí por todo; porque era demasiado alta para mi edad (por entonces tendría unos siete años), por la ropa, por lo que comía... Ese día pasó por delante del banco en el que yo me encontraba. Iba acompañada de un chico al que ella llamaba «novio». Se acercó a mí y, burlándose, me arrancó la botella de las manos y la tiró al suelo. Su amigo la pisó y la reventó. Todo se llenó de leche. Ella se empezó a reír y luego me quitó el panecillo y comenzó a trocearlo sobre mi pelo, que se llenó de migas. No lloré a pesar de querer hacerlo. No iba a darle el gusto. No sé cómo, pero me atreví a clavarle las uñas en el brazo. Ella gritó y su amigo se acercó para ayudarla. Justo en ese instante apareció Airam, que por entonces tendría unos nueve años. De un puñetazo tiró al chico al suelo. Se sentó sobre él y comenzó a golpearlo. La Yani salió corriendo y avisó a los maestros, que no tardaron en llegar. Me acusó de pegarle. Dijo que le había tirado la botella de leche a la cabeza y le había clavado las uñas. Para colmo, ese día se inventó que tenía piojos y, como todos los niños me vieron con las migas de pan en el pelo, se creyeron la mentira y se corrió el rumor. Durante semanas nadie se acercó a mí, excepto Airam, a quien por cierto también castigaron por la pelea. El rumor fue devastador, si ya me costaba hacer amigos, después de aquello todo se complicó.

7
AIRAM

Reconozco que acepté que Idaira me enseñara el estadio para ponerla en un aprieto, aunque, sinceramente, también quería saber de ella, de su nueva vida y cuán feliz era con ese tipo.

Pasaban quince minutos de las once y media cuando la vi aparecer por el paseo de la Castellana. Venía vestida en plan pija de mírame pero no me toques, con una blusa blanca cruzada con algo de escote, unos vaqueros pitillo y unos tacones. No me gustaban esos pendientes estrafalarios ni el bolso tan grande, y menos en ese color mierda que no conjuntaba nada. Parecía que iba al teatro en vez de a un estadio en obras.

Yo había optado por unos vaqueros y una camiseta negra. Me miró de arriba abajo y se quedó con las mejillas hundidas y pálidas.

—No hacía falta que te arreglases tanto para mí —dije cuando se detuvo a unos metros, manteniendo las distancias.

—Vengo de la oficina.

—Ay, sí, se me olvidaba que ahora eres una pija estirada.

Quizá pronuncié aquellas palabras en un tono demasiado despectivo y cruel, porque Idaira me miró algo irritada, aunque guardó silencio, a diferencia de lo que habría hecho diez años atrás.

Nos quedamos callados el uno frente al otro, asimilando que ya no éramos los que un día fuimos y que nos habíamos convertido en dos desconocidos.

—Vamos por aquí, nos están esperando. —Ladeó la cabeza hacia su derecha y comenzó a andar en esa dirección.

Me sorprendió que ni siquiera se dignase a darme dos besos, ¿tanta repulsión le causaba?

Durante unos instantes reinó el silencio. Después, reuniendo fuerzas, conseguí disculparme a mi manera.

—Espero que no te haya molestado el comentario que he hecho antes, era solo una broma.

Se giró hacia mí con cierta expresión de risa áurea destellando en el fondo de sus ojos azules, como si se burlara de mí, como si quisiera decirme que mis palabras no significaban nada para ella y no merecían las suyas.

Idaira estaba dotada de un gran atractivo físico, había en ella una fuerza oculta que se manifestaba a través de su mirada. Algo que me hacía volver atrás en el tiempo.

Caminamos por los alrededores del estadio contemplando las obras hasta llegar al lugar en el que nos esperaba alguien, supongo que algún jefe. Idaira le ofreció la mano y él la estrechó como si la conociera. Luego me saludó a mí.

Entramos por unos túneles casi derrumbados y accedimos al interior. Sentí una punzada en el corazón al ver en medio del estadio varios camiones y grúas trabajando sobre lo que antes había sido una cuidada superficie verde. Sin embargo, me encantó poder ver de primera mano el progreso de la construcción.

—Como ves, se ha instalado una costilla para soportar el peso de las planchas que irán sobre el coliseo para formar el nuevo techo —le indicó el señor a Idaira como si le estuviera haciendo un informe de los avances acaecidos.

Las cerchas transversales que soportarían la nueva cubierta habían sido unidas a la vieja estructura por medio de unos módulos que se situaban sobre los anfiteatros.

—El proyecto incluye la construcción de una gran cornisa que volará sobre el estadio sin apoyos en el suelo, conformando un gran atrio de entrada que dará acceso al nuevo Bernabéu —explicó Idaira dirigiéndose a mí—. La nueva cubierta retráctil permitirá utilizar el terreno de juego con independencia de la climatología, además de reducir el impacto acústico para los vecinos.

—Debe de costar una fortuna, ¿no? —expresé.

—Así es —corroboró el señor.

Idaira no hizo ningún tipo de mención al respecto. El hombre se despidió, pues debía continuar con su trabajo, y nosotros caminamos por las gradas hasta llegar a lo que antes era el mirador de la panorámica del interior del estadio, al que se accedía con la visita turística, cancelada en ese momento por razones obvias.

Estuvimos en el palco presidencial. También entramos en los vestuarios de los jugadores, cuyas taquillas eran utilizadas por los obreros.

—Entre otros aspectos importantes de la reforma —continuó cuando salimos por la zona de acceso de los jugadores al terreno de juego— se encuentra la construcción de una nueva grada en este lateral. —Indicó con la mano.

—¿Más grande que la actual?

—Será más alta, aunque el aforo final se mantendrá igual.

—¿Y cómo van a desmontar la antigua cercha longitudinal de Padre Damián?

—La verdad es que no lo sé, tendrías que haber aprovechado para comentárselo a Pablo, él es uno de los jefes de obra. Si quieres ahora al salir, le preguntamos.

—¿Y cuál es tu papel en todo esto?

—Trabajo en el departamento de asesoría jurídica de la constructora. Me encargo de todo el tema legal, permisos, contratos, seguros...

—Vaya, qué interesante. Te has convertido en toda una alta ejecutiva. —No quise que mi comentario sonara con retintín.

—Es solo un trabajo, si tuvieras uno, sabrías que no es para tanto —dijo en tono neutral, sin un ápice de sarcasmo. Aunque yo pude percibir el doble sentido de sus palabras.

—Parece que no lo disfrutas...

—No necesito disfrutar, solo hacerlo bien. Para eso me pagan.

—¿Y no crees que son cosas que deberían ir unidas?

—¿Y eso me lo dices tú? Supongo que ahora tendrás un trabajo del que disfrutas mucho, ¿no?

—Pues sí.

—¿De qué se trata si se puede saber?

—He montado mi propia escuela de surf y también doy clases a turistas.

—Ah, que ahora a eso se le llama trabajo. —Levantó las cejas y una sonrisa irónica, despreocupada y terriblemente atractiva, apareció en su rostro.

—Sí, y lo disfruto.

—Yo también disfruto de mi trabajo, no he dicho lo contrario, pero me quita demasiadas horas y me lo paso mejor en mi vida social fuera de la oficina.

—Claro, ahora que por fin has alcanzado ese estatus con el que siempre has soñado, supongo que tendrás muchas cosas «importantes» que atender. —Puse tonillo de pija.

—¿Te crees muy gracioso? No me conoces en absoluto para decir eso.

—Te conozco mejor que tú misma, y lo sabes.

—¡No sabes nada de mí!

—Te conozco desde que teníamos siete años. Fuimos amigos.

—Yo tenía cinco —discrepó.

—Bueno, cinco.

—Y tú lo has dicho: fuimos —enfatizó esta última palabra—. Vaya, es tarde y tengo la prueba de mi vestido de novia, será mejor que terminemos ya con la visita —dijo con elegante amabilidad.

Caminó tan deprisa por la superficie de tierra que se torció un tobillo y de no ser porque la agarré rápidamente por el brazo hubiera caído al suelo.

—Parece que aún no te has adaptado a esos zapatos de la alta sociedad...

—¡Vete a la mierda! —gritó insolente y maleducada, lanzándome una mirada de odio y desprecio.

—Ese vocabulario no es propio de una chica refinada.

Lejos de molestarme, me gustó su reacción. Allí estaba la Idaira rebelde que yo conocía, seguía ahí, bajo aquella fachada de mujer perfecta e inalterable.

8
IDAIRA

Una oleada de rabia y enojo me recorrió el cuerpo. Me dirigí a la salida y allí me despedí de Pablo tratando de disimular mi irritación, no iba a permitir que Airam empañase mi existencia con sus impertinentes comentarios. Seguía siendo un niñato, un imbécil y un arrogante.

Una vez en el exterior, caminé a toda prisa hasta el taller de la modista.

Airam gritó mi nombre, pero no me detuve. Crucé el paseo de la Castellana.

—¿Quieres hacer el favor de escucharme? —Me agarró del brazo y de nuevo sentí esa corriente al contacto con su piel que había experimentado segundos antes, cuando había estado a punto de caer al suelo.

—¡Suéltame! —le pedí después de detenerme en seco frente a él.

Aquella peligrosa intimidad, que, o bien era odio, o bien un sentimiento dormido a punto de despertar, o las dos cosas al mismo tiempo, me aterró. Quizá por eso la sola presencia de Airam me exasperaba.

—¿No vas a despedirte de mí?

—Ya lo he hecho hace un momento.

—Ah, ¿mandarme a la mierda te parece una forma de despedirte después de diez años sin vernos?

—Sí.

—En tu línea, se te da bien eso de desaparecer.

—Ya ves. —Esbocé una sonrisa fría.

—Al final sí va a ser cierto que has cambiado.

—Por supuesto que he cambiado, todo el mundo cambia. Dime, ¿a qué has venido?, ¿y qué quieres de mí?

—¿A qué te refieres?

—No pretenderás que crea que apareciste en mi fiesta de compromiso por casualidad.

—Por supuesto que lo ha sido. ¿En serio crees que lo he organizado?

—No me cabe otra explicación.

Vi el dolor en su mirada, también decepción. Sabía que lo estaba torturando.

—No me puedo creer que tu cinismo llegue tan lejos. ¿Cómo puedes preguntarme semejante estupidez antes, incluso, de preocuparte por saber de tu padre, de tus amigos o de mí?

Sentí un impulso arrollador de pedirle perdón, era lo mínimo que debía hacer después de cómo me fui diez años atrás. Había buscado el momento durante toda la mañana, también para preguntarle por mi padre, pero la idea de hablar de él, de la isla, del pasado, me atormentaba. Había luchado mucho por dejar atrás aquellos años, aquella etapa, y enfrentarme a ello era como entrar en un terreno de arenas movedizas.

Por más que ansiaba de todo corazón saber si mi padre seguía bebiendo y hablar con Airam de lo que pasó, preferí alimentar la furia y continuar ardiendo en mis propias llamas.

—¿Acaso él se ha preocupado de llamarme a mí? Ah, no, es que está demasiado ocupado bebiéndose la reserva del chiringuito y tirando por la borda el trabajo al que tantos años dedicó mi madre.

—Quiero creer que no has cambiado tanto como para convertirte en un ser tan despreciable. Si tu padre no te ha llamado ha sido precisamente para no victimizar.

—¿Victimizar? Ahora resulta que ser un borracho te convierte en una pobre víctima. Aquí la única afectada soy yo, que si no me llego a ir, ahora estaría hundida en la miseria.

—No me refería a eso; además, tu padre hace tiempo que dejó de beber.

—Entonces ¿a qué te refieres? —Me preocupé al reconocer su tono serio.

—Si realmente te importa, llámalo y pregúntale tú misma. Y enhorabuena por la boda, me alegro de que por fin vayas a tener tu final feliz. —Sin darme tiempo a responder, se alejó.

No quería que se marchara, pero al mismo tiempo necesitaba que se fuera de inmediato; quizá por eso dejé que lo hiciese con aparente indiferencia, como si para nosotros despedirse fuera un hecho trivial.

A medida que su robusta figura se alejaba con paso firme, el torbellino de emociones que me había generado se fue serenando. Sin embargo, en mi fuero interno sentí un impulso que, afortunadamente, pude controlar.

Llegué a la segunda prueba del vestido de novia totalmente aturdida. Después de haber superado la intensa búsqueda del vestido perfecto, tras repasar hasta el último catálogo y acudir a muchas tiendas, esperaba disfrutar de ese momento. Sin embargo, allí estaba, sola y preocupada porque algo malo le estuviera pasando a mi padre y yo no lo supiera.

La chica me ofreció un té y me pidió que la acompañase. Me probé el vestido de corte contemporáneo, con escote y mangas largas de lujoso encaje efecto tattoo. Había sido sometido a pequeños arreglos para ajustarlo a mi figura.

Me coloqué los zapatos que había encargado de mi número. No me parecían tan cómodos como la chica había asegurado en su día, o puede que solo fuera que en ese momento ni descalza podría sentirme confortable.

Me miré en el enorme espejo dorado.

—¡Es precioso! —aseguró la modista contemplándome con fascinación.

Un par de lágrimas recorrieron mis mejillas. No sabía si lloraba de alegría o de desdicha.

—Las mangas no se ajustan a mis brazos y me hace bolsa en la cintura. Además, me aprieta mucho el pecho. ¡Quítamelo, por favor!

—No te preocupes, eso puede arreglarse. —Se acercó y colocó un par de alfileres en el talle—. ¿La caída te parece bien?

—¡Quítamelo, por favor! ¡No puedo respirar!

La chica, preocupada, se apresuró a aflojármelo. Comencé a experimentar un calor horrible y noté que el pulso se me aceleraba.

Con manos temblorosas la ayudé a quitármelo, y en algún momento del proceso rompí a llorar amargamente.

—Te traeré un poco de agua.

Al cabo de unos segundos apareció con una botella pequeña.

—Aquí tienes.

—Lo siento mucho —me disculpé por el numerito que acababa de montar.

—Es normal sufrir pequeños ataques de ansiedad. Organizar una boda es un proceso muy estresante.

Forcé una sonrisa.

—Haremos los arreglos pertinentes y quedará perfecto. Ya verás. Para la próxima prueba intenta venir peinada más o menos con el tocado que vayas a llevar, así te haces una idea más real. También tráete la ropa interior que vayas a usar ese día, puede que de un sujetador a otro haya varios centímetros y que debamos cortar o añadir para que no se vea a través del encaje y, como la tela es tan fina, tenemos que asegurarnos de que no se transparenta ni se marcan las costuras.

—Sí, por supuesto —me mostré de acuerdo.

Después de ponerme de nuevo mi ropa, pedí un uber para regresar a casa, pues había cancelado la cita con Doti. Cuando pensé que lo único que tenía que hacer el resto de la tarde era esperar a que Julián llegase de trabajar, cancelé el servicio.

Caminé sin rumbo por las calles de Madrid, bajo aquel abrasador sol de mayo, hasta que decidí llamar a Bianca.

Quedamos para comer en el Diurno, un restaurante de comida española y cosmopolita cerca de donde ella había quedado a las cinco con Airam. Cuando llegó, yo ya estaba algo achispada porque me había tomado un Margarita esperándola. Lo necesitaba.

Mi amiga lucía unos shorts vaqueros negros de tiro alto y una blusa blanca palabra de honor de mangas acabadas en volantes, combinados con unas deportivas negras y, al hombro, un bolso de mano de piel con doble cuelgue en el mismo color. Llevaba su cabellera oscura y larga suelta en ligeras ondas. Estaba guapísima, y lo primero que pensé fue que Airam la vería así de perfecta.

9
AIRAM

Dani estaba trabajando, Idaira se acababa de largar cuando pensé que comeríamos juntos y podríamos hablar como viejos amigos, y con Bianca no había quedado hasta a las cinco. Me sentía solo en una ciudad a rebosar de gente. ¡Qué paradójico!

Tenía ganas de volver a la isla y perderme entre las olas. Aquel viaje había resultado ser un tanto decepcionante y no solo por lo mucho que había cambiado Dani, sino porque lo último que esperaba era volver a ver a Idaira, y menos que me tratase así. Se había convertido en una especie de diva insoportable.

Cogí el metro a Plaza de España y tomé asiento en la primera terraza que encontré. Pedí una cerveza. No era de beber mucho, pero en ese instante me apetecía; además, el alcohol tiene sus ventajas en momentos como aquel.

Comencé a darle vueltas en mi cabeza al encuentro con Idaira y no podía creer lo mucho que había cambiado, no solo físicamente, con esos trapos de niña pija o su peinado, sino en general. No quería aceptarlo porque me dolía, pero estaba claro que ya no era la misma. Siempre había sido un poco superficial, pero en el fondo yo sabía que era una chica sencilla, cuyas carencias en la infancia le hacían desear todo aquello que nunca tuvo. Pero había llevado su ambición al límite.

Por mi cabeza comenzaron a pasar momentos que habíamos vivido juntos: los principios y los fines del curso escolar, el inicio y el final del verano... Nuestras conversaciones... ¡Toda una vida! Me deshice de aquellos recuerdos de un plumazo.

Me bebí lo que me quedaba de cerveza y le pedí otra al camarero.

A las cuatro y media me fui dando un paseo hasta la parada de metro de Bilbao, donde había quedado con Bianca.

Experimenté un violento sobresalto al verla acercarse a mí con esa afable expresión que iluminaba su rostro.

—¡Estás guapísima!

—Gracias. —Me dio dos besos y percibí el aroma a flores frescas, a primavera. Olía como un ángel.

Comenzamos a caminar sin rumbo.

—¿Adónde vamos?

—No sé, te seguía a ti —confesé.

—Esto es lo típico de que yo te sigo a ti y tú me sigues a mí, y ninguno lleva un rumbo fijo.

—¿Acaso importa? —Sonreí.

—La verdad es que no. —Sus ojos melados destellaron—. Pero me pone un poco nerviosa no saber adónde vamos. Se me ocurre un sitio.

—Me dejo llevar, tú eres la experta en la ciudad.

¿Qué cojones estaba haciendo? Me costaba creer que hubiera aceptado quedar con la mejor amiga de Idaira, aunque tampoco veía ningún impedimento. La chica me gustaba, era tremendamente sexy, tenía una personalidad arrolladora y me había encantado la forma de conocernos.

Dudaba de que fuera una buena idea, pero la cuestión es que era mi último día en la ciudad y no iba a permitir que el recuerdo de una historia que había terminado hacía mucho lo empañara.

Además, tampoco es que fuéramos a acabar siendo novios, ella vivía en Madrid y yo en Fuerteventura, por no mencionar que veníamos de mundos muy diferentes. Solo pretendía pasar la tarde en buena compañía y, si surgía, por qué no, echar un buen polvo.

Llegamos a una terraza donde pegaba el sol y nos sentamos el uno junto al otro en una de las mesitas que había bajo una sombrilla.

—¿En qué parte de Fuerteventura vives?

—Lajares, ¿has estado alguna vez en la isla?

—No, aún no.

—Tienes que ir, te va a encantar.

—Sí, me la han recomendado mucho. He estado en Lanzarote, pero tanto volcán me aburre. Confieso que soy más de las Baleares. Formentera y Menorca son mis islas favoritas.

Me encantó su sinceridad, normalmente nadie se atrevía a infravalorar las Canarias frente a las Baleares en mi presencia.

—En Formentera no he estado nunca. Tampoco me llama mucho, prefiero playas donde haya buen oleaje para hacer surf.

—¿Te gusta el surf?

—Es mi pasión, me dedico a ello.

—¿Profesionalmente?

—Sí.

—Qué suerte poder dedicarte a algo que te apasiona. «Elige un trabajo que te guste y no tendrás que trabajar ni un solo día de tu vida», sentenció Confucio.

Me encantaba esa frase.

—No hay nada más gratificante que el hecho de que te paguen por algo que harías gratis. Y tú, ¿a qué te dedicas?

—Soy directora de medios sociales y a veces escribo para una revista de moda femenina.

—Suena importante, ¿y qué revista es?

—*Glam*, ¿la conoces?

—La verdad es que no —confesé.

—Es que es más para mujeres.

—¿Y eres de Madrid? —pregunté como si no fuese obvio por su acento.

—Sí. Vivo cerca de la plaza Mayor.

—¿Con tus padres o compartes?

—Vivo sola.

—¿Sola? —pregunté sorprendido.

—Sí, sola. —Rio.

—Tenía entendido que los pisos aquí cuestan una fortuna.

—Así es, pero tengo la suerte de poder permitírmelo.

El camarero se acercó y pedimos un vino blanco para ella y una cerveza para mí.

—Entonces ¿te vas mañana ya? —preguntó.

—Así es, mi vuelo sale a las diez.

—¿Y tienes pensado volver?

—No está en mis planes, de momento.

Ella enmudeció como si mi respuesta la hubiera decepcionado.

—Pero puedo decidirlo sobre la marcha —añadí.

Me miró sonriente. Y no sé por qué, pero me pareció una sonrisa tan bonita que quise fotografiarla en mi mente.

—¿Quieres que vuelva? —pregunté descarado.

—Ni siquiera sé qué buscas... O si esto es una cita. —Se llevó las manos a la cara, avergonzada.

—Ni me lo había planteado. ¿Lo es?

—Supongo, pero que sea una cita no significa que busque un novio, ¿eh?

—¿No te gustaría tener pareja? —curioseé más por morbo que por otra cosa.

—Sí, bueno, no sé... No es algo que me quite el sueño. Pero realmente lo veo complicado.

—¿Por qué?

En ese momento el camarero llegó con las bebidas y las dejó sobre la mesa, lo que le dio a Bianca un margen para pensar su respuesta.

—No creo que lo que busco exista —dijo una vez que el camarero se alejó.

—¿Y qué es eso tan... utópico que buscas? —Le di un trago a mi cerveza.

—En realidad, algo que todo el mundo quiere y nadie se atreve a confesar: ser amado por quién eres y no por cómo te ves.

Me sorprendió su respuesta, también que fuese sincera, así, de una forma tan natural. A juzgar por su apariencia, no parecía el tipo de chica que profundizara demasiado en los sentimientos, más bien lo contrario. Tenía pinta de ser una de esas influencers preocupadas más por su pelo y lo que llevan puesto.

—Eso es verdad, pero ¿es el amor realmente ciego? —Quería profundizar en el tema. Me interesaba mucho su respuesta.

—Hoy en día supongo que no. Y tú, ¿qué es lo que más valoras en una mujer?

—Más o menos lo mismo que tú has dicho. Que entienda la clase de persona que soy y me acepte así, sin pretender cambiarme.

—Vaya, que sentimentales nos hemos puesto, nunca había hablado de esto en una primera cita.

—Yo tampoco, la verdad.

Seguimos hablando, aunque de temas más triviales. Cuando el sol se puso, refrescó. Había olvidado que en mayo la temperatura en Madrid no es como en la isla. Iba solo con la camiseta de manga corta y tenía frío.

—¿Nos vamos? Hace un poco de frío —preguntó ella.

Yo asentí, no había querido proponerlo antes para que no pareciera que me estaba aburriendo o que tenía prisa por irme.

Paseamos casi sin hablar por Fuencarral, Gran Vía, Callao y Sol, hasta que llegamos a la plaza Mayor. Disfrutábamos del ambiente, de aquella conexión extraña que se había producido entre nosotros.

Me preguntó si nos hacíamos un selfi juntos frente a la estatua ecuestre de Felipe III, acepté y, después de inmortalizar el momento, no pude ignorar las ganas que tenía de besarla. Tiré de ella hasta que nuestros ojos se encontraron y, sin pensarlo demasiado, lo hice.

Hundí mi lengua en su boca y degusté las notas que el vino había dejado. Ella me besó lenta y cálidamente con sus carnosos labios. Sentí que un fuego ardía en todas mis coyunturas y se concentraba entre mis piernas.

Acaricié su cintura y, por unos instantes, me olvidé de que nos encontrábamos en mitad de la plaza, que estaba a rebosar de gente, y que me agobiaban las aglomeraciones.

Nos separamos y ella esperó a que yo dijera algo, pero guardé silencio.

—¿Subes? —propuso.

—¿A tu casa?

—Sí.

—¿Y si no volvemos a vernos? —opté por ser sincero, parecía una buena chica y no quería crearle falsas ilusiones, lo más probable es que no volviéramos a vernos jamás.

—¿Qué quieres decir?

—Quizá te arrepientas de lo que hagamos si subo, o pienses que soy un aprovechado que solo quería acostarse contigo.

—No sé con qué tipo de mujeres habrás estado, pero ya soy grandecita para saber lo que hago y en este momento que subas es justo lo que deseo. —Se mordió el labio.

¡Joder! Así, imposible resistirme.

10
IDAIRA

Ya tenía el pijama puesto y acababa de terminar de secarme el pelo cuando Julián llegó a casa.

—¡Qué bien hueles! —dijo después de darme un beso en los labios.

—¿Has estado bebiendo? —pregunté al percibir las notas de ginebra.

Detesto el olor a alcohol, no es que me considere abstemia, pero no me gusta abusar de la bebida. Además, siempre procuro lavarme los dientes o refrescarme la boca cuando bebo.

—Sí, nos hemos tomado un par de copas al salir de la reunión. —Se quitó la chaqueta—. ¿Qué tal ha ido la prueba del vestido?

—No tan bien como me hubiese gustado.

—¿Y eso? —Dejó de desabrocharse los botones de la camisa y se acercó a mí.

—Nada, me hacía bolsas y no me quedaba bien.

—Eso es imposible, a ti todo te queda bien. —Me dio otro beso en los labios.

—Anda, vete a duchar, que voy a preparar algo de cenar. —Me deshice de su agarre.

¿No prefieres que pidamos algo?

—No, he comprado pollo para hacer unas pechugas con salsa de mandarina.

—Vale, como quieras, mi amor. Por cierto, ¿qué tal la visita con tu amigo? ¿Le ha gustado el proyecto?

—Sí, le ha encantado —dije con indiferencia, y me dirigí a la cocina.

Preparé la cena mientras él se duchaba y puse la mesa. Para cuando salió del baño yo ya estaba sentada en el sofá, frente a la mesita baja, bebiéndome una copa de vino.

—¡Qué buena pinta! —dijo sentándose a mi lado.

—Creo que deberíamos ir a Fuerteventura —solté sin más.

Julián dejó el tenedor que acababa de coger y me miró extrañado. Durante mucho tiempo estuvo insistiendo en ir a conocer a mi padre, pero yo le di largas sin demasiadas explicaciones, simplemente le dije que no teníamos buena relación, pero la realidad era que me avergonzaba tener un padre alcohólico y un pasado como el que tuve.

—¿Y por qué tanta urgencia ahora? Ni siquiera dejaste que le pidiera tu mano. Siempre me das largas cuando te digo de ir a conocerlo.

—Eso ya no se lleva —aseguré—, pero sí, creo que ya es hora de que lo conozcas. Además, tengo la sensación de que algo pasa. Airam ha hecho un comentario hoy sobre mi padre que no me ha gustado.

—¿En qué sentido? —Puso su mano sobre la mía, porque se percató de mi nerviosismo.

—No sé, como si le pasara algo.

—Está bien, iremos. No te preocupes por eso.

—No me perdonaría que le pasase algo estando tan distanciados.

—¿Por qué no lo llamas?

Las pocas veces que lo había hecho siempre me decía que todo estaba bien, que había dejado de beber hacía mucho, que a ver cuándo iba a visitarle y que me extrañaba.

—Sé que si lo llamo, me mentirá. Si algo le pasa, no va a decírmelo después de tanto tiempo. La última vez que hablamos fue en navidades y apenas para felicitarnos el año nuevo.

Julián y yo cenamos en silencio. Bueno, quien dice en silencio, dice escuchando cómo él masticaba el pollo. Siempre hacía demasiado ruido al comer, era algo que no soportaba y ya se lo había dicho en varias ocasiones, pero así es el amor, hay que aceptar los defectos del otro. Aunque ese no era el único de mi futuro marido. Desde que decidimos vivir juntos, hacía ya seis meses, había descubierto que Julián no tenía muy buen sentido del compromiso, uno de los valores fundamentales en una relación. Más de una vez habíamos quedado para hacer algo juntos y a última hora me había avisado para decirme que le había surgido un problema en el trabajo, como si fuese más importante que nuestra relación. Ya sé que ir juntos a la ópera no era más importante que su empresa y que era algo que podríamos hacer cualquier otro día, pero era la sensación de que no se sentía comprometido conmigo, o de que no se tomaba en serio dedicarle tiempo a nuestra relación, lo que me llevaba seriamente a plantearme si nuestro matrimonio funcionaría, pues con el paso del tiempo las parejas suelen relajarse aún más y se van dejando de hacer actividades o viajes porque forman parte de la monotonía. No quería que eso nos sucediera.

Pese a todo, la convivencia entre nosotros era bastante buena; a mí, personalmente, me hacía mucha ilusión, además, la veía necesaria, como una especie de prueba a superar antes de casarnos y pasar el resto de nuestra vida juntos.

—Lo organizaré todo para ir este fin de semana —anuncié.

—Perfecto, gestionaré mi agenda para acompañarte.

Julián se levantó para recoger la mesa, yo me incorporé para ayudarlo y él se negó. Enjuagó los platos y los metió en el lavavajillas. Luego nos fuimos a dormir juntos como cada noche. Normalmente solíamos hablar de las cosas que nos preocupaban cuando nos acostábamos, porque se creaba una conexión muy positiva entre ambos, pero esa noche, pese a que por mi cabeza pasaban demasiadas dudas, no dije nada, quizá porque ni yo misma sabía ordenar aquellos pensamientos que me atormentaban y robaban mi fuerza. A veces no se pueden conocer todas las respuestas y toca vivir sin ellas, fluir.

11
IDAIRA

—¡Fue perfecto! —exclamó Bianca, refiriéndose al polvo que había echado la noche anterior con Airam.

Dejé mi taza de té sobre el plato, porque me comenzaron a temblar las manos.

Mi amiga y yo nos habíamos reunido en el Café Comercial como muchas tardes al terminar de trabajar. Me había preparado para poder soportar la narración de su cita con Airam y que me hablase de él, pero no para escuchar los pormenores de su encuentro.

Por momentos me perdía en los murmullos que emitían los transeúntes que pasaban por allí o los que salían de la boca del metro. Trataba de distraerme con el entorno.

—De verdad, ese hombre lo hace como un dios —continuaba ella.

—Tampoco hace falta que me des detalles —intervine al fin, usando un tono demasiado brusco.

—Pero si te encantan los detalles, siempre... Ay, es por Julián, ¿verdad?, ¿seguís en la misma línea?

—Sí —dije para desviar el asunto, aunque no mentía.

Desde que nos habíamos ido a vivir juntos Julián y yo lo hacíamos con suerte una vez cada dos semanas. Supongo que así debe de ser en todas las relaciones, la monotonía del día a día provoca esa pérdida de apetito sexual, pero yo siempre he sido muy carnal y, acostumbrada a hacerlo tres y cuatro veces a la semana, la media de dos polvos al mes me sabía a poco. Por no hablar de la ansiedad en el pecho que me provocaba tenerlo en mi cama sin camiseta con ese cuerpazo y sin hacerme suya.

—Desde luego que la convivencia es el escenario perfecto para asistir al derrumbamiento del espejismo del otro. Cosas que antes resultaban admirables y neutras pasan a ser insoportables.

—¿Eso lo has sacado de uno de tus artículos?

—Es que nunca he vivido con un tío, pero he compartido piso con amigas que eran como hermanas y hemos acabado odiándonos a muerte. —Rio.

—Tú es que tienes lo tuyo, bonita.

—Mira, como vivir sola, nada.

—Vivir con tu pareja tiene sus ventajas también. Pero piensa que llevamos dos años y medio juntos y durante esta etapa, como es propio del enamoramiento, he magnificado sus cualidades y minimizado sus defectos.

—A ver, repite —dijo desbloqueando su móvil y abriendo la aplicación de notas—. Eso me ha gustado para un artículo o quizá para un tuit. Sí, lo voy a publicar ahora mismo en el Twitter de la revista.

Yo continué hablando, porque ya estaba acostumbrada a sus momentos de inspiración repentinos.

—Apenas llevamos seis meses viviendo juntos, tengo que ir adaptándome poco a poco a esos aspectos de él que me molestan.

—Pues sí, más te vale adaptarte, porque sus defectos siempre han estado ahí y van a seguir estando, ni puedes ni te corresponde a ti cambiarlos. De hecho, ayer Airam hizo un comentario muy bonito al respecto. Cuando le pregunté qué era lo que más valoraba en una mujer, me dijo: que entendiera la clase de persona que es y lo aceptara así, sin pretender cambiarlo.

—Vaya, no sabía que habíais llegado a ese punto de... intimidad.

—Sí, la verdad es que a mí también me sorprendió, nunca me había sentido tan bien con un tío en una primera cita.

El hecho de que Airam y ella hubieran hablado de cuestiones sentimentales también me cogió desprevenida. Por un momento quise creer que era un comentario dirigido indirectamente a mí, sabía que Bianca me lo contaría y por eso lo dijo, o quizá era solo porque no quería que nadie volviera a menospreciarlo. Lo que él no sabía es que yo siempre supe quién era realmente y tal vez me equivoqué al no aceptarlo tal y como era y pretender cambiarlo. Pero de los errores se aprende y por eso no cometería el mismo con Julián.

—Mira qué mono. —Mi amiga me enseñó una foto que se habían tomado juntos en la plaza Mayor.

Forcé una sonrisa. No podía hacer otra cosa salvo sufrir en silencio. Pues en el fondo me dolía que se hiciera una foto con ella, a quien apenas acababa de conocer, y conmigo nunca hubiera querido, pues le parecía una tontería eso de inmortalizar el momento, le restaba magia a los recuerdos. Tan solo nos hicimos una, un verano cuando apenas éramos adolescentes y porque nos la tomó su padre por sorpresa.

Sentí un odio celoso y negro, que bullía en lo más profundo de mi ser.

—¿Y en qué habéis quedado? —quise saber.

—Él vive allí y yo aquí, es muy complicado, así que no hemos quedado en nada.

—Claro, lo mejor es que te olvides de él y te lo tomes como lo que es: un polvo más.

—Que no, tía. No me estás escuchando, es que esa es la cosa. No ha sido un polvo más. Es tan complicado que no sé cómo explicarlo.

—¿No me irás a decir que te has enamorado? —reí sarcástica.

—Por supuesto que no, de verdad que hoy no sé qué te pasa, estás espesa, ¿eh? ¿Va todo bien?

—Sí, es solo que..., bueno, hablando con Airam me dijo algo de mi padre que me inquietó bastante. Sé que algo pasa, pero no me quiso decir el qué, así que este fin de semana iré con Julián a la isla.

—Vaya, no sé qué me sorprende más.

—¿A qué te refieres?

—Que vayas a la isla o que por fin presentes a Julián a tu familia.

—Mi familia no es tan grande como la suya. Solo está mi padre y mis dos tías. Y una de ellas está loca.

—Entonces vendrán a la boda finalmente.

—¡No!

—¿Cómo que no?

—Bianca, es que tú no lo entiendes, mi padre es muy... —No encontré la palabra que consiguiese definirlo tal y como quería—. Y de mis tías, mejor ni hablar. Avergonzarían a la familia de Julián y yo quedaría como una paleta de pueblo.

Bianca conocía parte de mi pasado, le había contado mi historia, aunque mucho más adornada y omitiendo algunos detalles importantes.

—¡Qué exagerada! Seguro que no es para tanto.

—Créeme que sí.

12
AIRAM

Aquel día, papá llegó un poco más tarde de lo habitual y olía a aguardiente de parra. No solía beber, pero cuando lo hacía se ponía bastante violento. Por eso, en cuanto lo vi entrar por la puerta supe que no era el mejor día para que se enterase de que doña Carmen había llamado a mi madre para decirle que Idaira y yo habíamos hecho saltar la alarma de incendio y provocado un caos en la escuela.

Por entonces yo tendría unos once años. Éramos un poco traviesos, pero casi nunca nos pillaban. Solíamos colarnos el uno en la clase del otro y sacudir los borradores en la silla de la profe y en la mesa para que se llenará de polvo de tiza la ropa. Idaira ponía chinchetas en la silla para que doña Carmen se pinchara al sentarse.

Una vez inundamos el colegio, pero nadie supo que habíamos sido nosotros. Metimos varios rollos de papel higiénico en un lavabo y abrimos el grifo. Dejamos el agua correr y cerramos la puerta. Luego nos metimos cada uno en su aula como si nada. El director apareció buscando a los responsables de aquello, pero nadie sabía nada. Solo nosotros, y ninguno delataría al otro.

Lo que pasó aquel día fue que yo le quité el encendedor a mi padre y me lo llevé al colegio. Durante el recreo, Idaira, que era muy inteligente, me dijo que si hacíamos saltar la alarma, no tendríamos que ir a clase. Así que nos fuimos directos a los servicios y le prendimos fuego a varios rollos de papel. Tal fue la humareda que se creó que los sensores no tardaron en detectarla y la alarma contra incendios empezó a aullar. Pero no nos dio tiempo a huir, nos pillaron con el encendedor en la mano.

Vi a mi padre andar por el salón tambaleándose y recé para que mi madre no le contase nada, no era la primera vez que me llevaba un correazo.

Así lo hizo y yo lo agradecí. Supongo que ella tampoco quería llevarse ningún golpe ese día.

Estuve castigado durante una semana, pero eso no evitó que Idaira y yo volviéramos a las andadas.

Al poco de aquello, Idaira se coló en mi clase. Mi maestra no era doña Carmen, sino doña Remedios. Estaba un poco loca y era muy maniática con las tizas de colores. Idaira las escondió todas antes de que entrara en clase y se metió dentro de un armario que había al final del aula con algunos libros.

Se me aceleró el corazón cuando doña Remedios preguntó por las tizas.

—Oye, ya está bien. ¡Devolvédmelas, por favor! Necesito pintar las flores.

Nadie dijo nada.

—Airam, sal a la pizarra. Quiero flores amarillas —dijo doña Remedios, sospechando de antemano quién era el responsable de la trastada.

—Maestra, ¡pero si no hay tiza amarilla! —me quejé.

—En alguna parte estará, ¿no?

Me encogí de hombros.

Intenté no mirar al armario en el que se encontraba Idaira, pero entonces se me fue la vista y la maestra se dio cuenta. Caminó hasta allí en silencio y sin previo aviso sacudió semejante manotazo al mueble que resonó en toda la sala. Idaira soltó un grito y salió asustada con todas las tizas en la mano.

—Pero ¿qué tenemos aquí? —Le tiró del brazo con fuerza y se la llevó al despacho del director.

En esa ocasión la castigaron una semana. No me delató. Para compensarle el castigo le regalé varios tazos. Yo era el que más bolinches y tazos tenía de mis amigos.

13
AIRAM

Me sentí mejor cuando regresé a la isla. Volví a la realidad como quien despierta de un mal sueño. Por una parte, ver a Idaira después de diez años y tan cambiada, me había desestabilizado; por otra, conocer a una chica como Bianca había despertado en mí sensaciones olvidadas, pero el hecho de que ambas fuesen amigas descartaba cualquier posibilidad de mantener el contacto, no quería seguir ligado a nada que tuviera que ver con Idaira.

Cuando llegué a Fuerteventura, esa misma tarde, me fui a la playa grande del Cotillo con unos amigos.

El surf era mi ritual diario y, después de casi una semana en Madrid, lo echaba de menos. Los días que no daba clases me iba a surfear olas como la Izquierda del Hierro en Majanicho. Y es que cada ola es única, como las personas, tiene una forma diferente, una altura, un grosor, una actitud... Cada una transmite un sentimiento, tiene su forma particular de avanzar, de desmoronarse, de crecer, de romperse...

Hay olas que se recuerdan, otras que se olvidan, algunas que se evitan y otras a las que se teme. Son seres únicos, mágicos, irrepetibles, por eso es absurdo buscar otra parecida, porque no hay dos iguales.

Quizá eso me había pasado a mí con Idaira, que nunca encontré a nadie como ella. Jamás volví a tener novia. Rollos pasajeros o de verano, muchos, eso sí. En la isla tenía fama de ser buen amante, pero yo pasaba de las tías, no lo hacía intencionadamente, es solo que no conseguía implicarme. Ese es uno de los mayores riesgos del surf, que acabas perdiendo el interés por todo lo demás.

Después de coger varias olas salí del agua y clavé la punta de mi tabla en la arena. Me senté junto a David.

—Hoy las olas no cierran demasiado, tienen poco recorrido —me quejé mirando el mar.

—Para el fin de semana la previsión dice que entrará un buen *swell* sin vientos.

—Sí, me lo han dicho.

—Podríamos ir a Mejillones —propuso David.

—¿Para que te eches atrás en el pico como hiciste la última vez? —me burlé y los demás se rieron.

—Cabrón, ese día las olas rompían con mucha fuerza y no todos estamos tan locos como tú.

—Yo no he bajado Mejillones aún —intervino Robert, un tipo que había llegado a la isla de visita hacía un par de años y se quedó enamorado de esta y de sus playas.

—Es una ola que lleva mucha agua y suele romper con fuerza —aclaré.

—De esas que es mejor no fallar —apuntó David.

—Eso es cierto. —Reí.

—Mira, ¿y qué tal por los madriles, loco? ¿Qué se cuenta el Dani?

—Allí, con su vida de ejecutivo importante. Chiquito chozo tiene el cabrón. Dice que está deseando pillarse vacaciones pa venirse. No sé, lo vi muy... en otro rollo.

—¿Y eso? ¿Se ha echado novia? —curioseó Robert.

—Qué va. Es que anda como muy obsesionado con el curro.

—¿Y tú qué?, ¿no te has follado a ninguna pija de la capital? —David y sus cosas.

—Venga, suelta, todos sabemos que en el fondo te gustan un poco pijas —insistió Robert.

—Sí, he conocido a una chica, pero...

—No te habrás pillado, ¿no? —David frunció el ceño.

—¿Qué dices, loco? Claro que no. Es que resulta que es amiga de Idaira.

—¡¿Cómo?! ¿Y la has visto? —exclamó Robert.

—Sí.

—¿Y? —musitó David en un tono más serio de lo habitual.

—¿Y? —repetí burlón.

—¡Cuenta!

—Pues nada, es que no hay mucho que contar. Ella se va a casar y está muy... cambiada.

Intenté desviar el tema, pero como el interrogatorio no cesó, cogí mi tabla y me metí al agua.

Por la noche fuimos a una terraza en Corralejos donde había muy buen rollo y solíamos compartir las aventuras del día.

Estaba hablando con mis colegas cuando me vibró el móvil. Lo miré porque normalmente no solía recibir mensajes, tampoco tenía redes sociales, así que pensé que podría ser mi madre o cualquier cosa menos un mensaje de Bianca:

No dejo de pensar en lo que pasó. Ya sé que tú estás allí y yo aquí... ni siquiera sé por qué te estoy escribiendo...

Esbocé una sonrisa. No sabía qué responder. Ni siquiera esperaba que volviésemos a hablar. Me dejé llevar, me había tomado ya varias cervezas:

Me encantó conocerte, tus besos son lo mejor que me he llevado de Madrid.

14
IDAIRA

Desde que salía con Julián había visto a sus padres tan solo en dos ocasiones, y mi relación con la que sería mi futura suegra no pintaba demasiado bien. La segunda vez, cuando le dimos la noticia de que íbamos a casarnos en septiembre de ese mismo año, lo primero que preguntó fue si estaba embarazada. Cuando le dije que no, añadió textualmente: «Entonces ¿por qué tanta prisa?».

Esa noche nos habían invitado a cenar en su casa y esperaba que la tercera fuera la vencida. Confiaba en que pudiéramos estar de acuerdo en todo lo referente a nuestra boda.

No sabía qué ponerme, esa mujer tenía pinta de juzgar hasta el más mínimo detalle. Finalmente opté por un vestido de encaje blanco por encima de la rodilla, con cuello barco, sin mangas y sobrefalda. Me encantaba porque llevaba bordados unos ramilletes con cristales en color rosa palo.

La pieza era de una conocida marca y costaba una fortuna, pero lo había comprado como tara, algunas incrustaciones estaban deshilachadas aunque no se notaba, por eso me costó mucho más barato.

Aparcamos en la puerta de su casa, en la lujosa urbanización residencial La Moraleja. Antes de bajarme del coche me pinté los labios.

No sé por qué estaba tan nerviosa; o sí. Por los comentarios que había hecho esa mujer en los encuentros anteriores, daba la sensación de que me consideraban una campesina, y a los majoreros, un puñado de barrigones de esos que llevan sombrero y cuidan cabras.

—Ya verás que no es para tanto. ¡Toma! —Julián me entregó una botella de vino que sacó del maletero—. En mi familia es tradición llevar la bebida cuando te invitan a cenar. Cosas de mi madre.

—Estás en todo. —Le di un beso en los labios.

La fachada, de piedra gallega y resina, estaba resguardada por un viejo olivo y dos prominentes tilos junto a la puerta. Llamamos al timbre.

—Tranquila, mi amor. —Julián me agarró de la cintura.

Me temblaba todo el cuerpo.

La arpía apareció detrás de la puerta con el mentón recto, la mirada altiva y una leve sonrisa que más bien parecía una mueca de superioridad. Tenía, en realidad, un aspecto muy distinguido, con aquel vestido azul marino de corte clásico hasta la rodilla y falda acampanada, mangas francesas y escote básico recatado. Un fino y plateado cinturón marcaba su talle. Su media melena lucía completamente lisa, con la raya al medio, a la altura de los hombros sin llegar a tocarlos.

Isabel era la elegancia personificada. Su exquisitez se percibía incluso en las sencillas joyas que usaba.

Besó a su hijo y luego a mí.

Me fijé en los taconazos de aguja y piel de serpiente que llevaba. No sé cómo a su edad los soportaba, a mí cada vez me costaba más.

—He traído vino —dije entregándole la botella, que estuvo a punto de caérseme de las manos.

—Ay, cómo se nota que lo ha elegido mi hijo. ¡Qué buen gusto tiene!

—Eso es cierto —corroboré sin querer parecer soberbia.

Ella me fulminó con la mirada sin dejar de sonreír.

Saludé al padre de Julián, más agradable que su esposa, y entramos al salón.

—¡Qué bonito vestido! ¿Dónde lo has comprado? —preguntó Isabel después de inspeccionarme de arriba abajo sin ningún disimulo.

—¿Verdad que es ideal? Me lo compré en un outlet.

—¿Dónde?

—Ay, cariño. Esas cosas no se preguntan —intervino el padre de Julián con una sonrisa.

—¿Por qué, querido? Solo estoy tratando de ser agradable con nuestra futura nuera —respondió Isabel antes de dirigirse a la mesa para dejar la botella de vino.

—En un centro comercial que hay en Las Rozas, donde venden prendas de marca más baratas, bien porque están fuera de temporada o porque tienen alguna tara.

—Ah, pues menos mal que cenamos en casa y no hemos reservado en nuestro restaurante favorito.

—¿Por qué? ¿No voy vestida adecuadamente?

—Claro que sí, pero ya sabes, hay sitios en los que hay que cumplir estrictamente las normas de etiqueta. Sobre todo nuestra familia, que está siempre en el punto de mira.

Se refería a que su marido era un cargo público en la ciudad y ella una de las accionistas mayoritarias de la empresa para la que tanto su hijo como yo trabajábamos.

—Mamá, por favor. No empieces.

—¿Qué pasa, hijo? Solo estoy tratando de ser simpática y poner en antecedentes a mi futura nuera.

—Siempre pendiente del qué dirán —se quejó Julián.

—Nuestra reputación nos precede, hijo. Hay que guardar las apariencias.

Tomamos asiento a la mesa y comenzamos a comer el delicioso rape con almejas y langostinos.

—Yo suelo comprar mucho en una boutique que hay en la calle Serrano, también venden vestidos de novia. Deberías mirártelo allí —comentó Isabel antes de llevarse a la boca un trozo de pescado.

—Ya tengo elegido el vestido. Además, la boutique que usted comenta me parece un poco... anticuada.

—Para una boda hay que ir recatada, no pretenderás casarte con escote. —Soltó una risita insoportable—. Si quieres, puedo hablar con el diseñador, es amigo mío.

—Se lo agradezco muchísimo, pero como le digo ese no es mi estilo y ya tengo vestido.

—Pamplinas, para una boda el estilo siempre es el mismo: clásico, elegante y recatado.

—No opino igual, creo que se puede ir elegante y a la moda, no son cosas opuestas.

—A mí la moda me aterra, pero seguro que has tenido muy buen gusto a la hora de elegirlo. De todos modos te acompañaré a verlo, no podemos arriesgarnos a quedar en vergüenza delante de los invitados.

—¡Mamá!

—¿Qué? Solo la estoy aconsejando. Ella tiene que saber que no va a un desfile de moda, sino a una boda donde habrá cientos de invitados, gente de alcurnia, políticos y accionistas de la empresa.

—En realidad, habíamos pensado en algo más íntimo —repuso Julián, temeroso.

—Sí, familia y amigos más allegados, menos de cien personas —dije con firmeza, puesto que Julián y yo habíamos hablado ya ese tema y le había advertido que no estaba dispuesta a celebrar un evento como el que su madre pretendía.

—¿Menos de cien? —Isabel se puso pálida.

—Sí —afirmé.

—Pero eso es imposible, no podemos reducir tanto la lista, vamos a quedar mal con mucha gente. —Alterada, tomó la copa de vino y le dio un trago.

—La entiendo, señora, pero es mi boda.

—Lo sé, cariño, pero entiende tú que Julián es nuestro único hijo y, como madre, me hace mucha ilusión celebrarlo con todos nuestros allegados —repuso en un tono cercano y forzado a partes iguales.

—¿Y sabéis ya dónde se celebrará el enlace? —preguntó el padre de Julián.

—No, aún no —respondió su hijo.

—Yo te ayudaré a encontrar el sitio perfecto, querida. Sé que una boda es un evento que hay que organizar con mucha precisión, son muchos detalles... —expresó Isabel.

—¡Disculpadme! Tengo que atender esta llamada. —Julián se levantó de la mesa con el móvil en la mano.

—Ya tengo contratada una *wedding planner* y vamos el jueves a ver varias opciones —aclaré.

—Veré si puedo hacer un hueco en mi agenda, mi selecto grupo no admite ausencias los días que nos reunimos en el club.

—¡No hace falta! Entiendo que tenga que ir a su partida de cartas y divertirse un poco, tiene que ser muy estresante estar todo el día aquí metida. No quiero aburrirla con los preparativos de mi boda. —Hice énfasis en las últimas palabras.

—De verdad, ¡qué obsoleta! Ni que estuviéramos en el casino de un pueblo. En el club no jugamos a juegos de mesa, cielo. Tomamos cócteles, los mejores y más exquisitos, y charlamos de política y cuestiones de diversa índole.

—Lo dice como si hubiese estado usted en muchos pueblos.

—No, nunca.

—Lástima.

—La verdad es que sí, ojalá alguien ayudara a esa pobre gente a mudarse a la ciudad. Aquí hay mayores oportunidades, ¿no creéis?

Me percaté de que el marido le daba una patada por debajo de la mesa.

—Las oportunidades están en todas partes, se encuentran con mucho esfuerzo y sacrificio —respondí sin levantar el tono.

El latir de mi corazón se iba acelerando por segundos. Me sentía totalmente desprotegida sin la presencia de Julián y temía no poder controlar mis impulsos más primitivos y decirle cuatro cosas a esa vieja insoportable.

—Cariño, vas a formar parte de nuestra familia. No te molestes, por favor —intervino su marido dirigiéndose a mí.

—Solo estamos hablando de las diferencias entre el campo y la ciudad, es obvio que vivir en un pueblo no puede proporcionar las mismas oportunidades. Por eso cuando una se muda a la urbe es importante que deje atrás los modales propios de...

No pude evitar interrumpirla.

—Le aseguro que en los pueblos hay gente más educada y con mejores modales que en la ciudad —dije mientras cortaba un trozo de pescado para llevármelo a la boca.

En ese momento, me vino a la mente la frase que Airam le había dicho a Bianca sobre lo importante que era para él encontrar a alguien que entendiera la clase de persona que era y no pretendiera cambiarlo. Supe cómo podría haberse sentido, aunque yo jamás quise tal cosa, solo que estudiara y encontrase un trabajo normal, como todo el mundo, y que así tuviera cierta estabilidad. Supongo que todo se reduce a aceptar a las personas tal y como son; al fin y al cabo, nadie es perfecto.

—Bueno, cambiemos de tema. Mejor cuéntame: habréis hablado de hacer un contrato prematrimonial, ¿no? Como buena asesora jurídica que eres sabrás que esas cosas son importantes.

—¿Qué está queriendo decir con eso?

—Hija, está a la orden del día, no te ofendas. Es una pregunta inocente.

—No hay ningún interés económico por mi parte, solo amor.

—El amor se va con el tiempo, querida.

—Perdona a mi mujer, está celosa porque te llevas al niño —intervino su marido.

Quise responder, pero en ese instante apareció Julián.

—Un asunto de trabajo —indicó.

Continuamos con la cena y, a partir de ese momento, Isabel, en presencia de su hijo, se comportó con una gran amabilidad fingida. Hizo todo lo posible para complacerme.

Cuando se levantó de la mesa para ir a por el postre, hice el amago de ayudarla, pero ella no me dejó argumentando que era la invitada de honor.

El padre de Julián salió al jardín a fumarse un cigarro, Isabel no le dejaba fumar en el interior.

—Mi madre tiene sus cosas a veces, pero ya ves lo atenta que es. Yo sé que en el fondo te aprecia y que os llevaréis muy bien —dijo Julián.

«Sí, seguro», pensé. No entendía cómo no se daba cuenta de que lo que estaba haciendo su madre era un paripé. Ojalá hubiese escuchado los comentarios que había hecho en su ausencia, pero claro, la muy bruja era lista.

—Por cierto, ¿quién era? —pregunté aludiendo a la llamada, ya que le había cambiado el semblante.

—Ha surgido un contratiempo y... —dijo apenado.

—¿Qué pasa?

—No voy a poder ir este fin de semana contigo a la isla a conocer a tu padre. Sabes que tenía muchas ganas, pero ha habido un problema con el cierre del proyecto que tenemos en París y tengo que viajar el jueves para reunirme con los inversores y tratar de salvar la negociación.

—¿Y cuándo vuelves?

—El lunes si todo va bien.

Isabel apareció con el postre: una tarta cremosa de chocolate y caramelo.

15
AIRAM

Los días en la isla transcurrían soleados, apacibles, monótonos. Me gustaba ir al supermercado, hablar con el cajero, que conocía todas las playas en las que había buenas olas, pasar las tardes en el Canela Café con mis colegas, escuchar los últimos cotilleos del pueblo, ir a las fiestas que se organizaban en la playa...

Entablar conversación con la gente era muy sencillo, prácticamente nos conocíamos todos de vista y, cuando llegaba algún forastero nuevo, lo vigilábamos para ver qué tierras traía.

Esa tarde tenía una clase de tecnificación con un alumno en Playa de Hierro. Ese tipo de clases eran para surfistas más avanzados, en ellas yo grababa a los alumnos surfeando y luego, en mi ordenador, les mostraba los errores.

Bubbles era una ola rápida, *tubera* y de recorrido mediano. Tenía dos picos diferenciados que rompían sobre un fondo volcánico de mucha profundidad, ideal para hacer maniobras fuertes y solo apta para surfistas de alto nivel. La ola formaba unos tubos increíbles, sobre todo ese día en que el viento rompía en contra. Su color, su esplendor, su grandeza, todo cuanto la envolvía te invitaba a cogerla.

Cuando terminé de trabajar, le dije a David que fuera a esa playa para surfear juntos un rato y luego ir a tomar algo. En lo que llegaba mi amigo, me metí en el mar.

Golpeé la tabla con mi pecho y braceé acercándome a la ola, intentando superar la espuma que se arrastraba hacia la orilla. Remé con todas mis fuerzas para tratar de atravesar aquella serie. Cuando creía haber llegado al límite, otra ola rompió delante de mí. Hundí la tabla para hacer un pato y pasar por debajo de la espuma tomando profundidad para disminuir su empuje, pero el mar se había revuelto y liberaba tal energía que me arrancó la tabla de las manos y me arrastró. Perdí el control y comencé a dar vueltas bajo el agua.

Conseguí salir a flote y observé cómo una nueva serie de olas, mucho más grandes que las anteriores, se aproximaba y yo me encontraba en la línea de impacto. Remé sin parar, casi sin energía, hasta que recuperé el control.

La corriente me ayudó a alcanzar el pico. De repente, entró una ola perfecta y me cuadró un tubo larguísimo y grande. No me lo pensé, bajé la derecha y me hice el tubo, con más anchos que altos, algo que cualquier surfista desea. Estaba dentro y mi mente solo pensaba en salir por la boca, tenía la mirada fija en la salida, la veía a unos doce metros.

Finalmente salí del tubo. Cuando se consigue hacer uno tan perfecto la sensación es indescriptible, como si de una fusión se tratase. En el surf, cada ola se convierte en una parte de ti.

Vi a David y caminé con cuidado hasta él por las rocas volcánicas.

—Chuos, niño, menudo caramelito de ola —dijo mientras se colocaba el traje de neopreno.

—Sí, ¡está de locos hoy! —dije eufórico.

La tarde continuó entre olas, olas y más olas.

16
IDAIRA

No sé por qué, pero en alguna parte de mi fuero interno sabía que Julián no vendría conmigo ese fin de semana. Siempre priorizando su trabajo. Tal vez fuera lo mejor, total, para que pensara que mi padre era un borracho muerto de hambre y que, aunque ya no tenía cabras, vivía rodeado de ellas...

Cuando se lo conté a Bianca, ella en lo único que pensó fue en que podría acompañarme y así ver a Airam. En un primer momento me pareció una terrible idea, entre otras cosas, porque eso supondría que supiera demasiado sobre mi pasado y mis raíces, pero, con tal de no tener que enfrentarme sola a volver a la isla y lo que eso suponía, acepté que viniera.

Así que allí estábamos, en el aeropuerto de Madrid, embarcando en nuestro avión con destino a Fuerteventura.

Julián me mandó un mensaje deseándome un buen vuelo, al que respondí con un seco: «Gracias». Seguía molesta por el plantón. Estaba cansada de que su trabajo siempre fuera más importante.

Tomamos asiento en la segunda fila, al menos Julián se había molestado en reservar asientos en primera clase, aunque para un vuelo tan corto no sé si merecía la pena, pues no había mucha diferencia.

Bianca estaba tan ilusionada con aquel viaje que incluso me preocupé.

La azafata nos ofreció algo de beber y aceptamos un vino espumoso, que, por cierto, no me sentó nada bien. Con la presión de la cabina y la acumulación de nervios me hinché como un globo.

Durante el descenso pudimos contemplar las rojizas montañas, las cabezas volcánicas, como si fuesen cráteres de otro planeta, la rocosa costa, las cristalinas aguas, los colores cobrizos de la tierra árida... Parecía el spot publicitario de una isla de ensueño, pero no, era mi isla, esa de la que un día me fui para no volver.

Recordé las primeras palabras que le dije a Julián cuando me preguntó en el ascensor de la oficina de dónde era: «De un lugar al que no quiero volver». Me miró con tanto asombro que creo que fue aquella respuesta lo que despertó su interés por mí, porque no hubo tiempo para mayor explicación. Las puertas del ascensor se abrieron y yo salí en dirección a mi oficina y él a la suya.

Fue aterrizar en Fuerteventura, donde el verano parece eterno, y sentir una energía milagrosa. ¿Por qué había renegado tanto de mi isla, el lugar en el que había sido tan feliz? Quizá tenía miedo a terminar como mi madre, sin conocer mundo, atrapada en una vida mediocre sin opción a crecer como mujer, a realizarme.

—Oh, Dios, ¡qué maravilla de tiempo! —gritó Bianca en cuanto salimos de la terminal.

—Vamos, a ver si nos da tiempo a coger la guagua hacia el norte.

—¿La qué?

—El bus —aclaré.

Entré en la cafetería para preguntarle a la señora que trabajaba allí por qué no había horarios por ningún sitio. Todos los que estaban en el bar nos miraron como animales al vernos entrar a las dos. La mujer me dijo que la siguiente guagua hacia el norte llegaba a las dos y media. Miré el reloj y aún faltaban veinte minutos, así que picamos algo rápido porque nos moríamos de hambre.

—Podría llamar a Airam para que nos recogiera él con el coche —propuso Bianca.

—¡No! —grité alterada.

El hombre que estaba sentado en la mesa de al lado se quedó inmóvil al escuchar mi grito. Mi amiga me miró extrañada y pálida.

—Perdona, es que estoy algo nerviosa. Volver a casa después de tanto tiempo me tiene un poco alterada. No molestes a Airam para eso, con la guagua llegamos bien, además, él vive a más de una hora de aquí.

—Sí, tienes razón. Es que tengo tantas ganas de verlo...

—Pero habéis quedado esta tarde, ¿no?

—Sí.

—Al final, ¿qué vais a hacer? —curioseé.

—No sé, le he dicho que estaré contigo en la playa del restaurante de tu padre y él me ha dicho que por la tarde, cuando termine una clase que tiene, se pasa a verme.

—Bueno, el restaurante no creas que es un *beach restaurant* de exquisita gastronomía. —Reí nerviosa—. No sé qué te habré contado, pero ya sabes que soy un poco exagerada a veces. Es un chiringuito a pie de playa sin ninguna sofisticación.

—Seguro que tiene mucho encanto —afirmó con una sonrisa.

—Y no te vayas a asustar, que vivo en una zona muy humilde —le advertí.

—Ay, Idaira, qué cosas tienes... Claro que no me voy a asustar por eso.

—Y mi padre es un tanto... peculiar.

—Seguro que es un amor de persona.

Forcé una sonrisa, luego añadí:

—Sí, seguro.

Nos subimos a la guagua y cruzamos la isla. Bianca comenzó a quejarse de la mala conexión a internet.

—Acostúmbrate. —Le acaricié el brazo entre risas para consolarla.

Una hora y media más tarde, cuando solo quedábamos nosotras, el conductor anunció que teníamos que bajar.

—¿Cómo? —pregunté extrañada.

—Que esta es la última parada.

—Pero esta guagua paraba cerca de la playa.

—Sí, y aquí estamos.

Miré a mi alrededor y no veía el mar por ningún lado.

—Pero antes seguía hasta Los Lagos...

—¿Antes? De eso hace años ya, mi niña. ¿Desde cuándo no vienes por aquí?

Mi amiga y yo salimos y cogimos nuestras maletas. El conductor retomó la marcha y una cortina de polvo lo inundó todo. Bianca comenzó a toser y yo no pude evitar escupir la arena que se me había metido en la boca.

—¿Y ahora qué? —preguntó Bianca.

—Estamos lejos para ir andando con este calor y con maletas. Voy a buscar en internet el teléfono de alguna compañía de taxi... Vaya, no me van los datos, ¿y a ti?

—No me lo puedo creer. —Acalorada, mi amiga se recogió el pelo en una cola.

—Lo siento, Bianca. Esta guagua antes paraba muy cerca de la playa...

—Voy a llamar a Airam —sentenció mi amiga.

No pude rebatírselo, era más rápido que intentar lo del taxi.

—¡Mierda! Tampoco hay cobertura. ¿Tienes tú?

Miré mi móvil y nada.

—¿Qué hacemos? —preguntó mi amiga como si yo tuviera alguna alternativa a la que era obvia.

Miré a ambos lados de la calle; no había ni un alma.

—Caminar.

Así que arrastramos nuestras maletas Samsonite por un camino de tierra hasta que vimos a un hombre guardando unas cosas en su coche. Decidimos preguntarle con la esperanza de que se ofreciera a llevarnos, pero, lejos de eso, nos invitó a coger la carretera principal y hacer autostop.

Continuamos tirando de nuestras maletas entre risas y maldiciones.

Antes de llegar a la carretera nos encontramos con otro hombre que estaba fumándose un cigarro en la puerta de una casita de piedra pintada de blanco y con las tejas viejas.

Un perro salió corriendo de la casa y se puso a ladrarnos.

—*Juite, juite,* perro del demonio —le achuchó el hombre después de escupir en el suelo.

El perro se acostó en el umbral.

Bianca y yo le contamos la misma historia: que no sabíamos que la guagua ya no paraba en Los Lagos, que no teníamos cobertura, que queríamos ir a la playa...

—¿Tú eres la hija del Pirata?

Casi me dio algo al escuchar el sobrenombre que le habían dado a mi padre en el pueblo.

—Sí —dije algo avergonzada y sin atreverme a mirar a Bianca, que debía de estar en shock.

—¡Eulalia! Mira quién está aquí —gritó el hombre hacia el interior de la casa.

La mujer apareció secándose las manos en el delantal de cuadros con volantes que llevaba puesto.

—Idaira, mi niña, pero ¡qué guapa estás! —Se acercó a mí, me achuchó la cara y me dio dos besos.

Resultó ser la mujer que trabajó en el chiringuito durante un par de veranos, cuando el cáncer de mi madre ya estaba demasiado avanzado y le impedía hacerlo. Después de que mi madre falleciera, mi padre decidió prescindir de Eulalia y dejar de ofrecer comida. Solo servía bebidas y algunas tapas que él mismo elaboraba. Fue entonces cuando se refugió en el alcohol.

Pensar en esos días me recordó lo sola que me sentí durante ese periodo, en el que tuve que lidiar con mi propio sufrimiento por haber perdido a la mujer más maravillosa de este mundo, y también con el suyo. Mi padre se convirtió en un inútil, el alcohol lo anuló por completo como persona, no lo reconocía. Me decepcionó mucho. Fue entonces cuando supe que tenía que salir de allí o acabaría convirtiéndome en la sombra de mi madre, en todo lo que ella nunca quiso para mí. Merecía ser yo, ser auténtica, por ella y por mí.

Mi vida en la isla había sido feliz y triste a partes iguales. Y no una infelicidad superflua, más bien una de esas que acaba dejándote vacía y te obliga, en cierto modo, a renunciar incluso a tus raíces.

—Pasen pa dentro, que estaba preparando un potaje de berros, siéntense. —La voz de Eulalia me sacó de mis pensamientos.

Me limité a sonreír y miré a Bianca, que parecía fascinada con la casa y con la forma de hablar de Eulalia. Tomamos asiento en una silla de plástico blanca un tanto ajada a consecuencia del paso del tiempo.

—Pero, muchacha, ¿onde van a ir a con este caló?

—He venido a visitar a mi padre.

—Les voy a servir un poco de potaje, que estos berros son de la güerta.

—No, no, de verdad, Eulalia, no queremos molestar.

—¡Qué molestar ni qué bobadas! Anda, coman algo, que están mu flacas. Qué alegría le va a dar a tu padre verte, miniña.

Al final mi amiga y yo comimos escuchando a Eulalia, que nos hizo todo tipo de preguntas. Pese a lo que podría haber esperado, mi amiga parecía disfrutar con la conversación.

Dentro de la jaula que había en la sala, el canario comenzó a cantar como si quisiera unirse a la tertulia.

Antonio, su marido, se ofreció a acercarnos en su camioneta.

—¿Quieren un fisquito café, misniñas?

—No, de verdad —respondimos Bianca y yo al unísono.

—Anda, un fisquito namás antes de que se vayan —insistió.

Nos tomamos el café y luego fuimos con nuestras maletas al coche de Antonio. Nuestra sorpresa fue que se trataba de una camioneta vieja de color arena, de esas típicas inglesas de los años cincuenta, más propias para transportar ganado que personas.

—¿En serio vamos a ir en ese trasto? —susurró Bianca en mi oído.

—Eso parece. Me pregunto cómo habrá acabado esa camioneta en esta isla.

—Pero si es biplaza —se quejó mi amiga.

—Suban a la parte de atrás, el asiento del copiloto lo quité para poder transportar las cosas del campo. —Antonio se montó y cerró la puerta.

Mi amiga me miró a la espera de que yo le dijese que aquello era una broma, pero las cosas en la isla funcionaban así, de ese modo despreocupado y cotidiano, propio de las vidas sencillas.

Antonio arrancó el motor y gritó:

—¿A qué esperan?

Lanzamos nuestras maletas a la parte trasera de la camioneta y subimos, primero mi amiga y luego yo.

Nos sentamos en el cubre ruedas metálico y nos agarramos todo lo fuerte que pudimos, aunque pronto nos relajamos al ver que aquella tartana no cogía mucha velocidad.

En cuanto comenzamos a sentir el aroma a salitre de la isla y la brisa acariciándonos la piel, nuestra percepción cambió. Aquello estaba lejos de ser un descapotable, pero la sensación era muy parecida. Los pocos coches que pasaban y nos adelantaban tocaban la bocina. Nosotras nos reíamos y saludábamos agitando los brazos, parecíamos dos adolescentes.

La isla rebosaba paz y color, todo era tan distinto a Madrid... Creo que hasta ese preciso instante no fui consciente de lo mucho que necesitaba volver a ser la niña que un día fui. Sin presiones sociales, sin tener que guardar la compostura todo el rato, sin preocuparme por si esto estaba bien o estaba mal... Simplemente fluir.

Encontrarme de lleno con todo aquello a lo que renuncié me hizo ser consciente de lo mucho que había extrañado aquella luz.

Agradecí estar allí con Bianca y contar con su apoyo. Pese a venir de familia adinerada, ella siempre había sido una persona humilde en cuanto a valores, aunque por su forma de ser y de vestir no lo aparentara.

17
AIRAM

Esa mañana, mientras íbamos de camino a la escuela, decidimos saltarnos las clases. Por entonces yo estaba en sexto de educación primaria y ella en cuarto. Faltaban apenas un par de meses para que acabase el curso escolar y nos dieran las vacaciones de verano. Era mi último año en la escuela, al siguiente curso nos tocaría separarnos hasta que Idaira entrase al instituto.

Se nos ocurrió entrar en la propiedad de un anciano que estaba no muy lejos del colegio. Saltamos la valla y nos escondimos en el pajar. Allí estuvimos un buen rato sin hacer nada.

Me fijé que aún llevaba la pulsera trenzada que le había regalado por su cumpleaños. Recuerdo que mi madre me ayudó a hacerle el nudo para que no se deshilachara y luego me preguntó si era para Idaira. Yo, escandalizado, negué con la cabeza y le dije que solo era mi amiga y que no me gustaba. Se la entregué al día siguiente de su cumpleaños, no le dije que la había hecho yo. En realidad, no le dije nada, solo se la di y ya está. No quería que supiera que ella me gustaba. Aquel día me dio un abrazo muy corto y yo sentí que me ardía todo el cuerpo. Fue muy incómodo y raro, pero me gustó.

El propietario de aquel terreno tenía un palomar y a Idaira le encantaban las palomas, así que la agarré de la mano y la llevé a verlas.

—Son preciosas —dijo ilusionada—. ¿Podríamos llevarnos una?

—Está cerrado con candado.

—Hay una ventana ahí arriba cubierta con una malla. —Señaló con la mano.

—Pero si rompemos la malla, se escaparán todas.

—Luego la volvemos a cerrar. —Sonrió.

Idaira siempre tenía ideas un poco locas, pero a mí me gustaba que fuese tan divertida. No podía decirle que no a nada.

Siempre he creído que de pequeños ella era una niña mala que pretendía ser buena, mientras que yo era un niño bueno que quería ser malo.

Buscamos por el campo algo a lo que subirnos para alcanzar la ventana. Encontramos junto a un pozo un bidón azul de plástico. Estaba vacío, así que lo arrastré yo solo hasta la ventana. Cuando vi que Idaira no venía detrás de mí, la fui a buscar.

—¿Qué haces? —Alcé la voz al verla abrir la tapa del pozo y meter un cubo de metal con una cuerda.

—Sacar agua. Tengo sed.

—¡Ten cuidado!

Metió la cabeza en el recipiente y bebió como lo haría un animal. Tras ello, me acompañó al palomar y me ayudó a subirme al bidón.

Romper la malla no fue complicado, lo complicado fue esperar a que las palomas quisieran escaparse para agarrar alguna.

En ese momento escuchamos el rugido de un motor acercarse. Ambos salimos corriendo.

Conforme nos alejábamos vimos cómo las aves alzaban el vuelo en bandadas, disfrutando de su nueva libertad.

Nos escondimos en medio de un campo.

Al cabo de un rato, Idaira se bajó los pantalones y se puso a orinar en cuclillas. Lo hizo como si yo no estuviera allí. A mí me costó no mirar, me resultaba raro verla echar ese chorro por aquella rajita. No era la primera vez que se la veía, aunque sí la primera que la veía mear. A veces jugábamos con la manguera del patio de mi casa. El agua salía a chorros y ella se regaba la raja. Decía que le gustaba. Yo también lo hacía, pero a mí no me gustaba. Puede que porque yo no tenía raja.

Un día que fui a su casa a jugar con ella, la vi en el patio metiéndose la cabeza de una muñeca por debajo de las bragas. No le dije nada, pero, cuando entró en la cocina, cogí la muñeca y me la llevé a la nariz. El pelo le olía a cangrejo y a sal.

Yo llevaba tiempo queriéndole tocar la rajita, pero me daba vergüenza decírselo. Después de verla orinar por ahí, ya no quería, me daba un poco de asco. No entendía por qué tenía que adoptar esa postura, como si fuese a cagar, en vez de hacerlo de pie al igual que lo hacía yo.

Cuando a lo lejos escuchamos la sirena del cole supimos que ya habían dado las dos y regresamos. Antes de entrar en mi casa me escondí en un cuartillo que había y me toqué la cuca pensando en la rajita de Idaira. Me hice sangre sin querer y me asusté mucho. Como se manchó la ropa, tuve que decirle a mi madre que me había caído y me había dado un golpe. Ella se lo creyó.

18
IDAIRA

Estaba aterrada por la reacción de mi padre al verme y por la impresión que Bianca pudiera llevarse de él, pues no era precisamente el tipo de padre que mis amigas querrían tener. Solía ser muy gruñón, no hablaba demasiado y cuando lo hacía apenas vocalizaba; para colmo, cuando bebía se enfadaba con facilidad y gritaba, daba igual si había gente delante y si te avergonzaba. Pero era mi padre y pese a todo lo quería.

Entrar en el chiringuito y verlo allí, detrás de la barra, me provocó una oleada de indomables emociones que dilató mi corazón hasta el punto de que creí que fuera a reventar.

Me pareció como si estuviera viendo a otra persona. Estaba muy envejecido.

Había imaginado aquel día en mi cabeza miles de veces, el momento en que por fin me enfrentaba cara a cara con mis acciones y le pedía perdón por no haberlo visitado en todos estos años, por haberme ausentado así de su vida y no hacer más por ayudarlo con su adicción. Y el resultado era siempre similar: yo le pedía perdón y él, borracho, me gritaba, y entonces yo volvía a desaparecer. Pero no ocurrió nada de eso. Parecía sobrio, algo que me sorprendió para bien.

No me salía la voz. Tampoco pude moverme del sitio y me quedé allí en medio, paralizada.

—Hija. —Con los brazos abiertos y la cara alzada, mi padre avanzó hacia mí palpitante, como quien se enfrenta al ganado encarándose a las reses.

Me abrazó tan fuerte que pensé que me partiría en dos. La angustia ahogaba mis pulmones, tomé una enorme bocanada de aire y no pude evitarlo, rompí a llorar.

Habían pasado diez años, diez largos años sin venir a verlo y casi sin hablarnos, tan solo para felicitarnos el año nuevo y poco más. Enfadados por algo tan absurdo que incluso me avergonzaba de mí misma. Sin embargo, él seguía queriéndome como solo lo puede hacer un padre, lo noté en su abrazo.

—¿Qué se siente al volver a casa después de tanto tiempo? —preguntó cuando me soltó.

—No sé, es extraño... Aún no me creo que esté aquí. —Sonreí.

—¿Este es tu prometido? —bromeó mi padre refiriéndose a Bianca.

—¡Nooo! —exclamé riendo—. Claro que no, papá. Esta es Bianca, mi mejor amiga.

—Ah, como decías que vendrías con él, pensé que por fin lo podría conocer. —Mi amiga le tendió la mano, pero él la ignoró y le plantó dos besos.

—Julián no ha podido venir porque a última hora le ha surgido un asunto de trabajo.

—¡Otra cerveza! —gritó un cliente desde una de las mesas de la terraza.

—Estos guiris son unos jediondos —se quejó mi padre, aspirando la jota como solo un majorero puede hacerlo.

Se fue directo a la barra. Me sentí aliviada al ver que, después de darle tantas vueltas en mi cabeza a este momento, las cosas habían sido mucho más sencillas de lo que imaginé.

Mi amiga contemplaba con fascinación un póster grande que había en la pared de la Virgen de la Candelaria. Alrededor había varias estampas de otros santos. Mis padres me educaron en una atmósfera religiosa. Cuando era pequeña mi madre me enseñó a rezar, pero hacía tiempo que había dejado de practicar la oración. Yo siempre le preguntaba cosas como qué era el cielo, qué significaba «santificado» o qué eran los pecados. Ella me lo explicaba con palabras amorosas y a su manera, siempre tuve la sensación de que ella en realidad no era tan religiosa como mi padre, aun así, nunca le confesé que me sentía una pecadora, porque no quería decepcionarla.

Bianca salió a hablar por teléfono con Airam, yo aproveché para charlar con mi padre.

—Te he llamado muchas veces, casi nunca lo coges —se quejó él al tiempo que pasaba una bayeta sucia por la barra.

—Ya sabes, tengo mucho trabajo. —Me senté en uno de los taburetes.

—Estás tan cambiada, hija. Si tu madre te viera... —Se le saltaron las lágrimas.

No supe muy bien cómo interpretar aquello; es cierto que físicamente había cambiado un poco, ya no estaba tan morena de piel ni tenía el pelo tan largo, pero seguía midiendo un metro setenta y siete, no había crecido ni un centímetro más desde los diecinueve años.

Sabía que mi madre se habría alegrado de saber que salí de la isla, que había estudiado una carrera y un máster y que tenía un trabajo valioso. Le encantaría escuchar las anécdotas de mis viajes, pero sobre todo saber que iba a casarme, para ella el matrimonio era algo muy especial. No sé si me hubiera perdonado lo que le hice a Airam o haberme pasado los últimos diez años sin ver a mi padre. Supongo que sí, o eso quiero creer, porque era el precio que había tenido que pagar para vivir la vida con la que ella siempre soñó.

—¿Por qué has venido? ¿Por qué ahora? —Se detuvo frente a mí, al otro lado de la barra, y esperó con atención mi respuesta.

No me atreví a decirle el motivo real, tampoco a preguntarle abiertamente qué era lo que pasaba, aparentemente de salud estaba bien y sobrio, sin embargo, yo sabía que si Airam había hecho aquel comentario, era porque algo iba mal, pero, aunque se lo preguntase en ese momento, mi padre no me lo contaría. Ninguno estábamos preparados para profundizar demasiado.

—Quería saber qué tal estabas.

—He dejado de beber si es eso lo que te preocupa, y esta vez es de verdad. Hace siete meses, cuando me llamaste para contarme que te casabas, te vi tan feliz que comprendí que si no controlaba mi vida... —Tragó saliva—. No quería estar en tu boda como un borracho, quería estar a la altura y que no te avergonzaras de mí. Fui a una reunión de Alcohólicos Anónimos y desde entonces voy todas las semanas.

—¿Has dejado de beber porque me caso? —pregunté sorprendida.

—Porque eres feliz y quiero volver a formar parte de tu vida.

Ese habría sido el momento perfecto para abrazarlo y decirle que me sentía orgullosa de él, que me alegraba mucho de que por fin tomara las riendas de su vida, pero los recuerdos y el rencor se apoderaron de mí y le dije lo que de verdad sentía.

—Me gustaría creerte, pero, cuando mamá murió, te necesité tanto..., necesité a mi padre y has esperado hasta ahora, que ya no te necesito, para serlo —le reproché al tiempo que las lágrimas recorrían mis mejillas.

—Nunca he sido muy oportuno, pero nunca es tarde, miniña. —Mi padre me entregó una servilleta para que secara mis lágrimas.

Guardé silencio un instante, dubitativa, confusa, esperando a que mi padre soltara un reproche por haberlo abandonado.

—Solo te pido que me llames más a menudo y que vengas a visitarme. —Puso su mano sobre la mía.

—Creo que eso podré hacerlo. —Sonreí feliz.

Bianca y yo dejamos las maletas en el chiringuito y nos pusimos el biquini en el servicio, porque mi casa estaba algo retirada y había que ir en coche, así que esperaríamos a que Airam fuera a recogernos en una hora, según le había dicho a Bianca.

El sol aún se hallaba alto en la isla sin estaciones. Tras darnos un baño, nos tumbamos en la arena a disfrutar de aquella maravillosa tarde de finales de mayo.

—¡Qué bien os veo! —Su voz le dio un vuelco a mi corazón.

Abrí un ojo y confirmé que era él. Me puse muy nerviosa, no sé por qué si era solo Airam y, además, lo había visto en Madrid hacía tan solo una semana. Todo debería fluir con naturalidad.

Me incorporé lentamente. Bianca, en cambio, se puso en pie de un salto y le plantó un beso a Airam en los labios que me quemó por dentro. Hubiera gritado de dolor al verlos. Se me formó un nudo en la garganta.

Cuando aquel beso, que me pareció eterno, terminó, Airam se acercó a mí. No podía esquivar los dos besos propios del saludo, lo contrario resultaría extraño a los ojos de Bianca.

Con toda la angustia, me incorporé y le di dos besos. Sus mejillas rozaron las mías y estuve a punto de desintegrarme. ¡Cuán horrible era aquella distancia que mediaba entre nosotros en ese instante!

No podía hacer nada, salvo quedarme quieta y sufrir. Aceptar que Airam era pasado. Sin embargo, eso no evitaba que sintiera una especie de ternura hacia él, por todos los años que habíamos compartido y, al mismo tiempo, un odio celoso que bullía a fuego lento en lo más profundo de mi ser.

19
AIRAM

Siempre llegaba tarde, no porque quisiera o porque fuera un impuntual, más bien creo que era por mi optimismo, siempre pienso que me dará tiempo a todo.

En cuanto terminé la clase de surf con los seis jóvenes que estaban iniciándose, me fui a tomar una cerveza con Robert y David. Estaba de camino cuando recibí la llamada de Bianca diciéndome que ya habían llegado a la isla y que estaban en la playa frente al chiringuito del padre de Idaira. Me hacía mucha ilusión que hubiera venido a verme. Cuando me lo dijo no la creí, era algo que no me esperaba para nada, pero más me sorprendía que Idaira hubiese decidido venir a ver a su padre después de tanto tiempo y acompañada de su amiga.

—Me tomo una cerveza con mis colegas y voy para allá.

—Vale, ¿tú nos puedes acercar a casa de Idaira en el coche?

—Claro, sin problema.

—Genial. ¿Cuánto tardas más o menos?

—Una media hora o poco más —afirmé.

Y ahí estaba mi problema con el optimismo. Media hora fue lo que tardé en llegar y pedir la cerveza, a esto hay que sumarle la otra media que me llevó tomármela con mis colegas mientras hablábamos del plan para esa noche, más los quince minutos que empleé en llegar a donde ellas estaban.

Afortunadamente, Bianca no se molestó por mi retraso y me recibió con un beso en la boca que me cogió totalmente desprevenido. Aunque me gustó, me sentí algo incómodo al encontrarme con la mirada desnuda de Idaira.

Creo que fueron solo unos segundos lo que duró aquel cruce de miradas, pero los suficientes para perderme en sus bellos ojos azules. En ellos parecían romper las olas y flotar una especie de tristeza como gotas de aceite.

Puse mis manos sobre sus hombros y le di dos besos. Una corriente eléctrica recorrió todos mis miembros.

—He estado hablando con mis colegas y mañana habrá buenas olas en la isla de Lobos, así que vamos a organizar una acampada. La idea es despertar a primera hora sobre la arena y lanzarnos al agua, ¿os animáis? —propuse para disipar la tensión.

—Ay, sí, ¡qué guay! Me encanta la idea. —Bianca saltaba de alegría.

—Yo no creo.

Sabía que Idaira diría eso.

—¿Por qué? ¿Acaso tienes algo mejor que hacer? —le preguntó Bianca con sorna.

—¡Id vosotros!

—Venga, va. Hazlo por mí, ya sé que para ti no es ninguna novedad, pero yo nunca he acampado en la playa y me han hablado maravillas de esa isla —le suplicó Bianca—. ¡Porfi, porfi, porfi!

—Está bien...

Bianca se abalanzó sobre ella y le dio un abrazo.

—Entonces será mejor que nos vayamos ya, así os dejo en casa de Idaira. Mientras deshacéis las maletas y tal, voy a la mía a coger comida y un par de cosas más. Iremos en la lancha de un amigo de Robert.

—¿Y dónde vamos a dormir? —preguntó Idaira.

Supe que decirle la verdad la haría dudar de nuevo, estaba seguro de que enfrentarse a nuestros amigos no era algo que le agradase.

—En dos tiendas de campaña que llevará David.

—Ah, ¿David también viene?

—Sí.

Vi la incomodidad en su rostro. David y ella habían sido muy buenos amigos en el pasado, de hecho, siempre he creído que estuvo enamorado de ella en secreto.

Esperé mientras Bianca e Idaira entraban en el bar a recoger sus maletas. Luego las llevé a su casa y me fui directo a la mía.

20
IDAIRA

Cuando Airam entró en el instituto y yo me quedé en la escuela, nos distanciamos un poco, aunque seguíamos siendo amigos, ya no éramos tan inseparables como lo habíamos sido desde el día en que nos conocimos en la playa y me construyó un castillo de arena. Yo creía que aquel gesto era una declaración de intenciones futuras y que acabaríamos construyendo todo un reino juntos, donde el amor sería el principal motor de nuestras vidas. Pero resultó que fue solo un acto de solidaridad infantil.

Airam comenzó a salir con chicas, todas estaban locas por él. Había aprendido a practicar surf y se pasaba las tardes en la playa.

Algunas veces le decía que me acompañase a las clases de informática de los jueves. Y había días que venía, pero a él no le gustaban los ordenadores y se aburría, su pasión era el mar.

Aquella tarde fui a la clase de informática con May, mi mejor amiga. Ambas acabábamos de entrar en primero de ESO y, aunque me sentía muy adulta, los chicos y chicas de otros cursos me trataban como una niña aún. Era una adolescente delgaducha y ridiculizada por mis compañeros. Yo pensaba que cuando fuera al instituto, Airam y yo volveríamos a ser inseparables como antes y que pasaríamos los recreos juntos. Pero no fue así, él se iba con sus colegas y se metían en los baños a fumar mientras May y yo permanecíamos sentadas en la escalera que había en el patio. Ella se colocaba detrás de mí para peinarme; decía que tenía una melena muy suave. Se pasaba la media hora del recreo cepillándome el pelo con los dedos y haciéndome trenzas. A veces Airam se iba con alguna chica a solas y May y yo le seguíamos para ver cómo se besaban. Sin embargo, fuera del instituto, seguíamos siendo amigos.

May y yo llegamos a informática las primeras, nos sentamos en la última fila. Nos gustaban mucho esas clases porque nos habíamos abierto un Messenger. Ella hablaba con un chico de Lanzarote que decía que vendría a verla en verano.

El profesor comenzó a explicar diferentes recursos de Word y mi amiga y yo, que compartíamos ordenador, abrimos un chat para conocer gente. Nos inventamos que teníamos diecinueve años y comenzamos a hablar con varios chicos. Uno de ellos tenía la webcam activada y nos enseñó su cuca. Cuando vi aquella cosa grande y gorda llena de venas, me asusté. Quise cerrarlo, pero estábamos hablando con tantos chicos que se bloqueó la pantalla del ordenador.

El profesor nos miró y, aunque disimulamos, supo que algo estaba pasando. Se acercó a nosotras y mi amiga comenzó a darle fuerte a las teclas. El ordenador no reaccionaba y para colmo la imagen de la webcam se había agrandado y ahora la cuca ocupada toda la pantalla. Justo cuando el profesor llegó a nuestra altura, reaccioné y rápidamente di un tirón al cable para desenchufar el ordenador.

—¿Qué pasa aquí?

—Nada, profesor. Es que se nos hapagao el ordenador y no sabemos cómo encenderlo —dijo May.

El profesor le dio al botón de encendido, pero el ordenador no arrancó. Miró el enchufe y vio que el cable no estaba conectado a la corriente.

—¡Lo habéis desenchufado!

—Ah, le habré dado con el pie sin querer —dije con una risita nerviosa.

El profesor nos miró y esperó hasta que el ordenador volvió a encenderse.

Recé para que la cuca ya no estuviera ahí. Por suerte, todas las ventanas se habían cerrado. May y yo contuvimos la risa nerviosa. En realidad, no nos conectábamos porque nos interesara ver cucas, sino por la extraña sensación que nos producía hacer algo prohibido.

21
IDAIRA

Por si ver a Airam en la isla no fuera ya suficiente, también tuve que enfrentarme a volver a la casa donde crecí. Era como si todo siguiera igual sin estarlo. La pequeña ermita intacta. Las fachadas de las otras casas lucían similares a diez años atrás, excepto la pared de piedra del huerto de Manuel, donde ahora habían construido un chalet enorme y moderno que destacaba del resto. Tampoco estaba ya el rosal que había junto a la puerta y que mi madre cuidaba con tanto esmero, del que brotaban flores blancas y rosas varias veces al año. Por lo demás, casi nada había cambiado. El asfalto, el olor, la luz...

Introduje la llave en la cerradura y una oleada de recuerdos me abofeteó la cara al abrir la puerta. Olía a tabaco y a cerrado; por suerte, mi padre había vendido las cabras que tenía en el corral y que, pese a que daban varios litros de leche a diario, impregnaban la casa con un hedor a chero insoportable.

Sentí que me ahogaba, porque parecía como si nunca me hubiese ido o como si alguien aún me esperara.

Sobre la mesa camilla había una cesta de mimbre con higos picos; junto a esta, varios catálogos de promoción del Hiperdino. Era curioso como cosas tan simples y con tan poco valor conseguían despertar en mí sentimientos tan fuertes.

Me acerqué al antiguo mueble aparador estilo alemán y contemplé las piedras naturales, las conchas que recogía de la playa cuando era pequeña y los marcos de fotos que había sobre él. En una salía mi madre cuando era pequeña acompañada de sus dos hermanos y sus padres. Con el paso de los años y pese al cristal que la protegía, la fotografía había dejado de ser blanca y negra para lucir un color beis apagado. La imagen reflejaba las costumbres machistas de la época. Mi abuelo estaba sentado, los demás de pie; iba vestido con sus calzones del campo, camisa de cuadros y boina. Su pose, algo encorvada como consecuencia del duro trabajo, y sus marcas de expresión, sello de vida. Mi abuela llevaba unas enaguas oscuras con un delantal encima. Y su eterno rodete canoso. Pese al sufrimiento, entre sus arrugas podía encontrarse una leve sonrisa.

Me perdí en otra de las fotografías, en la que salían mis padres, alegres, jóvenes, celebrando su amor, su aquí y ahora, porque en ese momento el tiempo para ellos parecía eterno. Me lo había dicho mi madre muchas veces y luego siempre añadía: «Pero nunca lo es, siempre se acaba. Por eso, vuela, hija, vuela y vive».

Qué nostálgico lo antaño, quizá porque es la esencia de todo. Ellos eran de donde partía. La base de mis cimientos. Día a día, con su bondad, trabajo y sacrificio intentaron sacarme adelante, aunque a veces me costara verlo así.

Tomé entre mis manos mi fotografía favorita. No era la más bonita de mi madre ni mucho menos, pero era especial. En ella salía de joven con la piel de porcelana, efecto del blanco y negro de las fotografías antiguas, lucía un vestido claro y parecía estar saltando de alegría. Reía con la boca abierta y los ojos cerrados. Era una pose natural, desprevenida, auténtica. Nada que ver con las que suben a las redes sociales, donde todo tiene apariencia de forzado.

Mi madre marcó una diferencia en mi vida, nunca me cortó las alas, es más, si me faltaba alguna pluma para alzar el vuelo, ella me la ponía. Ojalá pudiera ver cuán lejos había llegado, pese a que por el camino hubiera perdido a tantas personas. Como Airam. Ella lo adoraba, siempre decía que pasaría el resto de mi vida junto a él, que estábamos hechos el uno para el otro, pero se equivocaba.

Mi madre vivió en una época golpeada por la pobreza, donde nada era fácil, donde el poder vivir un día más era un regalo y, a pesar de ello, siempre lucía una sonrisa, siempre tenía una palabra amable para mí.

Mami, como yo la llamaba, siempre fue una mujer fuerte y, si alguna vez tuvo miedo, nunca lo mostró. Se fue sin hacer ruido, sin dramas, sin lamentos, sin quejarse. Ahora que lo veo en retrospectiva sé cuánto debió de sufrir en silencio.

¡Qué grande eras, mamá! ¡Qué grande sigues siendo dondequiera que estés!

Una lágrima cayó sobre el cristal del marco. Pasé la mano por la superficie y sentí las motas de polvo en la yema de los dedos.

—¿Es tu madre? —preguntó Bianca sacándome de mis pensamientos.

—Sí.

—Era muy guapa.

—Lo era —corroboré con la voz rota.

—¿Hace mucho que murió?

—Sí, yo tenía tan solo dieciocho años recién cumplidos.

—¿Qué pasó?

—Cáncer.

Mi amiga se mordió los labios como si se arrepintiera de haber formulado la pregunta. No supo qué decir y a mí por primera vez se me antojó contarle a alguien lo que pasó ese día, porque durante años nunca había hablado de ello, como si el mero hecho de contarlo lo hiciera más terrible aún. No me gustaba recordarla así: consumida por la enfermedad.

—Fue un mes de agosto, yo estaba con Airam en la playa de Corralejo y de pronto tuve un presentimiento. No teníamos móviles, así que le dije que regresáramos y, cuando llegamos a casa... —Me llevé el dorso de la mano a la nariz y presioné con fuerza como si eso pudiera contener el mar de lágrimas que estaba a punto de aflorar—. Todo fue demasiado deprisa, ni siquiera tuve tiempo de verla, porque cuando llegué ya se la habían llevado.

Bianca me abrazó para consolarme, pero nada podía serenarme, porque aquel día mi vida cambió para siempre, todo lo que vino después fue devastador.

Sonaron las lentas y recias campanadas del reloj de la iglesia. Me separé de Bianca al comprender que se nos hacía tarde y que no quería arruinar el fin de semana de mi amiga con mis penas. Me sequé las lágrimas y añadí:

—Vamos a deshacer las maletas, que ya son las siete y en media hora nos recogen.

—Si no quieres ir, podemos quedarnos aquí —dijo Bianca.

Quise tomarle la palabra, pero no era justo, no merecía ese egoísmo por mi parte. Además, ya era hora de que afrontase mis errores del pasado y me enfrentara a ellos.

—¿Tú te has hecho pruebas genéticas? —preguntó mientras abría su maleta.

—¿Qué?

—Es que hace poco escribí un artículo para la revista y entrevisté a una doctora y, bueno..., recuerdo que mencionó que era recomendable hacérselas, además de un control rutinario al menos una vez al año a partir de los treinta.

—¿En serio? —expresé sarcástica—. No puedo creer que escribieras ese tipo de cosas en un artículo o, peor aún, que te lo publicaran. El hecho de que mi madre lo tuviera no quiere decir que yo también vaya a tenerlo. De hecho, el porcentaje de probabilidad es mínimo. ¡Eso es un mito!

—Sí, lo sé, es de un diez por ciento. Tener una mutación genética hereditaria no significa que estés destinada a tener cáncer irremediablemente, sino que existe un mayor riesgo de desarrollar un determinado tipo. Se recomienda solo por prevención.

—¿Prevención? ¿Qué necesidad tengo yo con veintinueve años de saber si tengo algún tipo de célula cancerígena que no se va a desarrollar? ¿Para amargarme la existencia? ¡Yo estoy sana!

—Lo siento, no sabía que...

—¡Vamos a dejar el tema! —la corté.

Mientras Bianca se duchaba di un paseo por la casa. Traté de no pensar en la conversación que habíamos tenido, pues llevaba años intentando armarme de valor para ir a hacerme un chequeo general, pero siempre lo posponía. Me aterraban los médicos.

Entré en la sala donde mi padre solía guardar todas las cosas de valor, los documentos importantes y todo lo relacionado con el chiringuito. Aquello estaba lejos de ser un despacho, apenas había una silla de madera con el asiento de enea y una pequeña mesa redonda de hierro, algo oxidada por el inexorable paso del tiempo. Cuando era pequeña, él siempre me decía que no debía entrar ahí sin su permiso, mucho menos tocar ningún papel. Sobre la mesa vi un sobre de la Agencia Tributaria que captó mi atención. Estaba abierto, saqué la carta y vi que era una notificación de embargo. La leí detenidamente.

Casi me dio algo al descubrir que le habían bloqueado las cuentas y que debía pagar quince mil euros, además de que podía perder la casa con la que hacía años había avalado el chiringuito. Al parecer, el alcohol lo había llevado a la ruina y de no ser porque paró a tiempo, también habría sido su perdición.

¿Sería eso a lo que se refería Airam cuando mencionó a mi padre? Ojalá, casi sentí alivio al saber que no se trataba de un tema de salud. No era una gran cantidad y, aunque estaba teniendo muchos gastos, había ahorrado veinte mil euros para comprarme un coche, por lo que no tendría que pedirle el dinero a Julián, aunque me quedaría con las ganas de aquel Mercedes que se me había antojado, eso, o financiarlo, cosa que descartaba totalmente. Los préstamos eran para los pobres y solo servían para endeudarse más, algo que me quedó muy claro después de estudiar Derecho financiero y de escuchar las conversaciones de los amigos de Julián.

Dejé la carta y regresé a mi habitación. Me tumbé en la que un día fue mi cama. Me parecía tan pequeña comparada con entonces... como todo cuanto me rodeaba, quizá. Sin embargo, me resultaba reconfortante estar allí, sentir el calor de mi madre cerca. Pensé que lo curioso era que aquello pudiera interpretarse como que los recuerdos y las emociones vividas en un lugar permanecen en este para siempre pese a que las personas cambiemos.

Se me vino un recuerdo a la mente y sin levantarme abrí el cajón de la mesita de noche. En su interior encontré lo que buscaba: la pulsera trenzada que Airam me había regalado en uno de mis cumpleaños cuando aún éramos niños. Estaba rígida como una piedra y totalmente deshilachada.

La volví a guardar en el cajón y permanecí allí tumbada hasta que Bianca salió del baño.

—¿Aún estás así? —preguntó mirando mi maleta, que seguía cerrada a los pies de la cama.

Afirmé con la cabeza.

—¿No quieres que salgamos, entonces?

—Sí, solo estaba descansando un poco, asimilando todo.

—Me imagino que debe de ser duro volver y enfrentarse a tantos recuerdos.

—Ojalá fueran solo los recuerdos, pero no es el pasado a lo que me toca hacer frente.

—¿A qué te refieres?

A esas alturas Bianca había demostrado ser una buena amiga, no me había juzgado en ningún momento, así que decidí contárselo porque necesitaba desahogarme.

—He encontrado una carta de embargo en el despacho de mi padre, le van a quitar todo.

22
IDAIRA

Reconocí aquella playa tan pronto la lancha nos dejó junto a la orilla. Estaba rodeada de acantilados y era muy poco frecuentada; de hecho, solo algunos locales sabían de su existencia. Era un rincón único en el que Airam y yo nos habíamos perdido muchas tardes, como si aquel lugar fuera nuestro pequeño paraíso secreto.

La magia de la isla me estaba contagiando: las puestas de sol, las playas, las dunas, el olor... Volver a Fuerteventura era como entrar en una burbuja. No creo que fuera consciente de lo mucho que necesitaba aquel descanso. Minuto a minuto la energía de mi tierra me iba envolviendo y me contagiaba su tranquilidad.

Me deleité con la paz que sentía, alcé los brazos como si me preparase para echar a volar. Tomé una bocanada de aire y cerré los ojos. El viento azotó mi cuerpo y alborotó mis cabellos, quise gritar, pero no quería que el resto me tomara por loca.

Bruscamente, Airam apareció junto a mí, con la tabla de surf debajo del brazo y un cubo negro repleto de cervezas con hielo y, en tono de burla, dijo:

—¿Ha terminado usted su meditación?

Lo fulminé con la mirada. Bianca, que parecía más integrada que yo, se rio ante el estúpido comentario.

—¡Hay que atravesar todo eso! —indicó Airam mientras señalaba una de las rocas.

Miré las pesadas bolsas y por un momento quise negarme. Hacía tanto que no cargaba con nada que no estaba segura de poder con ellas. Qué rápido se acostumbraba una a lo bueno. Cuando iba de compras con Julián, no me dejaba coger ni una, siempre cargaba él con todo.

May, que también venía con nosotros (resulta que David y ella estaban saliendo), cogió las bolsas menos pesadas y se fue detrás de Airam sin dirigirme la palabra. Entendía que mi vieja amiga no me hablase. Con ella tampoco actué bien. Cuando me fui cambié de teléfono intencionadamente, con todo lo que eso conlleva.

Me preocupaba que May hiciera algún tipo de comentario delante de Bianca respecto a mi historia con Airam y eso provocara el enfado de esta, totalmente justificado.

Caminamos por un sendero durante casi media hora, rodeando el volcán de la Caldera de Lobos.

Cuando llegamos a la cala, los chicos hicieron una hoguera y montamos el campamento.

No me di cuenta de lo mucho que había echado de menos esas noches frente al mar hasta que no estuve allí.

Me levanté para estirar las piernas y cogí mi móvil para llamar a Julián, pero en aquella playa no había cobertura. Lo dejé de nuevo sobre las servilletas para que no se las llevara el viento, la única utilidad que tenía allí era de pisapapeles.

May caminó hacia el mar, se detuvo donde las olas rompían y contempló las partículas centelleantes que producía el reflejo de la luna sobre el agua.

Aproveché el momento y fui a su encuentro. Hasta entonces no habíamos tenido ocasión de hablar.

—Lo siento —dije cuando llegué a su altura.

—¿Qué es lo que sientes, exactamente? —preguntó en tono hostil sin dejar de mirar el mar.

—Todo —confesé.

—¿Eres consciente del daño que nos causaste? No entiendo cómo Airam ha podido perdonarte, pero desde luego yo no puedo hacerlo, no quiero. Ni siquiera sé cómo he podido aceptar que vengas con nosotros. Tu presencia me incomoda —dijo mirándome con asco.

May tenía todo el derecho del mundo a estar enfadada. Cuando me fui corté con todo de raíz, no quería seguir vinculada a nada que me recordase la vida que había llevado antes.

—¡Éramos amigas!

—Tú lo has dicho, «éramos» —recalcó la última palabra.

Caminó por la orilla y yo la seguí.

—Quiero estar sola —se quejó al ver que iba detrás de ella.

—May, por favor. No quiero que estemos así.

Se detuvo y se giró hacia mí.

—Si finjo que te soporto es porque Airam me lo ha pedido, si no he hecho ningún comentario delante de Bianca es porque también él me lo ha pedido.

—Gracias por eso, de verdad. No quisiera que mi amiga...

—Ja, ja, ja. —Rio con sorna—. La palabra «amiga» en tu boca da risa. ¡Pobre chica! ¿Desde cuándo a una amiga se le ocultan cosas como que su nuevo novio fue antes el tuyo? Estoy segura de que esa idea de no decir ni mu fue tuya, ¿y cómo no?, Airam, si tú se lo pides, es capaz de mentir, porque haría lo que fuera por ti.

Quise decirle que las cosas no eran así. Cuando le conté que Airam y yo habíamos ido juntos al instituto, él y Bianca todavía no tenían nada, ¿cómo iba a imaginarme que su... rollo iría a más? Además, que yo supiera, ellos no eran novios, ¿o sí?

Estuve a punto de echarme a llorar.

—Si alguna vez te importó Airam —continuó May—, aléjate de él. Ya sufrió bastante por tu culpa. —Me dio la espalda y regresó a la hoguera.

—¿Una cerveza, cariño? —le preguntó David después de darle un beso en los labios.

—Sí, la necesito. —Suspiró.

—¡Vamos a emborracharnos! —gritó Robert.

Yo me quedé un rato más en la orilla, disfrutando de la brisa (húmeda, pero agradable), intentando reflexionar sobre mis errores del pasado, y a la única conclusión a la que llegué fue que me quería ir de allí, quería que aquel fin de semana terminase de una vez y volver a mi casa, a mi vida.

23
IDAIRA

Aprendí a practicar surf con quince años, para entonces Airam tenía diecisiete y era todo un experto. Antes de aquel día había intentado ponerme en pie sobre la tabla en varias ocasiones, pero sin éxito. Creo que fue la rabia que llevaba contenida dentro la que me hizo dar lo mejor de mí esa tarde. Y es que el día anterior había visto a Airam llegar a las fiestas del pueblo en su moto para recoger a la Yani. Se me rompió el corazón el verlo quitarse el casco para ofrecérselo a ella, quien lo besó en los labios y le revolvió el pelo con la mano. Ella se lo puso y él le ajustó el cierre. Tras ello, Yanira se subió a la moto y se aferró a su cintura con fuerza. La odié, también lo odié a él por irse con ella. Con todas las chicas guapas que había en el pueblo, ¿por qué la elegía a ella sabiendo que no la soportaba y que me había hecho la vida imposible en la escuela? Lo había visto con otras chicas y nunca me había afectado tanto. En una ocasión incluso me excité cuando lo vi meter su mano en el pantalón de una chica con la que se liaba al salir de clase. Sí, a veces me gustaba seguirlo y me escondía para ver las cosas que hacía con las chicas, porque yo también quería hacerlas.

La noche que Airam se fue en su moto con la Yani, yo tenía una cita con un chico de su clase. Era un año menor que Airam, pero como él había repetido, estaban en el mismo curso.

Sin embargo, después de presenciar aquel beso, mi cita se vio empañada por la tristeza.

No sé cuándo me enamoré de Airam, o quizá sí, solo sé que me enamoré de alguien a quien antes quería como amigo. Y eso era algo sumamente extraño.

Pero allí estábamos esa tarde, metiéndonos en la playa del Cotillo, él sujetando mi tabla con fuerza, esperando a que llegara la ola para indicarme que remase con rapidez. Luego me impulsaba y entonces yo hacía un esfuerzo sobrehumano por ejecutar ese ágil salto que habíamos practicado tantas veces.

Estaba nerviosa, más bien ansiosa por conseguirlo. Quería demostrarle que yo no era como esas chicas patosas con las que él quedaba. Había practicado aquel salto en la arena del patio de mi casa miles de veces en las últimas semanas, pero claro, en el mar nada es lo mismo. Mi equilibrio era tres veces peor y, a cada intento, la tabla salía disparada. El mar es impredecible y en el agua no tienes control de la situación.

Durante los primeros intentos sentía que estaba librando una lucha. Todo se enfocaba en alcanzar el equilibrio entre mi propio cuerpo y el mar, pero a lo más que llegaba era a conseguir salir ilesa de cada ola. Me caía al agua una y otra vez, la corriente me arrastraba hasta la orilla, la tabla me pasaba por encima o incluso me golpeaba, me enredaba con la amarradera y me tropezaba, así una y otra vez, hasta que de pronto conseguí ponerme de pie. Duré solo un par de segundos, pero aquello fue un chute de adrenalina que me llevó a seguir intentándolo sin parar. Sabía que con la siguiente ola me iría mejor, aunque cada una fuera diferente.

Después de un descanso nos metimos los dos de nuevo en el mar, en esa ocasión le dije a Airam que me dejara sola. En cuanto divisé la primera ola me tumbé sobre la tabla, dejando los pies fuera y, una vez la noté aproximarse, comencé a remar con todas mis fuerzas. Rutina que repetí varias veces. Mi autoestima aumentaba por minutos, al mismo tiempo que tenía más y más ganas de coger olas. Conseguí ponerme nuevamente de pie y llegué hasta la orilla deslizándome.

Airam me miraba atónito porque no se lo esperaba y yo me sentía eufórica y solo quería más y más.

Tras varios tragos de agua salada y alguna que otra voltereta, volví a conseguirlo. Es sorprendente como cuando una supera sus propios límites, todo fluye. Cuando crees en ti misma, tú tienes el poder.

Terminé agotada, me dolía todo el cuerpo, pero, sobre todo, los brazos y el pecho de presionarlo contra la tabla al remar.

Nos sentamos en la arena, el uno junto al otro, a contemplar la puesta de sol.

—Oficialmente has aprendido a surfear —dijo dándome un codazo.

—Soy una máquina. —Lo miré y le guiñé un ojo.

—¡Has tenido un buen maestro!

Puse los ojos en blanco.

—Mira, ¿y qué tal tu cita de anoche? —preguntó como quien no quiere la cosa.

Yo le había contado que había quedado con Yeray, porque solíamos contarnos todo, o al menos eso creía hasta que lo vi irse con la Yani en su moto.

—Muy bien —aseguré.

—¿Hubo beso?

—Sí que lo hubo y fue perfecto.

En realidad, no lo fue, la palabra correcta sería... cómodo. Pues Yeray no intentó meterme la lengua hasta la campanilla. Lo único es que no había experimentado nada, ninguna de esas emociones de las que Airam me hablaba cuando él besaba a alguna chica que le gustaba. Más alejado aún estuvo aquel beso de los que había leído en los libros.

—Vaya, eso sí que es una cita perfecta. ¡Qué romántico! —se burló.

—¡Qué imbécil! —expresé molesta.

—¡Pero no te enfades! —rio.

—No estoy enfadada, es que lo has dicho con sorna. Haces que suene aburrido.

—Igual es que lo es.

Le di un empujón y me levanté. Él me agarró del brazo antes de que escapara y tiró de mí.

—Estoy de broma. Sabes que me alegro un montón y me gusta que te lo pases bien y te diviertas. Además, Yeray parece un buen tío.

—Lo es. Y que sepas que no es aburrido, pero claro, para ti, si no hacemos las cosas que tú haces, somos aburridos. ¿Ya habéis follado? ¿Cuándo pensabas contármelo? —Me deshice de su agarre.

—¿A qué te refieres?

—¿Pretendes ocultarlo? ¡Os vi, Airam! ¡¡¡Os vi!!! —grité—. Pensé que nos lo contábamos todo.

—No te lo he contado porque estos días hemos estado hablando de tus cosas con Yeray y apenas he tenido tiempo.

—Ya, ¡excusas! Lo que no entiendo es cómo has podido acostarte con ella después de todo lo que me hizo pasar.

—Eran cosas de niños, Idaira.

—¡¿Cosas de niños?!

—No entiendo por qué te pones así. Además, no me he acostado con ella.

—Ah... ¿así cómo? —pregunté agitando los brazos un poco alterada.

—No estarás celosa... —Soltó una risita que me exasperó.

—¿Celosa yo? ¡Ja! —Dejé escapar una carcajada maliciosa.

—No te entiendo —se quejó.

Claro que no, cómo iba a hacerlo, era demasiado estúpido como para darse cuenta de que estaba perdidamente enamorada de él.

24
IDAIRA

La noche en la isla de Lobos estaba siendo demasiado fría en todos los sentidos. Me sentía invadida por una especie de desesperanza. Bianca era el centro de atención, hablaba captando el interés de todos y hacía preguntas sobre cómo era la vida en Fuerteventura. Parecía cautivada.

Cenamos con cervezas alrededor de la hoguera. Airam sacó su guitarra y se puso a tocar. El resplandor del fuego iluminaba sus hombros anchos, un poco inclinados hacia delante, mientras permanecía relajado ante el fuego con la guitarra en su regazo y la cabeza gacha. Bianca lo miraba como lo hace una mujer enamorada, contemplaba esa belleza conmovedora y peculiarmente suya.

Cuando Airam terminó de tocar la canción, ella tomó la cara de él entre sus manos y le besó los labios. Airam se quedó inmóvil, mirándola. Mi corazón se detuvo. Para ocultar mi incomodidad me tumbé en la toalla y contemplé las estrellas.

Airam pasó sus dedos por las cuerdas de la guitarra y con aquella primera vibración supe lo que estaba a punto de hacer.

Quise incorporarme y decirle que ni se le ocurriera tocar nuestra canción, pero algo me lo impidió. Durante unos segundos solo se escuchó el crujir de la leña al consumirse. Airam esperaba mi reacción, mi negativa y, al ver que esta no llegaba, comenzó a tocar.

El sonido que salía de la caja de resonancia era limpio, amenizado únicamente por el romper de las olas y el crepitar del fuego. Cada nota musical que emitía me embriagaba.

Me lo imaginé moviendo las manos apasionadamente para generar aquella melodía evocadora que definía nuestro amor, un amor perdido.

Recordé el día que me tocó por primera vez esa canción. Yo tenía diecisiete años, estábamos en la playa de Tebeto, una de las más solitarias y encantadoras. Habíamos ido los dos solos con su Volkswagen Camper y nos habíamos subido al techo para contemplar la puesta de sol y posterior lluvia de estrellas prevista para esa noche. Ambos permanecimos sentados mirando el horizonte hasta que él se incorporó. Entonces se acercó tanto a mí que pensé que iba a besarme, pero no lo hizo, y dijo ilusionado: «Te he compuesto una canción». Le dije que me la tocara y bajó rápidamente a por la guitarra. Aún recuerdo el nerviosismo con el que sus dedos rozaban las cuerdas. Era la canción más hermosa que jamás había escuchado.

—Es preciosa, ¿qué título le has puesto? —curioseé.

—*Mil veranos contigo.*

—Me encanta, Airam. —Tomé su rostro entre mis manos y me acerqué a sus labios con la intención de hacer lo que llevaba años deseando.

Él se apartó con delicadeza.

—No quiero romper esto que tenemos.

—Esto jamás se va a romper —aseguré acercándome de nuevo a su boca.

—Vamos a complicarlo todo —susurró cerca de mis labios.

—¿Por qué?

—No sé, solo sé que no quiero perderte, Idaira. No podría soportarlo.

—¡No vas a perderme! —Entrelacé mis dedos en su cabello y lo besé.

Fue el beso más sincero, tierno y emotivo que jamás haya experimentado. El mundo, tal y como lo conozco, dejó de existir en el aquel instante. Me sentía como en una noria alrededor del universo, como si pudiera tocar las estrellas.

Ni siquiera sé cómo fui capaz de separarme de sus labios.

—Yo también —susurré en sus labios.

—¿Tú también, qué?

—Yo también mil veranos contigo.

Airam me besó lento, suave, caliente, y gimió entre mis labios como si estos le quemaran. No sé cuánto tiempo duró aquel beso, solo sé que me habría quedado allí, tan cerca de las estrellas, tan perdida en su boca, mil veranos.

Las lágrimas comenzaron a aflorar y agradecí estar tumbada y que fuera de noche. Las cuerdas de la guitarra seguían vibrando sin cesar, como mi llanto.

De pronto me sentí furiosa, no me podía creer que revelara algo que había sido solo nuestro, o quizá no era tan nuestro como yo creía y lo compartía con todas las chicas con las que había quedado durante los últimos diez años.

—Nunca te había escuchado tocar esa canción —dijo David.

—Es preciosa. ¡Me encanta! Es tan... emotiva —expresó Bianca ilusionada.

Yo seguía tumbada contemplando las estrellas, poniendo atención a todo lo que hablaban.

—¿No? Pues la toco a menudo —dijo Airam en tono despreocupado—. Ya ni me acuerdo de dónde la saqué.

Me incorporé un poco y quise añadir algo, pero opté por morderme la lengua.

Me encontré con sus ojos desafiantes. Tenía aspecto de estar evaluándome. Desvié la mirada y contemplé las brasas del fuego, que estaba lo suficientemente retirado de mí como para que no alumbrase mi rostro cubierto de lágrimas. Varias chispas saltaron y Bianca, que estaba cerca de la hoguera, pegó un pequeño respingo.

—¿No te gusta sentir el fuego en la piel, Idaira? —Airam se dirigió a mí con ese doble sentido en sus palabras.

—Sí, es agradable, pero prefiero estar aquí tumbada. No me siento necesitada de calor —repuse intentando que no se apreciara el sarcasmo.

Bianca intervino sin percibir la doble connotación de nuestras palabras:

—Tiene que ser maravilloso vivir en un clima en que se pueda prescindir de tanta ropa.

—Lo es, por eso vamos a desnudarnos todos. —Robert se puso en pie.

—¿¿¿Qué??? —Bianca no tuvo tiempo de reaccionar cuando Airam y Robert ya se estaban despelotando frente a nosotras y corriendo hacia el mar.

Contagiada por aquella locura y tras ver a May desnudarse, mi amiga se quitó la parte de arriba del biquini y corrió hacia la orilla. David se levantó y me miró.

—¿Te vas a quedar ahí?

—Sí.

—No seas boba, vamos. No me digas que ahora también te da vergüenza desnudarte.

Por supuesto que no, nos habíamos visto desnudos en muchas ocasiones. Era solo que me sentía un poco fuera de lugar, como una exiliada de mi propia vida.

Me quité la parte de arriba del biquini.

—¿Me dejas tu tabla? —le pregunté a David antes de que se fuera.

—¿Vas a surfear? —preguntó extrañado.

—Solo quiero intentarlo.

—Entonces coge la de Airam, yo cogeré la mía, voy contigo.

Me lo pensé un par de veces antes de pillar la tabla de Airam, pero al final me hice con ella, me coloqué la amarradera en el tobillo y me metí en el agua con David.

Braceé hasta el pico, donde se comenzaban a formar pequeñas olas, intenté pillar alguna, pero estaba un poco borracha y aquello se convirtió en una especie de centrifugado de risas, gritos y ahogadillas. Me reí como cuando me sentía libre, cuando mi única obligación era ir a clase y mi mayor preocupación que mis padres me dieran la tarde libre en el chiringuito para poder pasarla con Airam en alguna playa recóndita.

Me senté en la tabla donde comenzaba la serie, el mar estaba en calma, y rompí a llorar. David se acercó braceando y se sentó en su tabla a mi lado. La luz de la luna daba a nuestros cuerpos un brillo plateado.

—¿Estás bien? —preguntó con un tono de voz que delataba que había superado ya las diez cervezas que necesitaba para emborracharse.

—Sí.

—Corren chismes de que has pasado de ser una chica guay a una pija insoportable.

Su comentario me hizo gracia. David y yo siempre nos habíamos llevado bien. De hecho, en el instituto creo que estuvo enamorado de mí, pero nunca me lo dijo. Lo sé porque cuando comencé a salir con Airam se alejó de nosotros un tiempo, como si vernos juntos le rompiese el corazón.

—¿Te parezco insoportable?

—Me parece que estás mil veces más buena de lo que ya estabas.

Me reí y le di un golpe que le hizo perder el equilibrio y caer de la tabla.

—¿Por qué te fuiste así, Idaira? —preguntó al borde del llanto cuando asomó la cabeza—. No solo le rompiste el corazón a Airam, también a mí. Éramos amigos, joder.

—Lo siento.

Me cubrí el rosto con las manos. El llanto afloró.

—Podrías haber llamado...

—Necesitaba salir de aquí. Me sentía atrapada en una vida que no quería para mí. Mi madre acababa de fallecer, mi padre se había convertido en un alcohólico, ¿qué futuro me esperaba si me quedaba? Tú no lo entiendes, nadie lo entiende —dije entre sollozos—. No voy a pedir perdón por tomar las riendas de mi vida y ser egoísta, pero sí por haber hecho las cosas como las hice. Sé que me equivoqué, que no estuvo bien, pero cortar de raíz con todo era lo más fácil, de no haberlo hecho así no lo habría conseguido.

—Espero que te mereciera la pena.

Pude ver cómo una lágrima recorría su mejilla.

—Sí, he conseguido todo y más de lo que había soñado.

—Me alegro. ¿Y Airam? —preguntó cuestionando mi respuesta.

—Airam, ¿qué?

—¿Ya está todo olvidado?

—Por supuesto, hace tiempo que lo nuestro quedó en el pasado. Voy a casarme.

Nos quedamos unos instantes en silencio contemplando el mar, con las sombras de su sinuosa superficie como realidades de otro mundo nocturno.

Regresamos a la orilla y me encontré con las siluetas de Airam y Bianca besándose apasionadamente. Solo imaginármelos desnudos debajo del agua, con sus sexos rozándose, me produjo un desgarro.

—Uy, se te marcan mucho los pezones, Idaira, no te habrás puesto cachonda al vernos besarnos, ¿no? —se burló Airam al verme.

Su tono provocador me puso de los nervios. La cara me ardía. Mi amiga le dio un manotazo y se rio sin darle importancia. Probablemente pensó que aquello eran bromas de viejos amigos fruto de la borrachera que llevábamos encima. Los chicos y May también rieron y por un momento me pareció que volvía al instituto, era como si ellos no hubiesen madurado. Como si siguieran siendo unos niñatos. Reconozco que sus palabras me hirieron. Sobre todo porque parecía como si nada les afectara.

—¡Qué gracioso! Valiente imbécil te has ido a ligar, amiga.

Lo miré a los ojos con odio, con rencor y con mucha ira.

—Oh, por favor, no actúes como si soportar mi presencia fuera un sacrificio —dijo Airam en tono mordaz.

—¡Eres un capullo!

Habíamos sido amigos desde que tenía uso de razón, amantes e incluso novios y, por más que buscaba a ese chico del que un día me enamoré, no lo encontraba. ¿De qué me servía seguir aferrada al recuerdo? Airam y yo nunca volveríamos a ser ni siquiera amigos.

25
AIRAM

Acabar desnudo en el agua con Bianca fue algo mágico, por lo espontáneo y por lo inevitable. Deseaba tanto como yo que la hiciera mía allí mismo, pero creo que fue el respeto que tenía hacia Idaira lo que me lo impidió. El respeto y los recuerdos, siempre los recuerdos. Hubo una época en la que tuve toda su atención, atrás quedó. Ahora todo lo que recibía de ella era una fría indiferencia.

Toqué nuestra canción solo para provocarla, pero al parecer ni su desprecio merecía. ¿Qué había hecho yo para recibir tan poco de ella después de haberle dado tanto?

—¿Estás bien? —Bianca me sacó de mis pensamientos.

Bianca era hermosa, rebosaba luz por cada poro de su piel. Parecía una diosa, allí, sumergida en el agua, con sus preciosos pechos al descubierto, aferrada a mi cuello y moviéndose como una sirena.

—No pares de bailarme —le rogué.

En sus ojos apareció un resplandor salvaje y provocador. Me habría encantado poder revolcarme con ella en la arena, despertar desnudos en la orilla con nuestros cuerpos impregnados de salitre.

La besé y de nuevo se me puso dura. Tuve que contenerme para no arrancarle la parte de abajo del biquini y metérsela allí mismo.

Me alejé y me sumergí en el agua. Aparecí detrás de ella y la asusté. Soltó un grito y ambos rompimos en carcajadas. Esperé hasta que mi erección desapareció para salir del agua y regresar a la hoguera con el resto.

Me sequé con la toalla y me coloqué el bañador. No me pasaron desapercibidas las miradas que le echaron David y Robert a los pechos de Bianca. Quise decirles que tuvieran un poco de respeto, pero me contuve.

En ese momento sonaba en el altavoz portátil una canción de reguetón, me hice con el dispositivo y cambié a una música estilo country. No es que me entusiasmara, pero sabía que Idaira odiaba el country y quería joder un poco. Creo que lo conseguí, porque fue la primera en irse a dormir.

Al cabo de un rato caímos el resto. Bianca e Idaira durmieron juntas en la tienda de campaña pequeña, que tenía capacidad para dos, y May, David, Robert y yo en la tienda de cuatro, por lo que me quedé con las ganas de pasar la noche con Bianca.

David nos contó que Idaira se había echado a llorar cuando se fueron juntos con las tablas.

—A mí no me da ninguna pena, seguro que solo lo ha hecho para llamar tu atención —susurró May.

—¿No crees que estás siendo demasiado dura con ella? —preguntó David.

—¿La estás defendiendo?

Ambos estuvieron a punto de discutir por culpa de Idaira, por suerte Robert intervino, porque yo estaba algo descolocado. Me sorprendió saber que Idaira mostraba el más mínimo síntoma de debilidad delante de alguno de nosotros, ella no era ese tipo de persona, ¿tan afectada estaba?, ¿qué la hacía sentirse así?

26
AIRAM

—Chiquito madrugón, niño —dijo David mientras se desperezaba.

—¿Alguien quiere café? —May preparó la cafetera y la puso en el fuego portátil que habíamos traído.

Todos dijimos que sí.

—Me da que te va a tocar poner dos cafeteras —dije antes de ir a mear.

Hacía frío al amanecer, pero eso no impidió que nos pusiéramos el traje de neopreno y nos metiéramos en el agua. Ni Bianca ni Idaira se animaron, prefirieron irse a ver el faro de Punta Martiño.

Se preveían buenas olas, no había más que ver cómo el viento soplaba en contra, lo que provocaba tubos más huecos, además de una peligrosa combinación. Aun así, no tuve miedo, nunca lo he tenido, al contrario, cada vez que salgo ileso del agua me siento triunfador, destilo vida por cada poro de mi piel. Esto no quiere decir que no le tenga respeto al mar, este es demasiado inestable, las cosas pueden cambiar de un momento a otro.

El hecho de haber dormido allí hizo que fuéramos los primeros. Aquello nos daba preferencia, de cara al resto de surfistas que fueran llegando, a la hora de surfear la Derecha de Lobos, la ola más larga de todas las islas Canarias. Es una ola poco habitual, pero cuando confluyen sus condiciones ideales, como ese día, se convierte en la ola perfecta por su longitud, diversidad de secciones y calidad, albergando todo tipo de alternativas para maniobras radicales y otras más rápidas.

Conforme avanzaba el baño, fui trasladándome más arriba hasta llegar al pico principal de Lobos, donde el recorrido gozaba de todo tipo de secciones vertiginosas, bajadas limpias y bellísimas con paredes largas e infinitas.

No sé cuántas horas pasé en el mar hasta que salí a beber un poco de agua. El surf es como una fuerza que marca el ritmo, tú solo puedes dejarte llevar.

Llegué gritando de euforia donde Bianca e Idaira se encontraban tomando el sol.

—¿Te ha gustado el faro? —pregunté dirigiéndome a Bianca.

—Me ha encantado, qué pasada las vistas desde allí.

—¿No os dais un baño?

—Sí, ahora —aseguró Bianca.

—¿Echas de menos surfear? —Miré a Idaira, que parecía muy callada y evasiva.

—Sí —confesó nostálgica con la mirada clavada en el mar—, pero creo que se me ha olvidado. Anoche lo intenté.

—Anoche estabas borracha, prueba ahora.

Me miró y vi la duda en sus ojos. Quise decirle que yo podía ayudarla a practicar un poco antes de meterse de lleno en la ola. Puede que fuera lo que ella estaba esperando que hiciera. En cambio, aparté la vista y miré hacia el agua. Vi que poco a poco iban llegando más surfistas locales.

Me fijé en la vertical de la ola, que formaba una pared continua, avanzando sin derrumbarse. El tamaño, visto desde allí, parecía alcanzar los tres metros desde la base, que se convertirían en algo más desde dentro, donde la ola absorbe el agua.

El deseo de volver al mar me invadía. Era un auténtico yonqui del surf.

—Esta ola nunca me tuvo mucho aprecio. —Alzó la mirada hacia mí y ese único gesto me provocó un hormigueo en el pecho.

Recordé el día que vinimos juntos a surfear, no había manera de que Idaira dominara la Derecha de Lobos pese a que ya tenía cierto nivel. Al final acabamos recorriendo el islote y tomando el sol en El Puertito como dos turistas, viendo cómo los visitantes dejaban de disfrutar de aquel paraíso virgen para hacerse fotos en la pasarela de madera que invita a lanzarse a las cristalinas aguas en busca de sirenas.

—Ojalá yo supiera surfear —musitó Bianca.

—Nunca es tarde para aprender —le dije.

—¿Me enseñarías?

—Claro, pero hoy no. Estas olas no son apropiadas para iniciarse.

Una ola, demasiado grande y técnica, captó toda mi atención. David ya estaba arriba, lo que quería decir que le tocaba a él surfearla. Más abajo había un tío remando hacia el pico. Hasta el momento, todos los que estábamos en el agua nos habíamos respetado. No sé qué pasó, pero un cabrón de pronto comenzó a remar con fuerza situándose delante de mi amigo y el muy descarado le saltó la ola por encima.

Clavé mi tabla en la arena y caminé hasta la orilla. Me metí en el agua hasta donde la ola terminaba y esperé a aquel tipo. Alguien tenía que explicarle las reglas de oro del «código surfero»: los locales siempre van primero, se respeta al que está arriba en el pico y el primero que llega tiene siempre preferencia sobre el resto. Yo siempre dejaba surfear a la gente. De hecho, cuando íbamos a alguna playa y me encontraba con otros surfistas con menos experiencia que yo, procuraba no coger todas las olas y dejar alguna para el resto, fuesen o no locales.

Lo que acababa de pasar era una declaración de guerra. Por su posición, David tenía preferencia, por lo que el otro debería haber esperado su turno, en cambio, apuró al máximo su llegada al pico para robarle la ola.

—¡Respeta a los locales! —le grité al tipo aquel cuando llegó a la orilla.

—Yo soy local —replicó muy orgulloso con un acento extranjero.

Lo reconocí de inmediato, lo había visto alguna que otra vez en el Canela Café y, aunque nunca habíamos coincidido en el agua, sabía que había tenido problemas con otros locales porque el tío creía que las olas eran suyas, no respetaba nada.

—¿Sí? ¿De dónde? —pregunté con ironía.

—De Lajares —respondió.

—¡Pero ¿cómo que de Lajares?! ¡De Lajares soy yo, cabrón! —Apreté los puños con fuerza.

—Llevo aquí desde el ochenta, tú ni habías nacido —gritó dándome un empujón.

Eso fue lo peor que pudo hacer, porque con toda la rabia que llevaba contenida le metí un puñetazo que lo dejó en el sitio. Él se incorporó y me devolvió el golpe. Nos enzarzamos en una pelea.

Alguien se interpuso entre nosotros, pero en ese momento estaba cegado por la ira. David consiguió inmovilizar al tipo y Bianca e Idaira me agarraron a mí.

Continuamos desafiándonos con la mirada, pero en ese momento Idaira tomó mi rostro entre sus manos y se puso frente a mí. Al ver la sangre brotar de su labio inferior sentí un estremecimiento.

—¿Te he hecho daño? —pregunté aterrado.

Al pronunciar en voz alta aquella pregunta, ella me miró a los ojos.

—No —aseguró.

Parecía estar pidiéndome perdón con la mirada, como si penetrara en mi organismo para disculparse por todo el daño que me había causado.

Cada vez que aquellos ojos se cruzaban con los míos, sentía en mis entrañas una ardiente punzada que parecía expandirse por todo mi ser, amenazando con quebrantarme la mente, con hacerme perder la razón.

Pasé mi pulgar por su labio inferior y limpié la gota de sangre que se deslizaba. Era delicioso sentir que Idaira aún me arrancaba aquellas intensas emociones, como si tuviera el poder de hurgar en el más recóndito recoveco de mi cuerpo. Me hacía sentir en caída libre.

—Chacho, ¡¿estás loco o qué te pasa?! —me gritó Robert.

—Ese cabrón me estaba vacilando, loco.

—Pero cabrón, no hace falta llegar a las manos —replicó.

—Me tocaba a mí, no es que yo quisiera coger la ola antes que él. Alguien tiene que pararle los pies a ese. —David estuvo conmigo.

—¡Eso es! Además, no soy el único que ha tenido problemas con él, va de guay —me quejé, aún histérico.

Bianca, testigo de todo lo que acababa de suceder, me miró desconcertada.

—Lo siento —le dije.

No sé por qué me disculpé, ¿por haber sufrido aquel ardiente latigazo al mirar a Idaira?, ¿o por haber montado aquel escandalo?

Su rostro adquirió una expresión cerrada y dura que no supe interpretar.

27
IDAIRA

Después de la pelea entre Airam y el otro surfista, decidimos irnos a comer al chiringuito de mi padre.

Desalojamos nuestro pequeño campamento y regresamos en la lancha de Robert. Nos pasamos el trayecto hasta la isla escuchando los quejidos de David y Airam, no paraban de despotricar de la gente que no respetaba esas normas no escritas que probablemente el resto del mundo ni conocía.

Cuando llegamos al chiringuito, a eso de las tres y media, los chicos tomaron asiento en la terraza y yo entré a ayudar a mi padre. Me parecía el colmo permitir que, con todo el jaleo que tenía en ese momento, nos tuviese que atender él.

—Yo me encargo —dije cogiendo una libreta que había encima de la barra.

—Espera, ponte esto, no te vayas a manchar la ropa. —Sacó de un cajón un delantal que rápidamente reconocí.

Quise negarme rotundamente, no me apetecía hacer el ridículo, pero no hacerlo me pareció una falta de respeto a la memoria de mi madre, así que me lo coloqué.

—Parece que la estuviese viendo a ella. —Mi padre, consternado por la imagen, dejó de mirarme.

Algo nostálgica por la escena, salí a la terraza con la comanda en la mano. Se formó un revuelo. Los chicos comenzaron a burlarse y a gastar bromas. Bianca no daba crédito a lo que veía y Airam... Airam sencillamente me observaba con esos ojos azul grisáceo de los que surgía una mirada chispeante.

Bajé la cabeza, hundida en la vergüenza, mientras el dolor me roía el corazón.

—¿Qué les pongo? —pregunté poniéndome seria dentro de las circunstancias.

—¡Qué bien te sienta el delantal, amiga! —se burló Bianca.

—Yo, una caña —pidió David.

—Otra —añadió Robert.

—Otra —dijo Airam fingiendo indiferencia y sin mirarme.

—¿Qué vino hay? —preguntó mi amiga.

—Aquí lo básico, no te me pongas exquisita —dije risueña.

—Habló ella. —Mi amiga puso los ojos en blanco y se rio—. Entonces, una Coca-Cola Zero.

Le guiñé un ojo antes de darme la vuelta. Al entrar me encontré con la Yani, odiaba a esa chica desde la escuela, aunque ya de adolescentes fingíamos soportarnos.

—Vaya, Idaira, no sabía que estabas de vuelta. ¡Qué alegría verte! —dijo como si alguna vez me hubiese soportado—. Había escuchado tantos rumores de ti que comenzaba a creerme que ahora eras una alta ejecutiva, ya veo que solo eran eso: rumores.

Saltaba a la vista que nos seguíamos aborreciendo la una a la otra. Me llené de un resentimiento impotente.

—¿Sí? ¿Y qué te hace pensar eso? —Traté de no adoptar una actitud hostil.

—Bueno... —Me miró de arriba abajo con una sonrisa burlona y añadió—: Llamémoslo «intuición»...

Me dieron ganas de restregarle por la cara que tenía un trabajo con un sueldo que duplicaba el suyo como recepcionista en un hotel de la isla, también quise anunciarle mi boda y, por supuesto, explicarle que no trabajaba en el chiringuito, que solo ayudaba a mi padre. Sin embargo, no lo hice, porque de pronto tuve un sentimiento diferente, como si el mero hecho de haber conseguido todo lo que tenía fuera suficiente para mí y lo que pensara el resto ya no me importase tanto como solía.

—Espero que todo te vaya bien —repuse con una sonrisa—. Te dejo, que tengo trabajo.

Me fui y la dejé con la palabra en la boca y la cara desencajada, estaba acostumbrada a alterarme con sus estúpidos comentarios, a que entrase en su juego y acabara gritándole, y por primera vez solo había obtenido mi indiferencia. A veces ignorarlas es la mejor respuesta para esas víboras que solo buscan provocarte y hacerte montar en cólera con su veneno.

Le pedí a mi padre las bebidas y esperé al otro lado de la barra mientras las servía. Me giré y vi a la Yani con Airam, supe que estaban hablando de mí porque me miraban. Volví la cara y me preocupó que pudiera mencionar algo de nuestra relación delante de Bianca. Sería un infortunio que se enterara por otra persona y no por mí.

Mi padre colocó todas las bebidas y algunas tapas sobre la bandeja. Hacía años que no cogía una, por lo que temí tirarlo todo al suelo, pero al parecer era algo que no se olvidaba con el tiempo. Me pregunté si con el surf sería igual; nunca fui una experta, pero se me daba bastante bien.

Conseguí llegar hasta la mesa donde se encontraban los chicos. Bianca me miró tensa, no sé si por miedo a que le tirase las bebidas encima o porque había descubierto ya la existencia de mi relación con Airam. De no ser así, debía decírselo cuanto antes, no podía dejar pasar más tiempo, no podía permitir que su relación avanzase sin que supiera la verdad. No solo fuimos compañeros de instituto, sino mucho más. Airam fue mi primer amor y, aunque eso no cambiaba nada, era importante que ella lo supiera por mí.

—Perdone, una cerveza, por favor —me pidió un joven de la mesa de al lado.

—Ahora mismo.

Entré a por la cerveza y se la llevé.

Antes de regresar a la mesa le entregué el delantal a mi padre y aproveché para hablar con él. Me senté en un taburete frente a la barra y le pregunté sin rodeos:

—¿Va todo bien?

—Claro que sí, hija, ¿por qué lo preguntas?

—No sé, ¿todo bien con el chiringuito?

—Por supuesto que sí —afirmó mientras colocaba las jarras de cerveza que acababa de sacar del lavavajillas.

—Entonces ¿por qué has recibido una carta de embargo?

En ese momento se le cayó al suelo una de las jarras y se hizo añicos. Fui a por la escoba y el recogedor, que seguían estando en el mismo sitio que antaño.

—¿De dónde sacas eso?

—He visto la notificación de la Agencia Tributaria. ¿Vas a perder el chiringuito y no me dices nada?

—Me ha costado mucho aceptar que te fueras, pero con el tiempo he entendido que renunciaste a todo, incluso a Airam, para tener una vida mejor, no podría perdonarme irrumpir en tu vida con más problemas después de todo lo que has luchado para llegar a donde estás.

—Eres mi padre, este chiringuito y la casa son todo lo que tienes, todo lo que nos queda de mamá. No voy a permitir que los pierdas.

Mi padre se echó a llorar.

—No llores, por favor. Ojalá lo hubiese sabido antes, de ser así la deuda no habría ascendido tanto.

—Es normal que te fueras de aquí, este pueblo solo trae miseria y desgracias.

—No digas eso, papá. Aquí también he sido muy feliz.

—¿Lo has sido? —Me miró con los ojos enrojecidos.

—Mucho —confesé.

—¿Y por qué no volviste?

—Porque sabía que si lo hacía pasaría esto. —Me eché a llorar.

—Cariño, ¿qué te pasa? ¡No llores, por favor!

Me limpié las lágrimas con una servilleta que me arañó todo el rostro.

—Estas servilletas son terribles —dije riéndome a la vez que lloraba.

—¿A qué te refieres con que sabías que pasaría esto?

Hubo unos instantes de silencio durante los cuales nos miramos y yo volví a mis quince años.

—La nostalgia, los recuerdos... Tengo miedo a que todo lo que tengo se derrumbe.

—¿Ahora eres feliz?

—Lo soy —confesé.

—Entonces no tengas miedo.

Me tomé unos instantes para recuperarme.

—Vamos a solventar este problema. Voy a comprarte el chiringuito por mil euros, una cantidad simbólica, a través de una empresa pantalla y pagaré los quince mil de la deuda a los acreedores. Empezarás de cero.

—Sabes que no puedo permitir que hagas eso por mí y menos a unos meses de tu boda, con los gastos que se te presentan.

—No hay opción de debatirlo, ya me he apropiado de la orden y, en cuanto regrese a Madrid, lo gestionaré todo.

—Debería ser yo quien estuviera pensando en hacerte un buen regalo para tu boda y no pidiéndote dinero.

—Tú no me has pedido nada, soy yo quien ha decidido dártelo. Y ya no vamos a hablar más de esto. Lo único que te pido es que no vuelvas a beber, no puedes caer en eso otra vez.

—Te lo prometo.

En ese momento apareció Bianca.

—Amiga, ¿no vienes a sentarte con nosotros o es que le has cogido el gusto al delantal?

—Sí —me reí.

—Voy al baño, ahora te veo.

Le di un abrazo a mi padre y luego me serví una Coca-Cola para mí y un par de cervezas para los chicos, pues supuse que ya habrían arrasado con la primera ronda. Las llevé a la mesa y tomé asiento.

Después de aquella conversación llena de emociones, mi padre y yo no volvimos a hablar del pasado. No le dimos más importancia a nuestros errores; al fin y al cabo, aún no era demasiado tarde para retomar el tiempo perdido y enmendarlos.

A media tarde, los chicos nos dejaron a Bianca y a mí en casa de mi padre. Nos dimos una ducha y nos arreglamos un poco para ir a pasear por Corralejo.

Airam nos recogió a las seis en su autocaravana.

Paseamos por la bahía escuchando hablar en italiano por todas partes, luego tomamos asiento en una terraza frente al mar. Fue muy extraño pasear con mi amiga y Airam por las calles por las que un día paseábamos él y yo de la mano, ajenos a la multitud.

Me sorprendió no sentir nada. En ese momento supe que lo que nos hace daño no es la realidad, sino lo que creemos que esta es, lo que esperamos que pase y no pasa. Había estado tan preocupada por mi padre que ni siquiera tuve tiempo para crearme expectativas con Airam, no esperaba nada de nosotros.

Y después de verlo con otra nada volvería a ser igual.

28
AIRAM

Acabábamos de tomar asiento en una de las mesas que había en la arena y de pedir una jarra de sangría para los tres cuando Idaira se levantó para atender la llamada de su prometido.

Verla caminar por la orilla con el teléfono pegado a la oreja, sumergida en aquella conversación, me hizo sentir una especie de celos que me desgarraron el alma. Durante todos los años que había pasado sin verla, creí haberla olvidado para siempre. Al principio, cuando me acostaba con otras mujeres, solo pensaba en ella, pero con el transcurso del tiempo, su recuerdo pareció esfumarse.

Tenerla ahí, frente a mí, tan cerca, me hizo darme cuenta de que, por más que quisiera odiarla, jamás podría no sentir algo por ella. Verla ese mediodía con el delantal que solía usar su madre y esa sonrisa natural me hizo pensar que, quizá, en algún lugar recóndito de su ser, aún quedaba mucho de esa muchacha que un día me robó el corazón.

Bianca estaba a mi lado, mirando algo en su móvil.

—Es un asunto del trabajo, ya termino —expresó mirándome a los ojos.

—Estás de vacaciones, que le den al trabajo. —Puse mi mano sobre su pierna por debajo de la mesa.

—Ya. —Sonrió y dejó el teléfono en la mesa con la pantalla boca abajo.

Se inclinó hacia mí y me besó.

—Tú y yo tenemos algo pendiente —susurró en mis labios con un tono provocador.

—Sí, muy pendiente. —Le mordí el labio.

Tenía ganas de hacerla mía desde que llegó, pero no habíamos estado a solas en ningún momento.

—Mañana ya me voy.

—Lo sé, ¿nos escapamos tú y yo esta noche? —propuse.

—Me parece un plan perfecto. —Sonrió y yo besé sus hombros desnudos.

Brindamos con nuestras copas de sangría y disfrutamos de la música chill out y del romper de las olas sobre la orilla, olas lentas y apasionadas, que acariciaban los pies descalzos de Idaira al ritmo del destino, tan cadenciosas que parecían eternas.

Bianca y yo estuvimos charlando de nosotros hasta que Idaira regresó tras pasar casi una hora hablando por teléfono con Julián. Antes de sentarse fue a pedir otra jarra de sangría.

—¿Todo bien? —le preguntó Bianca una vez que tomó asiento frente a nosotros.

Idaira asintió.

—Llegará mañana por la noche a Madrid.

—Pues casi que vamos a coincidir en el aeropuerto.

—Nuestro vuelo llega a las siete, el suyo a las nueve. Lo veré en casa para no estar dos horas esperando en la terminal.

—Lo verás y te comerá. Bueno, más bien te lo comerás tú a él.

Ambas rieron. Yo fingí una leve sonrisa.

—¿Qué quieres hacer ahora? —le preguntó Bianca.

—Lo que vosotros queráis. —Idaira le dio un trago a su copa de sangría.

—Habíamos pensado tener un poco de intimidad —expresó Bianca entre risas.

A mí aquel comentario me pareció un poco brusco y me sentí algo incómodo, pero supuse que entre ellas había la suficiente confianza.

—Vaya, eso es sinceridad, lo demás son tonterías. —Idaira rio, aunque me pareció percibir cierta irritación en su risa.

—Es que tenemos que despedirnos —repuso Bianca.

—¿Qué pasa, te parece que llevo mucho tiempo haciendo de carabina? —Idaira se dirigió a mí y me quedé sin palabras.

Literalmente no supe qué responder, por una parte no tenía por qué darle explicaciones y tampoco tenía que reírle la gracia. Demasiado bien me estaba portando con ella.

—No te habrá molestado, ¿no? —le preguntó Bianca en tono serio.

—Qué va —Idaira fingió indiferencia—. Pues si queréis, cuando nos tomemos esto, me lleváis a casa.

—No hay prisa —intervine.

Bianca me cogió de la mano y nos miramos en silencio. La tensión podía palparse en el ambiente.

—Contadme, ¿qué plan lleváis?

—¿Qué plan llevamos de qué? —repuso Bianca.

—No sé, que si habéis hablado de volver a veros y esas cosas...

—La verdad es que no. ¿Volveremos a vernos? —Bianca me miró.

—Supongo, ¿no? —dije confuso.

—Veo que va todo sobre ruedas. —Idaira se sirvió otra copa de sangría y la alzó para que brindásemos los tres.

—Imagino que sí —admitió Bianca con una sonrisa.

Unimos nuestras copas y la mirada de Idaira se cruzó con la mía. Quise quitarme de encima aquella sensación de culpa.

Los accidentes y las casualidades eran una realidad, y no cabe atribuir la culpa a nadie. ¿Por qué maldecir al destino por haberme puesto delante a un ángel como Bianca?

Cuando terminamos, pedí la cuenta y el camarero me dijo que ya estaba todo pagado, supuse que Idaira se habría encargado cuando entró a pedir la segunda jarra de sangría.

Fuimos a buscar mi autocaravana y dejamos a Idaira en su casa. Tras ello, llevé a Bianca a un acantilado en el que no solía haber gente.

Tan pronto nos bajamos, Bianca se abalanzó sobre mí como si llevara conteniéndose todo el fin de semana.

Me deshice de su vestido con facilidad. Se me puso dura en cuanto vi sus pechos desnudos. La brisa agitaba su melena haciéndome llegar su fragancia, dulce y salada. Los últimos rayos de sol se colaban entre sus cabellos. Me hipnotizaba con sus movimientos. Acaricié su pelo ondulado y suave, y me perdí en aquel deseo que me hacía olvidar todo cuanto rondaba por mi cabeza.

Deslicé mis manos por sus caderas, bajando hasta quitarle la última prenda que le quedaba: un tanga negro de encaje.

La lujuria que exhalaba su cuerpo quemaba el mío.

Llevaba demasiado tiempo follando sin sentir nada, solo polvos de una noche, de esos en plan si te he visto no me acuerdo y, por primera vez en años, con Bianca sentía algo, no sé si porque apareció en mi vida la noche en que mis emociones volvían a estar a flor de piel, o porque cuando estaba con ella, Idaira siempre andaba cerca, o sencillamente porque Bianca me gustaba y comenzaba a sentir algo por ella.

Lo único que tenía claro es que estaba a punto de volverme adicto a lo que Bianca me daba.

29
AIRAM

La pubertad añadió un toque pícaro y sensual al aspecto de Idaira. Desarrolló unos pechos grandes y las curvas de su cuerpo se pronunciaron. Sus labios gruesos, sus pestañas espesas y rizadas, su pelo rubio, largo y lustroso, una combinación que disparaba los impulsos más básicos del género masculino. Los chicos la miraban con deseo y eso me mataba. Las chicas, en cambio, la miraban con envidia. Lo peor de todo es que Idaira no tardó mucho en ser consciente del poder que ejercía sobre los hombres y lo utilizaba para darme celos.

Creo que nunca me perdonó que besara a la Yani, aunque jamás me acosté con ella, solo lo hice para poner celosa a Idaira, porque sabía que estaría en la fiesta del pueblo con Yeray.

La primera vez que le mostré mis sentimientos fue la noche que la llevé a ver la lluvia de estrellas a la playa de Tebeto. Le había compuesto una canción y no pude resistirme a tocársela. A ella le hizo tanta ilusión que me besó. Su beso me cogió por sorpresa. Había soñado tantas veces con ese momento, en el que por primera vez mis labios rozaban los suyos, que cuando sucedió, no me lo creí.

Sus labios eran tan cálidos como ella. Sentí su sabor salado, su respiración agitada, su olor... Por un momento me olvidé de todo. Solo podía pensar en que nunca antes, con ninguna otra chica, había sentido aquello. Me vi perdido en un mar de sentimientos y sin una tabla a la que aferrarme.

No sé cuánto duró aquel beso, solo sé que cerré los ojos y nuestros labios se fundieron en un baile de luces bajo aquella lluvia de estrellas.

Al día siguiente quedamos para ir al cine de verano. Estuve a punto de no ir, porque no me atrevía a verla después de lo que había pasado la noche anterior. Por un lado, tenía miedo a perderla como amiga, por otro, no sabía cómo debía actuar.

Vimos la película en absoluto silencio. Cuando terminó, las cervezas que nos habíamos tomado ya habían hecho su efecto.

Abandonamos el cine y tomamos la calle principal, pasamos ante un huerto del que salió un gato de entre las sombras. Idaira se sobrecogió.

—¿Por qué me besaste anoche? —Mi voz solo expresaba ansiedad.

—Te besé solo como muestra de agradecimiento por el detalle de la canción —dijo en un tono desenfadado y restándole importancia.

—Ya, claro.

—No te habrás imaginado otra cosa, ¿no? —Se detuvo en mitad de la calle y se echó a reír.

Por un momento pensé que se estaba burlando de mí, que no sentía lo mismo que yo, que para ella todo aquello era solo un juego. Decidí seguirle la corriente.

—Claro, lo hiciste por eso, no porque te morías por hacerlo desde el primer día que me viste y te construí el mejor castillo de arena de toda tu vida —expresé un tanto arrogante.

—Pero ¿qué dices?, si eras todo un esperpento, te faltaban dos dientes, ¿cómo podría querer besarte? Y para colmo, la semana siguiente, en carnavales, apareciste en la escuela vestido de girasol. —Se echó a reír y luego se tocó su larga melena, altiva.

—¡Qué graciosa eres! No iba de girasol, te lo he dicho mil veces, iba de Goku, el protagonista de *Dragon Ball.*

—Pues yo creo que solo tú lo sabías, para el resto ibas de girasol.

Aquel episodio de mi infancia me había traumatizado, hasta la maestra me confundió con la flor. Fue humillante que mi madre me hubiese hecho un disfraz tan mal conseguido.

Pasamos por un camino de tierra oscuro y sucio. A la izquierda se extendía un amplio paisaje y, al fondo, se podía ver el mar iluminado. El reflejo de la esplendorosa luna sobre el agua forjaba una especie de camino refulgente que partía desde la orilla hasta fundirse en las profundidades.

—Te besé para impedir que te sintieras ridículo al haber compuesto una canción de amor para mí sin obtener nada a cambio —continuó diciendo.

—¿Quieres un consejo? No seas infiel nunca, porque te pillarían. ¡Mientes fatal!

—Nunca sería infiel.

—Con un hombre como yo al lado no, con otro, quizá, sí...

—¿Ahora resulta que quieres ser mi novio? —dijo con soberbia.

Dejamos atrás la hilera de casitas de piedra blanca encalada y tejados de pizarra.

—¿Por qué supones eso? —disimulé.

—No sé, tú eres el que ha empezado.

—¿Qué pasaría si quisiera serlo? —me atreví a preguntar.

—¡Ya está bien! —Idaira se detuvo y me agarró del brazo con fuerza—. ¡Deja de burlarte de mí!

—No me estoy burlando. Estoy enamorado de ti, Idaira, pero no quiero perderte. —Las palabras salieron descontroladas de mi boca, como si hubiesen permanecido en mi garganta atravesadas durante años, deseando ver la luz—. No quiero que esto que tenemos se acabe...

Su boca atrapó la mía y acalló mi discurso. Sus labios me devoraron con deseo, como si quisiera comerme allí mismo.

Sin dejar de besarnos, nos arrastramos hasta una casa en ruinas que había al final de la calle. Cruzamos un jardín por un sendero y llegamos a un porche. Me senté en un poyete que había y ella se sentó a horcajadas sobre mí.

Introduje mi lengua en su boca al tiempo que acariciaba su piel. Ella tocó la erección que se había erguido en mi entrepierna y yo me dejé. Tenía una urgente necesidad de estar dentro de ella. De sentirla mía.

El latido de su corazón se aceleró cuando comencé a tocar sus pechos. Cerré los ojos y saboreé la sensación que me producía estar unido a ella en cuerpo y alma.

Agarré su trasero con fuerza y la pegué más a mí. Ella entrelazó sus manos en mi pelo. Me mordió el labio inferior.

—Airam —susurró entre mis labios.

—No haremos nada que tú no quieras.

—Esto no se borra...

Ojalá hubiese podido parar, ojalá le hubiese ofrecido una primera vez en la orilla del mar o en el lugar que ella quisiera. Sin embargo, estaba perdido y ella comenzó a desnudarme ansiosa.

Sentí algo alborotarse en mi interior. Nunca había experimentado nada similar.

Sus manos se deslizaron por mi pecho y descendieron hasta perderse en una lucha por desabrocharme el pantalón.

Lamí su cuello, al tiempo que me deshacía de sus prendas para llenar todo su cuerpo de besos.

La presión en mi entrepierna aumentaba por minutos.

Mordisqueé el lóbulo de su oreja y, luego, armándome de valor, susurré en su oído:

—Podemos esperar.

—Ya he esperado demasiado tiempo.

El miedo y las ganas me quemaron por dentro.

30
IDAIRA

Nunca había hecho el amor con nadie y tampoco había sentido aquellas emociones que él despertaba en mi interior. Apenas nuestros labios se unieron, yo ya estaba rendida a sus pies.

Fui yo quien lo buscó, llevaba años esperando una oportunidad como aquella, no podía dejarla escapar. No quería. Por supuesto que tenía miedo, pero más eran las ganas. Necesitaba sentirlo dentro.

Sentada a horcajadas sobre sus piernas le quité la camiseta. Él me bajó las tiras del sujetador y dejó un reguero de besos en mis hombros; terminó de desabrochármelo y pasó la lengua por mis pezones, que se endurecieron. Sentí un escalofrío por todo el cuerpo.

Me desabotonó los shorts e introdujo su mano. Gemí cuando me acarició por debajo de las braguitas. El roce de su piel me provocó una oleada de calor que recorrió cada recoveco de mi cuerpo. Me apartó el pelo y me besó el cuello.

Airam me rodeó con sus brazos. Deslicé mis manos por su espalda, que estaba empapada por el sudor, y sentí un hormigueo en la yema de los dedos al contacto con su piel.

Me quitó los shorts y los dejó caer al suelo. Luego se deshizo de la última prenda que me quedaba puesta. Sacó un preservativo de la cartera y se lo colocó con agilidad.

Noté cómo algo en mi interior se rasgaba. Sabía que dolería, que la primera vez no sería placentera, me lo había contado May, pero mi cuerpo se acomodó a él y lentamente el dolor desapareció, dejando paso al placer de sentir su calor y toda su plenitud en mi interior. Creí que iba a perder la razón.

—¿Estás bien? —susurró.

Asentí con la cabeza.

—No pares —le rogué.

Hicimos el amor despacio, con calma. Como si tuviéramos toda la vida por delante. En realidad, eso es lo que creía en aquel momento, que disfrutaría de él para siempre.

Aún con la respiración entrecortada, nuestras frentes se unieron y, con los ojos cerrados, le confesé aquel secreto que durante años me había guardado para mí sola.

—Te quiero, Airam.

Aquel acto nos unió de una forma como nunca antes habíamos estado. Hacíamos el amor varias veces al día y pasábamos las horas juntos, sintiéndonos, mirándonos, acariciándonos...

31
IDAIRA

Llegué a casa agotada, física y mentalmente. Julián aún no había regresado de su viaje. El piso estaba intacto, tal y como lo había dejado el viernes antes de irme a Fuerteventura.

Deshice la maleta y puse una lavadora. Luego me metí en la ducha, no sé cuánto tiempo pasé bajo el agua, con los sentimientos a flor de piel por todo lo que había sucedido el fin de semana. Estaba saturada, habían sido demasiadas emociones en un periodo muy breve de tiempo.

Me sequé el pelo con el secador y luego me hice algunas ondas, quería que cuando Julián llegara me viera decente, aunque por supuesto no me maquillé. Me coloqué un kimono de seda y me preparé algo de cena.

Eran las diez y media cuando escuché la cerradura de la puerta.

—¿Dónde vas tan cargado? —pregunté al verlo con la maleta y varias bolsas.

—Un regalo para ti y un encargo para mi madre —dijo, después de soltar las cosas y besarme.

Me entregó una bolsita pequeña. En su interior había una caja preciosa de Gérard Mulot llena de *macarons* que lo llenaron todo de color.

—Oh, ¡qué detalle! Muchas gracias. —Le di un beso en los labios.

—Bueno, ese no es tu regalo.

—Ah, ¿qué es, el encargo de tu madre? —pregunté desilusionada.

—No, no. Es para ti, me refiero a que el regalo que te he comprado es este. —Me entregó una bolsa de cartón en tono mostaza mucho más grande que la anterior.

—Pero si aún no es mi cumpleaños.

—Ya, pero quería tener un detalle contigo y, cuando las vi en el escaparate, supe que te encantarían. Hacerte feliz me hace feliz.

Saqué la caja de la bolsa y la abrí. Me encontré con unas zapatillas de deporte Louis Vuitton de piel blanca. Eran preciosas, rematadas con un adorno circular dorado en los cordones y la firma de la marca en los bordes de las suelas en el mismo tono.

—¡¡¡Me encantan!!! —Me faltó saltar de alegría.

Lo abracé y luego le di otro beso. Con la euforia se me abrió el kimono y mis pechos quedaron al descubierto.

—¿Este es mi regalo? —susurró pellizcándome un pezón.

—Este es el postre —repuse tapándome y anudando el kimono de nuevo—. ¿Qué quieres cenar?

—No sé, pero traigo un hambre que me muero, no había plazas en primera clase y he tenido que volar en turista si quería llegar hoy. ¿Sabías que no ofrecen ni agua? —expresó sin dar crédito.

—Sí, lo sabía —me reí.

—¡Qué horror!

—Dúchate, voy a ver qué te preparo.

—¿Tú ya has cenado?

—Sí. Son casi las once. —Miré el reloj.

—Vale.

—No hay gran cosa, porque no me ha dado tiempo a hacer la compra. ¿Qué te apetece?

—No sé, cualquier cosa —dijo desde el dormitorio.

—Dime qué te apetece —insistí.

—Sinceramente algo tailandés o chino.

No me lo pensé dos veces y pedí a domicilio su comida tailandesa favorita.

Cuando salió de la ducha le serví una copa de vino y esperamos al repartidor, que tardó apenas veinte minutos en llegar.

—Por cierto, mi madre me ha dicho que te ha estado llamando durante todo el fin de semana —dijo mientras yo servía parte de la comida en un plato y guardaba el resto en la nevera.

—He estado muy liada y, además, allí no hay cobertura en muchos sitios. —Me senté a su lado y le di un trago a mi copa de vino.

—Quiere acompañarte a ver el vestido —dijo antes de probar el pad thai.

—¿En serio? No pienso dejar que venga conmigo a la prueba, ya bastante ansiedad me genera ir sola o con Bianca, como para también tener a tu madre allí, dando su opinión.

—Le hace ilusión.

—Es mi boda, Julián, y no quiero que nadie, absolutamente nadie, vea el vestido,

—Bueno, pues déjala participar en algo, no sé..., elegir el salón...

—¡Es que es mi boda! —insistí—. No entiendo por qué tengo que dejar que ella se entrometa.

—¡Es «nuestra» boda! —repuso en un tono que no me gustó.

—Ah, ahora es nuestra. Para esto sí, para todo lo demás, que me apañe con la *wedding planner*, ¿no?

—No te lo tomes a mal, mi amor. Entiende que es mi madre y...

Continuó hablando, pero no lo escuché porque de pronto sentí que me asfixiaba y me levanté del sofá sin decir nada. Me fui directa a la cama y me tumbé. No sé qué me pasó que rompí a llorar, tenía las emociones a flor de piel.

Cuando Julián terminó de cenar, vino a verme y creo que se dio cuenta de que había estado llorando.

—Mi amor, ¿estás bien? —Se sentó a mi lado.

—Sí.

—Por favor, no te pongas así, no me imaginaba que te fuera a afectar tanto. —Me besó en la frente.

—Yo solo quiero disfrutar de mi boda.

—Y lo harás. Hablaré con mi madre.

Julián era demasiado comprensivo conmigo y yo demasiado egoísta con él. En parte tenía razón. Entendía que quisiera que su madre también disfrutase del proceso y participara en algo.

—Podemos dejar que elija las flores para la iglesia y el salón, siempre y cuando me gusten a mí también. —Recapacité.

—Está bien, se va a poner muy contenta. Le diré que ni se le ocurra imponerte nada y que ha sido idea tuya dejarle a ella ese honor. Gracias, mi amor. Yo solo quiero que seas feliz.

Quise añadir algo, pero devoró con su boca cualquier palabra que pudiera decirle. Me rodeó la cintura con los brazos.

Me gustaba de él su forma de comprenderme y ponerme las cosas tan fáciles.

32
IDAIRA

Por la mañana, cuando llegué a la oficina, me senté y me puse a leer los cientos de correos electrónicos. Leí solo algunos, otros los miré por encima y la mayoría simplemente los borré sin abrirlos. Estaba saturada de trabajo, tanto que no pude ni siquiera bajar a desayunar con Julián. Ambos teníamos mucha tarea atrasada, él por su viaje a París y yo por el mío a la isla.

Cuando conseguí ponerme al día, fui a su despacho. Había organizado en una carpeta el tocho de documentos que le había pedido a mi padre antes de volver a Madrid. Toda la documentación referente al chiringuito y al embargo.

—¿Te pillo en buen momento? —pregunté al entrar en su despacho.

Mi futuro marido estaba sin chaqueta y sin corbata y se había desabrochado los primeros botones de la camisa, señal de que estaba saturado.

—Más o menos. —Se levantó y me dio un beso—. ¿Cómo es posible que estés igual de radiante que esta mañana? Mira yo qué pintas.

—Estás muy sexy. —Me mordí el labio y acaricié la piel de su pecho que dejaba entrever la camisa.

—No me tientes —me advirtió y regresó a su asiento.

Ojalá fuera tan sencillo provocarlo, pero a veces tenía la sensación de que ya no lo excitaba lo suficiente. Ni siquiera habíamos hecho el amor después de nuestros respectivos viajes.

—Quería hablar contigo sobre algo importante.

Me miró extrañado y puso toda su atención.

—Necesito tu permiso para convocar una reunión extraoficial con los dos asesores jurídicos de mi departamento.

—Por supuesto, mi amor, pero ¿para qué?

—Se trata de mi padre. —Le entregué el dosier con toda la documentación—. Le van a embargar el restaurante y no quiero que lo pierda. He ideado una operación de compraventa por un importe mínimo para evitar impuestos, y también una liquidación de la deuda en su totalidad con un descuento por pago anticipado.

—Bueno, tú eres la experta en esto, así que adelante.

—Sí, pero me gustaría que el resto de los asesores revisen la operación, no quiero que se me escape nada.

—Por supuesto, tienes mi aprobación para convocar la reunión cuando quieras. Lo que no sabía es que tu padre tuviera problemas de liquidez

—Yo tampoco.

—Así que era eso lo que sucedía...

—Sí.

—Al menos no es un tema de salud como tú pensabas.

—Gracias a Dios.

—De eso quería hablarte —dijo abriendo un cajón y sacando un sobre.

—¿De qué?

—De tu padre. —Me lo dio y me asusté.

—¿Qué es esto?

—Ábrelo.

Saqué el contenido y me encontré dos billetes de avión y una reserva de hotel en Fuerteventura para julio.

—Ya he bloqueado mi agenda esa semana, nos vamos de vacaciones a tu tierra.

—Ay, ¡no sabes qué ilusión me hace! —Me acerqué a él por detrás y metí mis manos bajo su camisa para acariciar sus fuertes pectorales.

Justo en ese momento entró su secretaria.

—Lo siento, señor —se disculpó al vernos en una actitud tan... fogosa.

—No te preocupes, Marisa, yo ya me iba —dije con una sonrisa.

Nunca me había alegrado tanto de que una mujer fuera fea. Porque la pobre Marisa era fea que te cagas. Tenía el pelo rubio y rizado, pero no era un rizo bonito, no, era de ese tipo encrespado y seco. Para colmo, la mujer tenía los dientes amarillos y apiñados, parecía que se los habían tirado a la boca como si de un puñado de piedras se tratara. Eso sí, era muy buena persona y muy profesional, que al final es lo importante para el puesto.

Juro que yo no tuve nada que ver con su contratación, aunque obviamente me sentía mucho más tranquila sabiendo que mi futuro marido no tenía una de esas secretarias jóvenes y guapas, como las que salen en las películas. Y no, no era inseguridad, tampoco es que fuera una celosa compulsiva; es, sencillamente, que el roce hace el cariño y luego pasa lo que pasa. Aparte, Julián era un hombre muy atractivo y no resultaba muy difícil perder la cabeza por él.

En cambio, estoy segura de que el hecho de que no renovasen a Rafa, el asistente que teníamos en el departamento jurídico, no fue por aquellos supuestos recortes que mencionó Julián. Rafa era un chico de veinticinco años que estaba opositando y trabajaba en la empresa a media jornada, estaba como un queso y me llevaba genial con él, porque no era para nada el típico cachas creído, sino todo lo contrario. En cualquier caso, yo misma agradecí que me quitasen aquella tentación, aunque me dio mucha pena que se fuera, pero una no es de piedra y, por muy enamorada que estuviera de Julián, tampoco soy ciega.

Me despedí de mi prometido y fui directa al despacho de Mar, una de las asesoras jurídicas del departamento. Le comenté todo el asunto y le dije que avisase a Marcos, otro asesor, para convocar una reunión a última hora.

Regresé a mi despacho y llamé a la recepcionista (puesto que ya no disponía de asistente) para que me confirmase si la sala de reuniones estaba libre a última hora de la tarde. Me dijo que sí y le pedí que me la reservara y preparase.

La reunión fue mejor de lo que esperaba y todos estuvimos de acuerdo en que mi opción era la mejor para resolver el asunto, pues había varias formas de hacerlo.

Antes de marcharme fui al despacho de Julián para ver si nos íbamos juntos.

—Aún me queda trabajo, te veo en casa —dijo con cara triste.

—Entonces creo que iré a tomar algo aquí cerca con Bianca.

—Vale, mi amor. Si termino pronto, os aviso y me uno.

Le di un beso y me fui. Llamé a mi amiga, que trabajaba al lado, y quedamos en Bicai, un afterwork cerca de la oficina.

La exquisita decoración en tonos ocres, junto a la tenue iluminación, ambientaban dulcemente el lugar.

Mi amiga y yo solíamos pedir una botella de champán. Bastaba con que bebiésemos un par de copas para quedar embriagadas, propensas a soltar más de una carcajada con la primera estupidez que se nos ocurriera. Ese día, sin embargo, optamos por sendas copas de vino, pues ambas íbamos con la idea de irnos pronto a casa.

—Quería hablar contigo sobre lo que comentamos respecto a la prueba genética predictiva —dijo Bianca después de que el camarero nos sirviera.

—¿Otra vez con eso? —Me alteré.

—Escúchame, Idaira, por favor.

—No, es que no quiero hablar de eso, y no me gusta que me presiones.

—No te estoy presionando. Sé que es un asunto muy personal, pero eres mi amiga y me preocupa, ¿vale? Solo quería decirte que te apoyo. Estuve revisando mi artículo y contacté con la doctora, y sinceramente creo que tenías razón. El examen lo único que hace es buscar mutaciones genéticas hereditarias y las respuestas que generan los resultados sobre si la persona va o no a tener cáncer en el futuro son muy limitadas, y al final suelen conducir a más pruebas. Entiendo que someterse a ese desgaste pueda ser agotador. Por no hablar del precio.

—El precio es lo de menos, porque podría comentárselo a Julián. Es solo que no me apetece someterme a un sinfín de pruebas que no van a llevarme a nada claro. Con todo lo que eso supone.

—Tema zanjado. Solo quería decirte eso. —Mi amiga alzó su copa de vino y brindamos.

—Tengo que confesar que yo también he estado reflexionando sobre el asunto y en algo tenías razón: debo hacerme un chequeo rutinario general. Solo por prevenir.

—Si quieres, te puedo pasar el contacto de mi ginecólogo, se llama Fer y está como un tren.

—No sé, yo había pensado mejor en una mujer.

—¡Qué dices! Tienes que ir a él, hazme caso, yo voy dos veces al año; luego, cuando llego a casa, tengo fantasías con él.

—¡Estás fatal! —Me tapé la cara con una mano y ambas reímos.

33
AIRAM

Me despertaba cada mañana dando las gracias a la vida por haber nacido en aquel paraíso, me sentía afortunado de poder disfrutar de los placeres de mi isla. Estaba enamorado de cada recoveco. Vivir allí era experimentar la más absoluta libertad en estado puro.

Aquella mañana, después de haber pillado buenas olas, le dije a David que estaba pensando en ir a Madrid a visitar a Bianca, no sé cómo me las había apañado para mantener el contacto, no era habitual en mí crear vínculos, pero ella tenía algo especial.

—Así que vas en serio —dijo David mientras se quitaba el traje de neopreno.

—¿Qué dices, loco? —Me reí.

Unas semanas antes estaba muy confundido pensando en Idaira, tenía claro que nos unía algo más que una vieja amistad o un amor del pasado, pero a esas alturas me costaba verlo así, porque lo que sentía por Bianca había crecido.

34
AIRAM

Cuando Idaira cumplió dieciocho años quiso ir a la universidad, lo que suponía que tendría que irse de la isla. Desde la muerte de su madre estaba obsesionada con la palabra «volar», que si necesitaba explorar mundo, que si tenía que estudiar si quería llegar lejos, que quería ser alguien, que no podía quedarse en la isla estancada, que estaba cansada de la pobreza que la rodeaba, de las borracheras que se cogía últimamente su padre... Se pasaba el día lamentándose del declive económico que había sufrido su familia.

El día que me dio la noticia de que le habían concedido una beca para estudiar Derecho sentí que el mundo se me venía encima, porque sabía lo que aquella separación conllevaría.

—¿Dónde? —pregunté aterrado.

—En la Universidad Carlos III de Madrid.

—Entiendo. —Fue lo único que pude decir.

Estábamos sentados en la arena, habíamos parado para comer unos bocadillos después de surfear toda la mañana. Ese día habíamos ido a la isla de Lobos porque la previsión anunciaba buenas olas, lo que significaba buen surf.

—Es una oportunidad demasiado buena para dejarla escapar. Puedo venir algunos fines de semana. Con la tarjeta de residente los vuelos son más baratos.

Parecía emocionada y yo... Yo estaba roto por dentro. No sabía cómo gestionar aquello. Eran demasiados años a su lado, no solo era mi pareja, mi amante, sino mi mejor amiga, mi compañera, mi todo. Sin ella estaba perdido. Me había acostumbrado a surfear a su lado, a compartir las mejores olas, a contarle mis miedos, mis ilusiones, a soñar juntos. Incluso habíamos planeado irnos a Australia en verano, alquilar una autocaravana y recorrer las mejores playas surferas. No me imaginaba haciendo todo aquello con nadie más. A su lado era el hombre más dichoso del mundo y nada me gustaba más que hacerla feliz, algo que por aquel entonces parecía no conseguir por más que lo intentaba.

Sabía que si se iba a Madrid, tarde o temprano la perdería. Idaira era una chica muy inteligente y también muy ambiciosa. Pronto algún pijo caería rendido ante su belleza y la deslumbraría con sus lujos. Yo no podía competir contra eso. La quería más que a nada en esta vida, eso debería ser suficiente, pero una parte de mí sabía que para ella el amor no bastaba.

No es que yo fuese un pobre muerto de hambre, en mi casa nunca nos había faltado de nada, mis padres no eran ricos ni mucho menos, pero habíamos llevado una vida muy cómoda; es solo que yo no tenía grandes aspiraciones, no soñaba con tener una carrera, un puesto de trabajo importante o una vida ajetreada y agobiante. Yo era feliz en mi isla, disfrutando de la calma, la tranquilidad y el sosiego que esta me regalaba.

—Me alegro muchísimo por ti —dije. Y ahí debería haber terminado la puta frase, porque en la vida hay que ir ligero de equipaje para vivir mejor, y dejar ir lo que no quiere permanecer, pero como un imbécil continué hablando—: ¡No quiero que te vayas!

Ella aferró mi rostro entre sus manos y añadió:

—Eres el mejor amigo que he tenido y eso no va a cambiar pase lo que pase.

¿Eso es lo que era para ella?, ¿un amigo?, ¿solo eso? Es cierto que nunca le había llegado a pedir salir, pero porque esas cosas ya no se hacían. Para mí era mucho más que una amiga y, desde que me acosté con ella por primera vez, no había vuelto a tener sexo con ninguna otra chica.

—¿Qué quieres decir? —La miré a los ojos, su expresión era de estar perdida en la oscuridad.

—Sé lo que conllevará irme, no es ningún secreto que todas aquí están locas por ti... No quiero perderte, pero tengo que volar. —Su voz sonó como si se estuviera desangrando.

—¿Cómo puedes pensar eso? Yo jamás te engañaría. Voy a estar aquí esperándote —dije, aun sabiendo que en algún momento ella dejaría de venir los fines de semana. Encontraría un trabajo en Madrid y se quedaría allí para siempre.

Se echó a llorar y entonces supe que tenía que hacer algo. Solo un capullo dejaría que lo hiciera sin intentar consolarla.

—No llores, por favor, o acabaré llorando yo también. —La abracé y sentí que la perdía, que a cada segundo que pasaba Idaira estaba más lejos de mí.

Busqué la frase perfecta de consuelo, pero no la encontré. Estaba atemorizado y yo también tenía ganas de llorar, pero pensé que esa no era la manera en que debía comportarme ante ella, no al menos en ese momento. Tenía que mostrarme fuerte.

35
AIRAM

Un jueves de finales de junio viajé a Madrid para pasar el fin de semana con Bianca. Avisé a Dani, aunque no iba a quedarme en su piso, sino en el de ella. No dio crédito a la noticia. A mí también me costaba creer que Bianca y yo hubiéramos llegado a ese punto, pero realmente me apetecía mucho verla.

El vuelo se retrasó un poco, sin embargo, cuando salí a la terminal y la busqué entre la multitud, allí estaba esperándome.

Me miró de arriba abajo antes de darme un abrazo tan fuerte que me vació los pulmones de aire. Luego posó las manos sobre mis pectorales y ascendió hasta entrelazarlas en mi cuello. Me besó y yo respondí con la misma pasión. Hundí los dedos en su pelo. El corazón se me descontroló. Presioné su cuerpo contra el mío. En ese instante, para mí solo existía Bianca.

—¿Qué tal el viaje? —susurró cuando se apartó.

—Mejor, ahora que ya estoy aquí.

—¿Ah, sí? —preguntó desafiante, dándome otro beso en los labios.

Salimos del aeropuerto y cogimos un taxi. En las calles que daban acceso al centro de la ciudad había un atasco monumental, pero, mientras el taxista trataba de escabullirse de él, Bianca y yo charlábamos.

Llegué a su casa agotado, pero dormir no era una opción.

36
IDAIRA

—¿Cenar los cuatro? —pregunté pasmada con el teléfono en la mano.

—Sí, ¿tan raro es? —expresó Bianca un poco escéptica al otro lado de la línea.

—No, es solo que...

—Como pones ese tonito —me interrumpió.

—Es que me ha cogido por sorpresa, no me habías dicho que Airam fuese a venir este fin de semana.

—Para mí también ha sido una sorpresa, llevaba un tiempo diciéndome que vendría a verme, pero no sabía que fuese a ser tan pronto.

—Lo hablaré con Julián.

—Reservo entonces mesa para cuatro.

—Espérate mejor a que lo hable con él, no sé si puede.

—Es viernes y está en Madrid, ¿por qué no iba a poder?

—Eso es cierto. —Sonreí nerviosa.

—Estás un poco rarita hoy, ¿eh?

—Estoy con la regla. —Esa excusa valía para casi todo y además era verdad.

Me despedí de mi amiga y llamé a Julián con la esperanza de que me dijese que estaba cansado y que no le apetecía salir, pero lejos de eso le encantó la idea.

No me quedó más remedio que armarme de valor para volver a ver a Airam, aquello parecía una pesadilla, no podía creer que el destino fuese tan caprichoso. Aunque quizá no era el destino, puede que fuera el karma, que me estaba devolviendo todo el daño que un día le hice. Siempre resulta más fácil aceptar que has perdido algo cuando no lo ves.

Aquella cena era justo lo que me faltaba para rematar el día, después de pasarme la mañana soportando a Isabel, irritada por sus insufribles comentarios mientras elegíamos juntas las flores para la iglesia. Esa mujer tenía la capacidad de sacar lo peor de mí.

Decidí arreglarme con esmero para la cena, así, por lo menos, cuando me viera Airam..., cuando me viera, nada, porque si él estaba en Madrid era porque realmente le interesaba Bianca, lo conocía demasiado bien. Quizá había llegado el momento de verlo como lo que era, un ex, un viejo amigo, un amor del pasado y el nuevo novio de mi mejor amiga.

37
AIRAM

Bianca y yo llegamos los primeros al restaurante. Se había empeñado en que cenáramos los cuatro juntos pese a que le había dicho que no me apetecía mucho, que prefería pasar tiempo con ella a solas.

Cuando vi entrar a Idaira con aquel elegante vestido y el pelo suelto con ondas salvajes, me estremecí.

Nos saludamos con dos besos y le di la mano a su prometido. Tomamos asiento de nuevo. La situación me pareció rara de cojones.

Julián rodeó a Idaira de la cintura, lo imité y rodeé a Bianca yo también al tiempo que le plantaba un beso en la mejilla.

—¿Habéis pedido algo de beber? —preguntó Julián.

—No, aún no. Acabamos de llegar —dijo Bianca.

—Entonces dejadme que pida una botella de La Faraona, os va a encantar. La bodega solo produce un barril al año. De ahí que sea uno de los vinos más caros de España.

Julián me parecía un pijo de mierda: «Dejad que os invite a este vino caro para impresionaros». Menudo imbécil.

El camarero trajo la botella y, después de un largo e innecesario ritual mostrándola y hablando de la bodega, la abrió y sirvió un poco en las copas.

—Dale un trago como Dios manda —dije al ver a Julián mariconear con la copa.

—Este vino hay que degustarlo en el paladar —repuso él.

Agarré mi copa y me bebí de golpe el contenido.

Idaira y Julián me miraron como si hubiese cometido un crimen. A ella se le habían pegado muchas de las tonterías de él, porque nunca fue tan... delicadamente exquisita.

—¿Y a qué te dedicas, Airam?

—A vivir.

Todos se rieron.

—Da clases de surf —añadió Bianca.

—Vaya, suena bien —dijo Julián.

—Sí, nada que ver con esos trabajos aburridos de oficina. —Bebí de mi copa.

Idaira me lanzó una mirada fulminante.

Busqué la cortesía necesaria para mantener el resto de la cena en paz.

Después del primer plato, Julián me pareció mejor tipo, aunque igual de pijo. Quizá en el fondo sí fuera una buena influencia para Idaira, puede que incluso fueran tal para cual.

Me costaba mucho verla con alguien como él, porque una parte de mí se sentía... inferior. Como si me hubiera dejado porque yo no estaba a su altura, y esa sensación no me gustaba. No sé, era algo que no puedo expresar con palabras.

38
IDAIRA

—Entonces fuisteis juntos al instituto, ¿no? —preguntó Bianca.

—Así es —afirmó Airam.

—¿Misma clase? —curioseó mi amiga.

—No, él es dos años mayor que yo, así que estaba un par de cursos por delante —aclaré.

—Pasábamos los recreos juntos, Idaira era muy traviesa, le gustaba el riesgo.

—Vaya, mi amor. No sabía eso. —Julián me miró sorprendido—. ¿Y qué hacíais?

—Eso, Idaira, cuéntanos —intervino Bianca.

—Cosas de niños...

—Cuéntale cuando le pusiste a doña Carmen una chincheta en la silla para que se pinchara al sentarse o cuando te colaste en la clase de doña Remedios y te escondiste en el armario. —Airam estaba disfrutando poniéndome en un apuro y haciéndome sentir incómoda, y lo odiaba por ello.

—¿En serio hacías eso? —Julián no daba crédito.

—Bueno, fue una vez —aclaré.

—O cuando nos colamos en el instituto de madrugada para robar un examen. —Airam rio.

—¿Robasteis un examen? —Bianca también parecía sorprendida.

Sentí el calor recorrer mis mejillas y no supe qué decir. No me sentía orgullosa en absoluto de haber sido una adolescente tan rebelde, esa era una de las razones por las que nunca hablaba de mi pasado.

«¿Y tú, por qué no nos cuentas el ridículo que hiciste cuando te presentaste en la fiesta de carnavales vestido de girasol diciendo que ibas disfrazado de Goku?», quise añadir, pero me contuve. Tenía más clase que él y no iba a ponerme a su altura.

No soportaba la actitud que había adoptado Airam desde el inicio de la cena. Para colmo, aún teníamos mucha noche por delante, pues luego habíamos quedado para ir a una discoteca con dos amigas de Bianca y con Dani.

Hice todo lo posible por mantener un tono cordial, pero el grupo ya había comenzado a resquebrajarse. Airam estaba irritable, atacaba a Julián con dureza y frialdad, dando muestras de odiarlo de una manera insensata.

39
IDAIRA

Aquel puente de mayo, cuando fui de visita a la isla dos meses antes de que me dieran las vacaciones en la universidad, me encontré con que mi padre estaba más ausente que nunca; de los días que estuve allí, no pasó ni uno solo sobrio. Y me seguía tratando como si aún fuera una niña.

Creo que fue ese fin de semana cuando me di cuenta de que ya no había nada en aquel ambiente rural que me atase, salvo Airam, ninguna perspectiva de futuro ni ningún sentimiento de comunidad.

La pandilla con la que salía seguía haciendo los mismos planes que cuando teníamos quince años y ninguno de ellos tenía oficio.

Pese a que había conseguido salir de la isla y llevaba varios meses estudiando en Madrid, sentía que mi vida seguía igual. Sabía que seguiría estándolo hasta que le pusiera fin a aquello que me retenía anclada en un mundo que ya no me satisfacía.

Recuerdo que la noche antes de volver a Madrid, después de hacer el amor con Airam, cuando nuestros corazones aún latían desbocados, le dije:

—A veces siento que necesito descubrir quién soy.

Vi el miedo en su mirada.

—No lo entiendo. ¿No sabes quién eres?

—No. Dicen que las personas somos lo que tenemos, pero a veces me da la sensación de que no tengo nada.

—Me tienes a mí, a tu padre, a tus amigos...

—No es eso, es que no tengo nada que me defina.

—Pero, si es verdad que eres lo que tienes y un día lo pierdes todo, entonces ¿qué queda?, ¿quién serás?

—No lo sé, estoy tratando de descubrirlo.

Airam guardó silencio mirándome fijamente.

—Si decidiera irme para siempre de aquí y ser libre, ¿te vendrías conmigo? —le pregunté.

Las pequeñas pupilas de sus ojos se dilataron con la humedad de sus lágrimas como si hubiera sufrido un sobresalto.

—Pero yo ya me siento libre aquí.

En ese instante supe que no sería fácil abandonar el mundo que teníamos él y yo, pero la vida se compone de decisiones que marcan para siempre quiénes somos y, si estaba tratando de descubrir quién era yo, tenía que empezar por tomar las riendas de mi vida, incluso sin tener la certeza de que estaba decidiendo correctamente. Asumiría las consecuencias.

40

AIRAM

No sé cuánto duró la cena, pero a mí me pareció una eternidad. Hice el esfuerzo más grande de mi vida para soportar aquella situación que por alguna razón me estaba matando. El postre parecía una degustación en miniatura, casi se perdía en un plato tan grande.

¡Vaya noche! Para colmo, Julián estaba siendo irritantemente simpático pese a mis constantes indirectas.

Cuando llegamos a la discoteca, lo único que me consoló fue encontrarme con Dani. No entendía cómo él soportaba tanta pijotada. Estaba más blanco incluso que la última vez que lo vi, y lucía una de esas camisas elegantes que solía ponerse cuando estaba en Madrid, porque, cuando iba de vacaciones a la isla, jamás vestía tan formal.

—Mira, ¿y a ti qué te pasó? ¿Desde cuándo no te da el sol, loco? —Lo abracé.

—Desde marzo.

—Necesitas unas vacaciones urgentemente. —Reí.

—Pues aún me queda hasta abril.

—¿Este año las tienes en abril?

—Sí, un buen mes para ir a la isla, ¿no?

—El mejor, ya lo sabes.

Nos tomamos una copa. Ellos hablaban de los proyectos de la oficina, Bianca de la revista en la que trabajaba, sus amigas de redes sociales y hombres, y yo de surf.

Dejamos las cosas en los sillones del reservado y fuimos a bailar a la pista, situada en medio de aquella enorme sala. Agarré a Bianca de la mano y tiré de ella hasta adentrarnos en medio de la gran masa de gente que se movía descontrolada.

—Cierra los ojos —le dije.

Hizo lo que le pedí y nos dejamos llevar por la música. Nuestros cuerpos comenzaron a moverse al ritmo que marcaba la canción. Sus manos se aferraron a mi cuello y las mías a su espalda desnuda. Abrió los ojos y me besó.

Después de bailar un rato, regresamos al reservado. Las amigas de Bianca habían preparado varias rayas de coca sobre la mesa. Me sorprendió cuando vi a Bianca coger el billete enrollado y aspirar, luego la siguieron sus amigas. Idaira negó con la mano, su prometido también, pero Dani aceptó y esnifó una de las tres rayas que quedaban.

—¿Quieres? —me preguntó Bianca con naturalidad.

Yo negué con la cabeza y por un momento sentí que me faltaba el aire allí dentro.

Idaira me miró y no sé si pudo leerme la mente o fue casualidad, pero en ese momento se dispuso a salir.

—Voy a la terraza a tomar un poco de aire. —Se levantó con naturalidad.

—Te acompaño. —Me incorporé.

—Creo que prefiere ir sola —intervino Julián—. ¿Te sirvo otra copa? —dijo con la botella de ginebra en la mano.

—Sí, gracias. Sírveme otra mientras Idaira me enseña las vistas.

Era algo violento salir detrás de ella en aquellas circunstancias, pero al parecer Julián fue el único que se extrañó de que subiéramos a la terraza a solas. Bianca estaba tan eufórica que ni se percató de que había abandonado el reservado.

Llegamos a la escalera esquivando a la multitud y subimos en silencio.

En la azotea había varias personas fumando y algunas parejas dándose el lote.

Estuvimos un rato callados, no era uno de esos silencios cómodos, sino más bien uno cargado de palabras por decir que pesan, que incomodan, que frustran; pero ¿acaso no son todos los silencios iguales? Una mera ausencia de palabras. ¿Cómo, entonces, puede existir un tipo de silencio concreto? Quizá lo que los diferencia es la persona con la que los compartes y los sentimientos que los rodean.

Contemplé la imagen de un Madrid iluminado por un palpitar incesante. «La ciudad que nunca duerme», pensé. Aquello era tan diferente a la isla... No entendía cómo Idaira había sido capaz de adaptarse a aquel ritmo, yo jamás podría. Me sentí invadido por una especie de desesperanza. Siempre experimento esta sensación cuando salgo de mi entorno. El desagrado que la humanidad inspira en mí casi equivale a una enfermedad. No estoy hecho para esto.

—Gracias —dije como un gilipollas.

—¿Por qué? —Sonrió sin dejar de mirar la ciudad.

—Por sacarme de ahí, me estaba asfixiando.

—Yo solo quería tomar un poco de aire. —Me miró y me guiñó un ojo.

Ambos nos sumergimos de nuevo en el silencio durante un largo periodo de tiempo, hasta que ella lo rompió.

—No es algo que haga siempre —aclaró.

—¡No me gustan las drogas!

—Aquí es algo muy común, no lo hace todos los fines de semana.

—¿Tú también la tomas? —La miré a los ojos. Su rostro tenía un aspecto aristocrático.

—Una vez, pero no me agrada. A ver, la sensación sí, lo que no me gusta es depender de ninguna sustancia para experimentar emociones límite.

Escucharla hablar me recordó a aquellas conversaciones de verano, a nuestras aventuras y a cómo nosotros llevábamos todo al límite sin necesidad de drogas.

Había cambiado tanto por fuera que me resultaba imposible creer que siguiera siendo la misma por dentro. Por alguna razón experimentaba una sensación desagradable al mirarla y verla tan... elegante, tan excesivamente hermosa y delicada, como si fuese una flor que en cualquier momento se marchitará.

Estaba un poco achispado por las copas y aquello contribuyó a que la nostalgia se apoderase de mí. Me sentí totalmente fuera de lugar y al mismo tiempo quise poder encajar más en ese nuevo mundo de Idaira.

—¿Recuerdas aquella vez en el instituto que te colaste en la clase de la profesora Petronila? —pregunté mirando al horizonte—. Cuando nos habló del mito griego de Apolo y Dafne —añadí al ver que ella no respondía.

—Sí. Yo decía que era como Dafne, siempre huyendo de los deseos sexuales de Apolo, tú, y que al final tendría que convertirme en árbol, como ella, para conservar mi castidad eterna y rehusar así tus presiones.

—¿Y en qué te has convertido? —La miré al formular la pregunta y quedó establecido un vínculo entre los dos.

—Está claro que en un árbol no. —Su voz sonó nerviosa.

Quise insistir, decirle que mi pregunta iba en serio, pero entonces supe que ya se había percatado y que solo bromeaba, porque ni ella misma sabía la respuesta.

—Será mejor que regresemos —añadió.

—Sí.

El resto de la noche no volvimos a cruzar palabra.

41
IDAIRA

La resaca del viernes me duró hasta el lunes. Llegué a la oficina agotada. Yo ya no estaba para esas salidas con discoteca incluida.

Julián había salido de viaje por trabajo, así que aproveché la media hora de descanso para llamar a mi padre y contarle los últimos avances de la operación de compraventa del chiringuito.

—Entonces ¿os quedaréis en casa? —preguntó cuando le di la noticia de que Julián y yo pasaríamos allí nuestras vacaciones en julio.

—No, papá. Julián ha reservado un hotel en primera línea de playa.

—¿Un hotel teniendo aquí tu casa?

—Ya, papá, pero entiende que vamos de vacaciones y él no quiere ocasionar molestias. Además, que no es lo mismo.

—Pero es que no entiendo para qué vais a gastar dinero en un hotel...

«Como si el dinero le importara a Julián», pensé.

—De verdad, no te preocupes por eso, lo importante es que vamos a estar muy cerca y por fin vas a conocer a mi futuro marido.

—Airam ha estado aquí esta mañana. —Se me tensaron todos los músculos del cuerpo al escucharle mencionar su nombre—. Ya me ha dicho que es buen tipo.

Suspiré aliviada.

—Lo es.

En ese momento la madre de Julián entró en mi despacho.

—Papá, tengo que dejarte, hablamos pronto.

—Te quiero, hija.

—Y yo. —Colgué.

—Ay, querida, no sabía que estabas hablando con tu padre. Lo siento, no quería molestarte.

—Tranquila, no molesta en absoluto. —Me levanté de mi asiento y le di dos besos.

Me pregunté qué la traería por allí, ella no solía visitar la empresa.

—Pasaba a saludar a mi hijo, pero resulta que no está —dijo como si no fuera evidente que sabía de sobra que Julián se encontraba de viaje.

«¿Habrá venido a vigilarme?», me pregunté.

—Siéntese, Isabel. ¿Quiere un poco de café?

—Ay, sí, muchas gracias, querida, pero sé buena y ve a por él a la cafetería, cielo. Estos cafés de máquina le sientan fatal a mi estómago —dijo mirando con asco la máquina de café.

—Claro que sí.

«Sé buena, querida, cielo...». Mucha palabrería cariñosa para acabar tratándome como a una sirvienta. No la soportaba.

Bajé a la cafetería del edificio expresamente a por su café. Le pedí al camarero azúcar, sacarina y estevia porque no sabía qué tipo de edulcorante usaba.

Subí en el ascensor con cuidado de que no se me vertiera el café.

—Aquí tiene. —Le entregué el vaso para llevar en el que me lo habían servido junto con los diferentes sobres para endulzarlo.

—Ay, pero ¡¿cómo me lo traes en un vaso de cartón?!

—Es que no dejan sacar las tazas de la cafetería.

—¿Le has dicho para quién era?

—No.

Por supuesto que no iba a decir que era para la accionista mayoritaria de la empresa, porque al camarero le importaba un comino para quién fuera, había un letrero bien grande a la entrada que decía: PROHIBIDO SACAR LAS TAZAS DE LA CAFETERÍA.

—Un fallo por tu parte, querida. No sé si seré capaz de tomármelo.

En ese momento me entraron ganas de tirarle el café a la cara.

—Me temo que su hijo no vendrá hoy —aclaré por si lo estaba esperando.

—Sí, me lo acaba de decir la recepcionista. ¿Cómo van los preparativos de la boda? ¿Ya encargaste las flores que elegimos?

Me hacía gracia que dijera «elegimos», como si hubiese sido algo consensuado, cuando en ningún momento nos pusimos de acuerdo. Ella quería rosas, todo un clásico, mientras que yo prefería gerberas, porque me parecía que le daban a la iglesia un toque más alegre.

—Muy bien. Sí, ya las encargué.

—Rosas al final, ¿verdad?

—Sí.

Tuve que ceder para darle el gusto a la vieja y porque le había prometido a Julián que la dejaría elegir las flores y ayudarme con la selección del salón en el que celebraríamos el enlace. Al fin y al cabo, las rosas también me gustaban, me parecían muy románticas.

—Son tan elegantes... Tenemos que ver qué día cuadramos para poder ayudarte con el salón.

Asentí con la cabeza, mordiéndome la lengua para no decirle que no necesitaba su ayuda.

—Veré si puedo hacer un hueco en mi agenda, ya sabes que tengo muchos compromisos.

Mi rabia iba en constante aumento y comenzaba a preocuparme.

—Sería fantástico. —Bien sabe Dios que aquellas palabras me quemaron la garganta.

—¿Ya son las dos? Por favor, qué tarde se me ha hecho. —Se puso de pie—. Muchas gracias por el café, querida.

—De nada —dije mirando el vaso intacto. Ni siquiera lo había probado.

—Ha sido un placer verte.

—El placer ha sido mío. —Me acerqué a ella y le di dos besos.

Cuando salió sentí que estaba completamente fuera de mí, como cada vez que la veía. En ese momento experimenté un arrebato de impotencia que me hizo tirar el vaso de café contra la pared.

La furia me había detenido el corazón. Me sentía totalmente avasallada, como una débil rama azotada por la tormenta.

Me dejé caer en el sillón giratorio y contemplé el destrozo que acababa de ocasionar en la pared. Todo estaba impregnado de café. Me imaginé la cara de Isabel entrando en ese momento. No pude evitar sonreír.

Después de recuperarme llamé a la recepcionista y le dije que, por favor, enviara a alguien de limpieza.

42
IDAIRA

Esa misma tarde, cuando terminé de trabajar, quedé con Bianca en Castellana 113 Lounge & Bar, en pleno centro financiero, para tomar unos vinos.

—¿Ya se ha ido Airam? —curioseé, una vez hubimos tomado asiento.

—Sí, se fue ayer.

—¿Y qué tal ha ido el fin de semana con él?

Mi amiga y yo no habíamos hablado desde el viernes, por lo que no tenía ni idea de cómo había terminado la cosa entre ellos.

—Bien.

—Ese bien, no suena a «bien». ¿Discutisteis por lo de la discoteca?

—¿Qué es lo de la discoteca? —Mi amiga arrugó el entrecejo.

No quise crear un conflicto entre ellos, así que me hice la tonta y no mencioné la conversación que habíamos tenido Airam y yo en la terraza.

—No sé, me pareció ver a Airam un poco incómodo cuando te metiste coca.

—¿Sí?

—No sé, igual fueron cosas mías —mentí y me sentí fatal por ello.

—No me dijo nada al respecto. Lo pasamos bien esa noche, ¿eh? Y cuando llegamos a casa... mejor ni te cuento. Es un dios del sexo. Pero es que no sé qué hacer... Creo que me he enamorado de él —dijo apartándose el pelo hacia atrás con las dos manos.

—¿Enamorada? —Sentí que me faltaba el aliento.

—Lo sé, es una locura, nos conocemos desde hace poco más de un mes y apenas nos hemos visto en tres ocasiones, pero... no sé, con él todo es tan... diferente.

—¿Qué quieres decir? —La voz me temblaba.

—Que no es como el resto de los hombres que he conocido, casi parece sacado de otra época. La forma en que me trata, cómo me hace el amor, cómo besa, su forma de ver la vida...

Sabía perfectamente a qué se refería.

Aquellas palabras penetraron en mi cuerpo como un rayo, solo que sin el trueno que avisa. Experimenté una convulsión de puro dolor.

—Ten cuidado, él solía ser un picaflor, no sé si habrá cambiado... —Me arrepentí tan pronto hice aquel comentario, me sentí como una mierda cuando vi su cara de decepción—. Lo siento.

—No, no lo sientas. Tú solo has hecho lo que haría una buena amiga.

«Sí, una amiga buenísima. Tanto, que te he ocultado que estuve locamente enamorada de él, que fue mi primer amor, el chico con el que perdí la virginidad, el que me regalaba canciones y el que aún con su presencia me hace estremecer», me recriminé. Nadie podría entender todo lo que se me pasaba por la cabeza.

—¿Y qué vas a hacer? —pregunté, intentando dejar a un lado mi culpabilidad.

—No lo sé, la verdad. Estoy agobiada.

—¿No lo habéis hablado?

Negó con la cabeza. Luego añadió:

—Él está allí y yo estoy aquí.

—¿Y eso se traduce en...?

—Pues que esto no tiene ningún futuro, él no va a dejar la isla bajo ningún concepto.

—Eso tenlo por seguro. Pero ¿y tú?

—¿Yo qué?

—No sé, ¿te plantearías irte en algún momento? Tu trabajo se puede hacer a distancia.

—Nunca he pensado en irme de Madrid.

—¿Ni por amor?

—Puede. No sé, Fuerteventura me encantó y quizá no se viva tan mal.

—Vivir allí no tiene nada que ver con vivir en Madrid, es otro concepto. ¡Olvídate de esto! —Señalé el lugar con el ambiente de ejecutivos enchaquetados y la decoración sofisticada y relajante.

No sé si aquel comentario iba por ella o por mí, quería mantener presente por qué un día lo sacrifiqué todo y por qué no podía barajar, bajo ningún concepto, la posibilidad de volver atrás.

—Mejor hablemos de otra cosa; además, aún es pronto para tomar esa decisión. —Alzó su copa.

—Exacto. —Y brindamos.

43
AIRAM

Uno se acostumbra a vivir en una burbuja y, tan pronto sale de ella, todo se torna incierto, confuso. Esa era la palabra que resumía mi estado desde que regresé de Madrid: confusión. Por un lado, estaba Bianca, con su inquietante atractivo, con su arrasadora personalidad y con aquellos hábitos tan destructivos que acababa de descubrir; por otro, Idaira y esa sensación de vértigo que experimentaba cuando la veía. Había algo en ella que me hacía sentir en calma cuando estaba a su lado. Como si el tiempo nunca hubiese pasado. La breve conversación que tuvimos en la terraza de aquella discoteca me demostró que aún le importaba y que aprobaba mi relación con Bianca. Algo que agradecí.

Fue aquella estúpida frase de *El principito* lo que me hizo creer que nunca encontraría un amor como el nuestro, porque según esta «es el tiempo que pasas con tu rosa lo que la hace tan importante». Ningún otro superaría a todos los años que habíamos pasado juntos. Por eso, ahora que por fin había encontrado a una mujer que me hacía sentir algo por dentro, me estaba aferrando a la primera insignificancia para sabotearlo.

No quise hablar del tema de la coca con Bianca, porque una parte de mí quiso creer que, tan pronto me fuera de Madrid, todo habría terminado, pero ahora que estaba lejos de ella, extrañaba sus llamadas, su voz, sus historias... Dar por zanjada nuestra aventura era lo mejor que me podía pasar para retomar la calma en mi vida. Sin embargo, por alguna razón necesitaba seguir aferrado a ella. A veces me preguntaba si no sería una forma de seguir estando cerca de Idaira sin estarlo.

44
IDAIRA

Puede que jamás me perdonase lo que estaba a punto de hacer, pero necesitaba terminar con todo de raíz. Después del primer año de universidad yendo y viniendo, queriendo avanzar, pero atada a algo que me lo impedía, me vi obligada a tomar la decisión más difícil a la que haya tenido que enfrentarme jamás.

La resolución de aquella beca lo cambió todo. Había estado barajando la posibilidad de mantener una relación a distancia con Airam hasta que acabase la carrera, pero ¿qué pasaría después?, ¿iba a volver a la isla? ¿Acaso pensaba encontrar trabajo de lo mío allí? Necesitaba centrarme en mi futuro, en mi carrera profesional como abogada, pensar que, cuando acabase la carrera, tendría que hacer un máster para especializarme en asesoría jurídica de empresas, y de eso era mucho más fácil encontrar trabajo en la capital. Airam solo sería un lastre que me impediría volar. Debía dejar atrás mi vida. Él tenía claro que no abandonaría la isla bajo ningún concepto y yo tenía claro que él jamás sería capaz de tomar la decisión de dejarme ir. Alguien tenía que poner fin a lo nuestro.

Esa ocasión sería diferente a las anteriores. Al día siguiente cogería un avión a Madrid y comenzaría una nueva vida, una en la que él no estaría. Había planeado hablar con él esa tarde, pero cuando lo vi, no pude. Sencillamente fui incapaz de mirarlo a los ojos y apretar el gatillo del arma que le destrozaría el corazón.

Sé que ese día, cuando tras hacer el amor me eché a llorar, él intuyó que algo no iba bien. O puede que ni siquiera lo viese venir, porque siempre que nos despedíamos, yo acababa llorando. No lo sé, porque después de aquella noche no volví a verlo hasta que apareció en mi fiesta de compromiso.

Romper una relación, aun estando profundamente enamorada, parece algo inconcebible, pero en ocasiones se convierte en una decisión tan necesaria como dolorosa.

Dejar a alguien a quien amas es un acto de valentía, de egoísmo, de sabiduría e incluso de madurez, aunque esto último depende de cómo lleves a cabo dicha ruptura. Yo me equivoqué y elegí la opción más cobarde, la más infantil y, por supuesto, la más fácil de todas, pero la única viable. Jamás me hubiese atrevido a dejar a Airam cara a cara. Habría sido imposible mirando esos ojos azules, viriles, penetrantes y luminosos.

Mucha gente me juzgaría para mal si supieran lo que hice, pero yo jamás le conté a nadie por lo que estaba pasando. En la universidad algunos de mis compañeros me notaron muy deprimida durante todo el año; lo mismo sucedió con mis compañeros de piso. Tardé mucho en recuperarme de la ruptura. Sé que dejar a alguien a quien amas no parece una decisión racional, no está en armonía con nuestra visión del mundo, para muchos no tiene sentido alguno. Si quieres a alguien, deseas estar a su lado, ¿no? Pues sí, pero ¿a qué precio?, ¿cuánto estás dispuesta a sacrificar por amor?

Estaba convencida de que la felicidad no dependía de la persona que tuviera al lado, sino de la vida que quería para mí misma, de la mujer en la que me quería convertir. Y si eso no iba alineado con el hombre al que amaba, no tenía más opción que renunciar a él.

Lamentablemente, el amor no todo lo puede como nos han hecho creer. El amor no hizo que mi madre viviera la vida con la que siempre soñó, el amor no la sacó de la isla, no la llevó a Roma, que era su sueño; el amor no la curó y tampoco la devolvió a la vida.

Puedo parecer una mujer frívola y fuerte, pero solo quien ha experimentado en sus entrañas el dolor de tener que alejarse por propia voluntad de la persona a la que ama sabe que este es un destino al que se llega tras un largo viaje de dudas, lágrimas, impotencia, desesperanza y una interminable y tortuosa lucha interna. Es una decisión que te perseguirá el resto de tu vida. Tendrás que cargar para siempre con el «¿y si...?».

Pero, como todo en la vida, una tiene dos opciones: aprovechar la experiencia como aprendizaje y avanzar o quedarse a vivir en el pozo de las lamentaciones sentimentales. Está claro que yo opté por la primera y, con el tiempo, me sentí una mujer fuerte. Cuidar de mí misma me aportó una seguridad y un poder inimaginable, porque de pronto comprendí que siempre podría contar conmigo.

Aunque no todo fue tan bonito, hubo muchas noches en las que lloré preguntándome qué había hecho y por qué había dejado mi estabilidad y mi hogar para perseguir un sueño. Me parecía tan egoísta y patético... Pero después de enviar aquella carta no había vuelta atrás. Sí, dejé al amor de mi vida de la forma más rastrera que una persona pueda hacerlo: por email.

Sabía que él jamás me lo perdonaría, pero lo que aún no sabía es que tendría que dejarlo dos veces: la primera, el día de la ruptura; y la segunda, el día en que volviera a verlo y tuviera que aceptar que esa etapa de mi vida se había cerrado para siempre.

45
AIRAM

Leí aquel email con forma de carta varias veces, no podía creer que Idaira me hubiese dejado por mensaje cuando acabábamos de pasar juntos la noche anterior. La llamé, no una, sino mil veces, pero su teléfono estaba apagado.

Decir que aquellas palabras me rompieron el corazón es quedarse corto.

De: Idaira
Para: Airam
Asunto: Te quiero

Tengo el corazón en la garganta. No sé de dónde estoy sacando las fuerzas para escribirte esta carta. Me di cuenta de que estaba enamorada de ti la primera vez que me contaste que te habías besado con una chica. Sentí que algo en mi interior vibraba. Ese día aprendí a fingir, a mentir. Disimulé muy bien que no me dolía, que no me importaba, porque éramos amigos y por nada del mundo quería perderte como tal, pero cruzamos esa línea y ahora no hay marcha atrás.

Me vienen tantos recuerdos a la mente que no sé por dónde empezar, y es que has estado en todos los momentos más importantes de mi vida. Aún puedo sentir aquel abrazo tan reparador que me diste en el tanatorio cuando mi madre murió. Te aferraste a mí tan fuerte que tuve la sensación de que a tu lado jamás podría caer. Tan solo con sentir tu aliento en mi piel, ya me reconfortaba.

Han pasado tres años y aún recuerdo aquel verano en el que pasamos de ser amigos a amantes como si hubiera sido ayer. Recuerdo la tarde en que nos besamos por primera vez en el techo de aquella autocaravana, bajo la luz del sol al atardecer, tan cálida y suave como tus labios. Hasta ese momento no había entendido el significado de la expresión «sentirse en las nubes». Ninguna otra sensación se asemeja a aquello que sentí. Recuerdo tu voz susurrándome bajo las estrellas que pasarías mil veranos conmigo y lo mágico que me resultaba escucharte decir eso e imaginar que podía ser real.

Recuerdo tus manos manchadas de arena al construir aquel castillo en la playa cuando apenas éramos unos críos. Ha pasado ya toda una vida.

Recuerdo todos estos años que hemos compartido y lo poco que necesitábamos para ser felices, ojalá eso siguiera siendo suficiente para mí.

Lo recuerdo todo, cada detalle, cada beso, cada caricia, cada sonrisa, cada puesta de sol... Y no lo voy a olvidar jamás, porque a tu lado he vivido momentos únicos, he sentido cosas extraordinarias y juntos hemos hecho locuras irrepetibles.

Siento tener que enviarte este email y utilizar este medio tan cobarde para decirte lo que quiero decirte, pero no veo otra forma de hacerlo.

Estaré eternamente agradecida de haberte conocido, has sido lo mejor que me ha pasado en la vida. Estos años a tu lado he sido muy feliz, pese a la situación que me rodeaba. Te quiero más que a nada, pero durante este año en Madrid me he dado cuenta de que necesito cambiar de vida, que quiero descubrir nuevos horizontes. Ya lo hemos hablado muchas veces y tú siempre me dices que no te gustaría dejar la isla, que tu vida y tu mayor pasión están ahí, y yo lo entiendo, y por eso jamás te he pedido que vinieras conmigo, sé que si te presionase un poco quizá lo harías, sé que estarías dispuesto a dejarlo todo por mí si yo te lo pidiera, y eso es lo único que necesito saber para tomar esta decisión, porque no quiero cargar el resto de mi vida con la culpa de que te arrebaté lo que más quieres y destruí tu paz, y aunque dejarte suponga quitarte una parte de esa paz, de esa estabilidad, sé que te recuperarás. El surf te hará olvidarme, lo sé. A mí me ayudarán mis estudios, mi carrera profesional como abogada y mi nueva vida en la capital. Aquí he conocido a mucha gente, me siento bien cuando estoy aquí, me siento otra persona, como si por fin hubiera encontrado mi sitio, uno en el que no me miran como a la Fritos y todo lo que eso conlleva. Aquí nadie sabe mi nivel adquisitivo y tampoco me siento juzgada por ello. Es difícil de explicar, sé que tú piensas que la gente en el pueblo no me juzga por eso, pero yo lo siento, lo percibo, y ese es un lastre con el que he tenido que cargar todos estos años; además, en la isla no hay futuro, no al menos el que quiero para mí. Ojalá las cosas fueran más fáciles, ojalá tu futuro y el mío pudieran integrarse con mayor facilidad, pero ambos buscamos cosas diferentes, Airam. Ya no somos los adolescentes que un día fuimos.

Y sí, esto es un adiós. Este verano no me esperes, porque no volveré. Necesito cortar de raíz con todo. No estoy dispuesta a cargar con un padre alcohólico y un negocio familiar que solo me llevará a la misma miseria en la que he vivido desde que tengo uso de razón.

Esta es la decisión más difícil que he tenido que tomar en toda mi vida, he reflexionado cada día sobre qué es lo más acertado para mí y en lo que me depararía el futuro si me quedo en la isla, y he llegado a la conclusión de que es hora de que nuestros caminos se separen.

Sé que me odiarás por esto y que no me lo perdonarás jamás, y te entiendo, estoy siendo muy egoísta al enviarte este email desde una cuenta que dejaré de utilizar en cuanto le dé a «enviar», y al cambiar de número de teléfono, pero es la única forma posible que veo de hacer esto. Han sido demasiados años unidos, casi desde que tengo uso de razón. Hubo un tiempo en que no concebía mi vida sin ti, pero he cambiado. No pienses por un solo segundo que he dejado de amarte, porque esa no es la razón. Dudo que algún día deje de quererte. Nunca nadie me ha enseñado tantas cosas como tú, cuando estoy contigo me siento mejor persona, tú sacas lo mejor de mí, quizá no te lo había dicho antes. Eres la persona más importante para mí, la más sincera y auténtica.

En mí siempre habrá un trocito de ti y sé que en ti, otro de mí. No seguiremos el camino juntos, pero ha sido todo tan sano, tan auténtico, tan sincero y bondadoso, que seguirás siendo el amor de mi vida. Y aunque esta sea una carta de despedida, quiero que sepas que te llevaré aquí dentro, en mi corazón, porque cuando se conoce a alguien como tú es imposible borrar su rastro.

Te quiero, Airam, y te querré siempre.

Ojalá algún día puedas perdonarme por esto.

Con amor,

Idaira

Dominado por la impotencia cogí las llaves de la moto, el casco y salí de casa. Mi madre me preguntó algo, pero no le respondí.

De esa noche solo recuerdo la velocidad, el viento rompiendo contra mi cuerpo, la adrenalina, la luna, la furia apoderándose del puño, acelerando hasta el límite, el dolor desgarrador en mi pecho... Apagué las luces, tentando a la oscuridad. Conduje por un camino de tierra que daba a la playa. Todo se hacía inestable, pero no reduje la velocidad. Las ruedas derraparon al entrar en las dunas, el manillar se torció y salí despedido.

El golpe fue brutal, pero no dolía más que aquella sensación de desconsuelo. La arena debió de amortiguar la caída porque no me rompí nada.

Me quité el casco y, allí tumbado, contemplando las estrellas en la más absoluta penumbra, me desahogué. Lloré como un niño, como nunca lo había hecho, como no quería volver a hacerlo jamás.

46
IDAIRA

Salí de la oficina eufórica, no solo porque oficialmente comenzaban mis vacaciones, también porque acababa de recibir los resultados de las pruebas que me había hecho esa misma semana y todo lo relativo a mi salud estaba perfecto.

Eran las seis de la tarde y hacía un calor abrasador. Tan pronto el sol me dio en la cara, comencé a sudar. El mes de julio en Madrid es insoportable. Pedí un uber y agradecí la temperatura del interior. Me fui sola a casa porque me había tenido que quedar hasta más tarde para dejar todo en orden y Julián había salido antes, también para resolver unos asuntos de trabajo.

Abrí la puerta de mi piso y me encontré un reguero de pétalos rojos por el suelo. «¿Y esto?», pensé con una sonrisa de oreja a oreja, porque no me lo esperaba en absoluto.

Cerré la puerta y seguí el camino de pétalos hasta el dormitorio; allí me encontré con un vestido negro corte años cincuenta, con escote en V pronunciado, unos zapatos de tacón burdeos y un bolso de mano a juego. Sobre el vestido había un sobre con una nota. Lo abrí y leí el contenido.

> Durante los últimos meses hemos tenido muchos altibajos, el trabajo y los preparativos de nuestra boda han puesto a prueba nuestro amor, pero siempre has estado a mi lado y yo

he intentado estar al tuyo, aunque no ha sido fácil. Hoy comienzan oficialmente nuestras vacaciones y quiero demostrarte lo mucho que te quiero y lo felices que seremos juntos. Ponte el vestido, nos vemos en tu restaurante favorito a las 21 horas. No te equivoques de andén.

Deseando verte,

JULIÁN

¿Mi restaurante favorito? Esperaba no equivocarme, pero al decir andén supuse que se refería a El vagón de Beni, donde me pidió matrimonio, porque aquel lugar se había convertido en nuestro viaje más romántico, y sin movernos de Madrid. Estuve a punto de llamarle para confirmar que era allí, pero eso estropearía la sorpresa.

Me metí directa en la ducha. Luego me maquillé usando varios tonos oscuros de sombra de ojos para crear un toque ahumado, y en los labios, mi 999 de Dior, adoraba ese color rojo inimitable.

Como no me había dado tiempo a lavarme el pelo, me hice un moño bajo que conjuntaba a la perfección con el look.

El vestido acentuaba mi cintura y la falda proporcionaba unas curvas extra a mi silueta. Me pregunté quién habría asesorado a Julián, pues ese era el tipo de vestido que no fallaba, sentaba bien a cualquier mujer. Era pura feminidad de la moda clásica. Me puse los zapatos, algo incómodos pero sumamente elegantes.

Metí el móvil y la cartera en el bolsito. Antes de salir de casa me miré de nuevo al espejo del dormitorio y me eché un poco de mi perfume favorito: Bamboo, de Gucci.

Paré un taxi que pasó por la puerta de mi edificio y le di la dirección. En las calles que rodean El Retiro había un atasco monumental, pero cuando el taxista logró escabullirse, pisó el acelerador a fondo y en poco tiempo se plantó en la puerta del acogedor e íntimo restaurante, enclavado en el parque natural de la Cuenca Alta del Manzanares.

Estaba nerviosa, sobre todo porque temía arruinarle la sorpresa a Julián equivocándome de sitio y lo que ello suponía. No entenderme con mi futuro marido a esas alturas era algo contra lo que no estaba preparada para luchar.

Aún recordaba cuando me llevó allí para pedirme que nos casáramos. Era un viernes por la noche, salimos de la oficina y fuimos en el coche hasta Hoyo de Manzanares, a una media hora del centro de Madrid. «¿Adónde vamos?», pregunté, a lo que él respondió: «Hoy quiero llevarte a cenar a un sitio especial». Atravesamos el pueblo y luego se metió en una callejuela. En ese momento pensé: «¿Y aquí, en mitad de este pueblo casi fantasmal, va a haber un sitio especial?». Aquello estaba tan escondido que había que ir sí o sí con GPS, no es el típico lugar que encuentras de casualidad.

Yo estaba casi segura de que me llevaba a un sitio tipo Casa Paco, pero, por otro lado, me costaba creer que Julián hubiera conducido media hora para llevarme a un bar familiar y cercano, con comida mediterránea, que podríamos haber encontrado en el centro.

Llegamos a una valla, que en ese momento se encontraba abierta, y junto a ella, un semáforo en verde de esos que suele haber en los pasos a nivel. Cruzamos y de pronto me encontré en medio de una estación de tren tipo años treinta. Sentí como si hubiera retrocedido en el tiempo. Contemplé fascinada la tenue iluminación del ambiente y pensé en lo encantadoras, lo románticas, lo elegantes que eran las cosas del pasado (del pasado bellamente logrado), como aquel vagón, tan sereno y dorado, tan cuidadosamente iluminado...

Mientras contemplaba, de nuevo maravillada, el vagón y los alrededores, pertenecientes a otra época, un chico uniformado salió a recibirme. Se presentó como el jefe de estación.

Tengo una reserva —dije insegura.

—¿A nombre de quién?

—Idaira.

—No hay ninguna reserva a ese nombre.

Se me aflojaron las piernas.

—Quizá esté hecha a nombre de Julián. —Crucé los dedos.

—Sí, pase por aquí, por favor.

Suspiré aliviada y caminé detrás de él por el vagón intentando recomponerme. El restaurante tiene dos vagones. La primera vez que vine con Julián, cuando me pidió matrimonio, reservó el pequeño solo para nosotros dos. En esta ocasión compartíamos el otro con unas pocas mesas.

Julián se levantó y me dio un beso, luego me retiró la silla para que tomase asiento.

—Estaba nerviosa —confesé.

—¿Por qué?

—Por si me equivocaba de restaurante.

—La nota era clara —aseguró con una sonrisa radiante.

—Tengo varios restaurantes favoritos en Madrid.

—Pero solo este es nuestro... y tiene «andenes». —Puso su mano sobre la mía.

—Eso es cierto.

—Estás guapísima, veo que te queda muy bien el vestido.

Lo atraje hacía mí.

—Lo que llevo debajo me queda mejor —susurré.

En su rostro se dibujó una media sonrisa pícara.

Pedimos los primeros: una ensalada de queso de cabra Suerte Ampanera para mí y croquetas del Vagón, típicas caseras de carabineros, para Julián.

—Tengo muchas ganas de conocer a tu padre, por fin.

No voy a mentir, me aterraba la idea de ese encuentro y sé que está mal que diga que en parte era porque me avergonzaba de venir de una familia tan humilde. Sabía que Julián no era el tipo de hombre que juzgaba las diferencias sociales, pero su familia y la mía eran tan distintas... Mi padre tenía una forma de hablar tan... rural que a veces hasta a mí me costaba entenderlo.

—Y yo de que lo conozcas. Es un poco... bruto, pero me adora, pese a haber sido una mala hija.

—No creo que hayas sido una mala hija, solo una mujer con coraje en busca de un sueño.

—Hay algo que nunca te he contado. —Me tembló la voz.

Quizá había llegado la hora de desmaquillar un poco mi pasado y que Julián conociera esa parte de mí. Al fin y al cabo, si íbamos a casarnos, mejor que supiera la verdad.

—¿De qué se trata?

—Después de que mi madre falleciera, mi padre comenzó a beber, me fui de la isla entre otras cosas porque no soportaba ver cómo tiraba por la borda todo aquello por lo que tanto habían luchado mi madre y él. El chiringuito se iba a pique y él no hacía nada más que beber. Lo abandoné, lo dejé solo a su merced y, aunque ahora está totalmente recuperado y goza de buena salud, no creo que fuera una mujer con coraje como tú dices, sino una egoísta.

—Mi amor, no digas eso. Eras una niña, ¿cuántos años tenías cuando te fuiste?, ¿veinte? No te puedes culpar por eso, era él quien debía cuidar de ti y no a la inversa.

—A veces a los hijos nos toca cuidar a los padres, ellos también tienen derecho a equivocarse y cometer errores. Yo perdí a mi madre, pero él nos perdió a las dos.

—Y tú tenías derecho a vivir tu vida, ¿no crees?

—Sí, por eso me fui, pero es algo que, aunque me cueste aceptarlo, me pesa. Yo era lo único que él tenía. —Me entristecí.

—Lo importante es que salió adelante. A veces hay que dejar que las personas que queremos caigan para que solas se levanten. Creo que lo ayudaste en cierto modo a ver que no podía seguir así y mucho menos arrastrarte con él en su desgracia.

—Es una forma de verlo. —Sonreí con tristeza.

—En cualquier caso, ya no puedes cambiar el pasado, pero sí aceptarlo y afrontar el futuro de manera diferente.

Julián siempre encontraba la forma de hacerme sentir grande.

Brindamos.

—Bueno, tú ten un poco de paciencia con él cuando lo conozcas...

—Haré lo que sea para que me acepte como el futuro marido de su única hija.

La educación de Julián rozaba los modales de la realeza, había nacido con el don de la elegancia y no voy a negar que en el fondo me preocupaba que su visión sobre mí cambiase después de conocer a mi padre, ver mi casa, el chiringuito de la playa...

Quizá quienes no han vivido una infancia como la mía me tachen de superficial, lo mismo quienes procedan de una familia tan humilde como la mía y sigan presos de la miseria. Solo los que hayan dejado atrás esos días en los que no había dinero para ropa, ni regalos de cumpleaños, ni siquiera para un coletero del pelo, comprenderán el miedo irracional a perder aquello que con tanto esfuerzo y sacrificio has conseguido, el temor a dejar de ser la persona en la que te has convertido.

—¿Y vas a decirme por fin adónde iremos de viaje de novios? —pregunté, intentando evadirme de mis pensamientos.

—El secreto para que una sorpresa lo sea es no contarla. —Sonrió pícaro.

—Es que me muero por saberlo —me quejé.

—Solo puedo decirte que te gustará.

La sonrisa se me ensanchaba por segundos.

—¿Es un destino de playa?

Hizo un mohín, se inclinó y me besó en los labios. Estaba claro que no iba a decirme nada. Yo tenía mis sospechas, por supuesto, aunque ambas opciones eran muy dispares. Por un lado, me imaginaba en un lujoso bungaló en las islas Seychelles y, por otro, recorriendo Australia. Ambas opciones me fascinaban, aunque veía más probable, siendo él, la primera.

—Ya he alquilado un coche para movernos por la isla —dijo para cambiar de tema.

—Te enseñaré las mejores playas de Fuerteventura. Te van a encantar.

—Estoy seguro de que así será. Me muero por conocer esa parte de ti y de tu pasado que con tanto recelo has guardado siempre. Sabes que voy a amar todo cuanto forme parte de ti, ¿verdad?

Es justo lo que necesitaba escuchar.

—Es muy bonito eso que dices, Julián.

—Lo digo porque realmente lo siento y, aunque por el trabajo no haya podido estar a tu lado todo lo que me hubiese gustado, no quiero que dudes, ni por un momento, que te quiero y que me muero porque seas mi esposa.

Me sonrojé.

—Nunca lo he dudado.

En momentos como aquel me sentía afortunada de haber conocido a un hombre como Julián. Y estaba segura de que a su lado sería la mujer más feliz del mundo.

47
IDAIRA

Mi primer año en Madrid, después de la ruptura con Airam y decidir irme de la isla para siempre, fue duro, muy duro. La beca me cubría la matrícula y, además, me daban seis mil euros que administraba rigurosamente, aunque apenas me daba para pagar los doce meses de alquiler en el piso compartido en el que vivía y la comida. Así que tuve que buscar otras formas de ganarme la vida. Trabajé en una pizzería los fines de semana, pero me echaron cuando empecé a pedir los puentes libres para poder ir a ver a Airam. El segundo año conseguí que me dieran trabajo en una discoteca como relaciones públicas, pero aquello era un auténtico calvario: odiaba salir a la calle vestida con minifalda, pintada como una puerta, y tener que abordar a los chicos y chicas que, según los estándares de mi jefe, cumplían con la imagen que quería transmitir el local, para ofrecerles descuentos en consumiciones. Cobraba veinte euros por noche, más cincuenta céntimos por cada persona que entregase al pedir en la barra las tarjetas que yo repartía con la publicidad del local y el descuento. Por eso, cuando me ofrecieron un empleo de fines de semana en una importante firma de ropa, en El Corte Inglés de Callao, no me lo pensé dos veces. Ahí continué hasta que comenzaron las prácticas del máster.

En la universidad mi situación era tan precaria que no tenía dinero ni para un café de máquina. Una compañera me invitaba siempre, nos hicimos muy amigas, pero cuando terminó la carrera se fue a estudiar un máster a Alemania. Decía que el futuro estaba allí.

Recuerdo que en más de una ocasión estuve a punto de llamar a mi padre para que me enviara dinero, pero nunca lo hice; primero, porque suponía que a esas alturas estaría arruinado y, segundo, porque no quería regresar después de cómo me había ido, con la cabeza gacha.

Los cuatro años de universidad se me pasaron volando, me refugié en los estudios, vivía por y para la carrera. Si suspendía más de tres asignaturas, perdería la beca, por no mencionar que, si no aprobaba más del cincuenta por ciento de los créditos, tendría que devolver el dinero de ese mismo año. Con aquella presión solo me quedaba estudiar.

Conseguí sacarme la carrera en los cuatro años para los que está prevista, pero fueron cuatro años de mi vida a los que renuncié. No hubo fiestas los fines de semana ni vacaciones en verano. Mi existencia se resumía en trabajar, estudiar y dormir una media de siete horas al día. Sin embargo, cuando entré en el máster, todo cambió a una velocidad vertiginosa. Conocí a Bianca en la cafetería del campus de Puerta de Toledo, ella estaba haciendo el máster en Comunicación de Moda y Belleza VOGUE. Desde entonces nos convertimos en inseparables, me presentó a sus amigas y salíamos juntas los fines de semana. Fue entonces cuando comencé a descubrir Madrid de verdad y todas las posibilidades que ofrecía.

Bianca me llevó a su peluquería y me cortaron la melena que por entonces me sobrepasaba la cintura. Fue como desprenderme de una parte salvaje de mí, al tiempo que resultó liberador. Mi nuevo peinado causó sensación. Poco a poco me fui mimetizando con el ambiente de la ciudad. Bianca me ayudó a dejar atrás muchos de mis prejuicios. Experimenté el despertar de mi sexualidad y libertad como mujer. Me divertía con chicos que solo buscaban pasar el rato, al igual que yo. Tenía claro que no quería compromisos ni historias con las que tuviera que comerme mucho la cabeza.

Vestía como se me antojaba, sin preocuparme de que alguien fuera a opinar sobre mi vestuario, como sucedía en la isla. Porque una mujer debería ser quien ella quiera y como ella quiera, sin miedos, sin tener que preocuparse porque el resto de mujeres y hombres la juzguen por su físico o forma de vestir, siendo las primeras, a veces, mucho más crueles en sus comentarios.

A diferencia de lo que solía hacer, empecé a decir lo que pensaba, a hablar, porque me di cuenta de que callarme para agradar a los demás era lo mismo que estar muerta.

Aquel año me sentí viva de nuevo, feliz, libre.

48
IDAIRA

El hotel que Julián había reservado en Fuerteventura era una pasada. Incluso teníamos un jacuzzi con vistas al mar en la terraza de nuestra suite. Y la piscina era de esas infinitas que se pierden en el horizonte. Por un momento ni siquiera sentí que estaba en mi tierra, tenía la sensación de haber ido a una isla paradisiaca perdida en un lugar exótico del universo. Pensé en lo injustos que somos a veces con aquello que tenemos por defecto, como el lugar en que nacemos. Nunca supe apreciar y valorar la maravilla de paraíso que me rodeaba.

El primer día aprovechamos para descansar y nos quedamos en el hotel disfrutando de la piscina por la tarde y del jacuzzi al caer la noche. Era el único día que podríamos aprovechar las instalaciones, porque quería enseñarle las mejores playas, y había muchas.

Al día siguiente, después de tomar un desayuno mediterráneo sintiendo la brisa del mar, cogimos el coche y nos dirigimos al chiringuito de mi padre. Mis nervios fueron en aumento conforme nos acercábamos.

—Es aquí —le dije al llegar para que aparcase en el primer hueco que encontrara.

Caminamos por la arena bajo un sol tropical. A esa hora aún no había clientes.

—¡Papá! —grité desde la terraza para no entrar con Julián, porque el interior era demasiado oscuro y siempre olía a pescado frito.

Me padre salió y me abrazó.

—Hija, qué alegría que estés aquí de nuevo.

Cuando se apartó, miró a Julián, quien hacía movimientos raros con la cabeza para alejar las moscas que nos asediaban.

—Este es mi prometido —dije dándole un toque de humor a mis palabras.

—Encantado de poder conocerlo al fin. —Julián le tendió la mano.

—¿Por qué te casas con mi hija? —preguntó mi padre cuando aún sus manos seguían unidas en un reñido apretón.

Quise intervenir y decir que aquella pregunta no procedía, pero entonces Julián comenzó a hablar.

—Por la forma en que ella me hace sentir, creo que uno no sabe que está preparado para casarse hasta que conoce a la persona indicada. Es algo que se siente.

—Más te vale cuidar de ella.

—Papá, yo me sé cuidar sola. He vivido siete años de forma independiente antes de conocer a Julián.

—Lo sé, pero no me refiero a eso. Tú eres lo único que tengo, lo único vivo que me recuerda a tu madre y sé que en el fondo eres igual de frágil que ella, aunque por fuera seas una todoterreno.

—Puede estar seguro de que jamás le haría daño —intervino Julián.

—Yo solo quiero que ella sea feliz y encuentre a alguien que la quiera incondicionalmente, porque es mi pequeña y es especial —dijo mi padre con la voz rota y los ojos humedecidos—. Se merece que la traten bien.

—Papá, Julián me trata como una reina. No tienes que preocuparte por eso.

—Tengo que asegurarme de que estarás en buenas manos.

—Lo estoy —añadí dándole un abrazo.

Después de aquel incómodo y a la vez tierno encuentro, nos sentamos a una de las mesas. Las cosas habían ido mejor de lo que esperaba y Julián estaba tranquilo, así que me relajé.

Le conté a mi padre que ya casi había terminado con todo el papeleo del asunto del chiringuito y que en menos de un mes el problema estaría solucionado.

Tras la visita a mi padre, llevé a Julián a la caleta del Marrajo, un paraíso de pequeñas lagunas naturales sobre roca volcánica negra que se fundía con la blanca y fina arena propia de la zona.

Apenas había un par de parejas, así que convertimos el lugar en nuestro pequeño edén. Nos metimos en las cristalinas aguas, que apenas cubrían por la cintura, y nos dimos un relajante baño.

Desde aquellas piscinas naturales se podía contemplar el novelesco faro del Tostón.

—¿Qué te ha parecido mi padre? —pregunté con mis manos entrelazadas en su cuello.

—Que te adora y que no sé por qué tenías tanto miedo a que lo conociera. —Me besó en los labios.

—Me alegro. De verdad que estaba preocupada, me imaginaba... qué sé yo.

—¿Por qué siempre tienes que ponerte en lo peor?

—Porque, si no, no sería yo. —Ambos reímos.

Allí, libres del oleaje, nos dejamos envolver por la magia de la isla.

La paz, la calma, el sonido del agua meciéndose, el olor a mar, nosotros...

49
AIRAM

Ni siquiera tenía constancia de que Idaira estaba en la isla. La última vez que hablé con Bianca, hacía ya unos días, no había mencionado nada al respecto. Si lo hubiera sabido, juro que no habría ido ese día al chiringuito de su padre. Lo último que me esperaba era encontrarla allí, desayunando con su futuro marido, ambos acaramelados, como dos turistas en mitad de su luna de miel.

Ella lucía un vestido blanco de croché que dejaba entrever la piel de su cuerpo y el color amarillo de su biquini. No pude evitar buscar su ombligo a través de esa redecilla que cubría su vientre.

Nos saludamos cordialmente y Julián insistió en que tomara asiento con ellos.

—¿Hace mucho que llegasteis? —pregunté por hablar de algo.

—Qué va, dos días —dijo él.

—¿Y qué planes tenéis para hoy?

—Pues de eso estábamos hablando. Vamos a ir a Jandía, pero no sabemos si ir a la playa de Sotavento o a la de Cofete —dudó Idaira.

—Podemos ir a ambas —sugirió Julián, mirándola con ojos de cordero.

—Aquí hay que elegir, las dos no puede ser, porque al final no se disfruta de ninguna.

No me di cuenta del doble sentido de mis palabras hasta que vi la mirada inquieta de Idaira.

—Sí, eso le estaba diciendo, que es mejor ir solo a una, así podemos disfrutar del atardecer y la puesta de sol sin prisas.

—¿No tienes pensado surfear? —curioseé.

—No; además, no tengo tabla.

—Puedo dejarte una.

—No me habías contado que practicabas surf —expresó Julián confuso.

—Porque hace años que no surfeo. Ni siquiera creo que recuerde cómo hacerlo.

—Eso tiene fácil solución —dije retándola.

—Estamos de vacaciones, no quiero sufrir un incidente. —Idaira hablaba sin mirarme a los ojos.

—¿Te gustaría surfear, mi amor? —Julián la miró de nuevo, esta vez con cara de estúpido enamorado.

Ella dudó. Luego negó con la cabeza y sonrió.

—¿Qué quieres tomar? —preguntó Idaira.

—Un café.

—¿Cortado?

Asentí con la cabeza. Ella se incorporó y entró en el chiringuito. No pude evitar fijarme en sus piernas.

—¿Qué tal con Bianca? —preguntó Julián.

—Muy bien.

—¿Habéis formalizado ya la relación?

¿Formalizar? Nos estábamos conociendo. Además, las etiquetas no eran lo mío. Quizá para él, un hombre modélico, ponerle nombre a las cosas era lo más normal del mundo.

—En ello estamos... De momento, somos... amigos.

—No la dejes escapar, ya quedan pocas mujeres así.

Julián era el típico tío exitoso con el que cualquier mujer soñaba, algo a lo que yo no aspiraba a convertirme nunca.

—Sí, eso es cierto...

—¿Idaira y tú erais esa clase de amigos? —Alzó la mirada hacia mí y ese único gesto me intimidó.

—¿A qué te refieres? —Hacerme el tonto para ganar tiempo no fue buena idea. Su mirada me confirmó que con mi pregunta ya le había respondido.

Temí haberme ido de la lengua y me apresuré a arreglarlo, pero creo que solo lo empeoré.

—Bueno, éramos amigos y compañeros de clase.

—Te seré sincero. El primer día pensé que realmente solo erais viejos amigos, compañeros de clase como dijiste, pero cuando veo cómo la miras y el nerviosismo que provoca tu presencia en mi prometida, dudo de si tus sentimientos son solo de amistad.

Se acomodó en el respaldo de la silla playera a la espera de una larga respuesta que lo convenciera. Su confesión me cogió por sorpresa y no supe muy bien qué decir. Mentir no era lo mío.

Sonreí para restarle importancia, luego miré al interior del chiringuito con la esperanza de que Idaira apareciera en ese momento y nuestra conversación quedase zanjada, pues estaba seguro de que no era un tema que él quisiera tratar delante de ella. La prueba estaba en que había esperado hasta el preciso instante en que estábamos él y yo a solas para plantearme aquella pregunta. Idaira no aparecía y el silencio comenzaba a delatarme.

—No entiendo muy bien qué quieres decir con eso..., Idaira es una mujer hermosa, no debería de sorprenderte que los hombres la miren. —Me reí.

—Seré más claro aún —dijo en tono serio—. ¿Sientes algo por ella?

—Claro que sí, fuimos amigos durante muchos años.

—Creo que he tenido demasiada paciencia, Airam. Estoy preguntándote si la quieres —aclaró tan razonable como de costumbre.

Claro que la quería, cómo se puede dejar de querer a una persona que ha formado parte de tu vida durante tantos años.

—Sí —dije y fue un «sí» rotundo, seguro e incluso retador—. Como amiga —añadí.

En ese momento llegó Idaira con los cafés.

—Cortado para ti —dijo dejándolo frente a mí—. Y solo por aquí. —Dejó la taza frente a Julián y se sentó a su lado.

50
IDAIRA

Cuando regresé a la mesa, las caras de Julián y Airam eran de tensión total.

—¿De qué hablabais? —quise saber, pero, cuando el silencio de ambos se hizo palpable y asfixiante, me arrepentí de haber formulado aquella pregunta.

—Nada, Airam me estaba aconsejando playas para visitar.

—Sí, le decía que tenéis que ir al Barranco de los Enamorados, ¿recuerdas que una vez fuimos?

Noté cómo Julián apretaba la mandíbula.

—No, ha pasado tanto tiempo... —mentí—. Pero sí, ya que subimos, podríamos ir al Barranco de los Enamorados de regreso y ver allí la puesta de sol.

Airam esbozó una de esas sonrisas suyas que, cuando no lo conoces, puede parecer que está encantado, pero en realidad es la rabia que se le atraviesa en la garganta lo que le provoca ese gesto. Me miró, tragó saliva y no dijo nada más.

Intenté dar un sorbo al café, pero aún estaba demasiado caliente.

Airam se tocó el pelo y al alzar el brazo se le subió la camiseta y dejó entrever unos centímetros de su vientre y parte del vello púbico. No pude evitar perderme en su piel bronceada.

Cuando terminamos el café, nos despedimos de Airam. Fingí estar entusiasmada, pero lo cierto era que me sentía angustiada. Encontrarme con él no me hizo ningún bien, para colmo Julián parecía tenso.

Antes de irnos entré en el chiringuito para decirle adiós a mi padre.

Decidí llevar a Julián a la playa de Cofete. Es una de mis playas favoritas, no solo por ser virgen y de arena blanca y dorada, sino porque es un auténtico paraíso perdido entre cristalinas aguas y kilómetros de dunas que parecen traídas del desierto del Sáhara. El único pequeño inconveniente era que está situada en el sur de la isla y nosotros nos alojábamos en el norte, por lo que tardamos casi tres horas en llegar, no solo porque debíamos atravesar la isla de punta a punta, sino porque para llegar hay que adentrarse en el Parque Natural de Jandía y conducir por un camino de tierra que bordea la cadena de montañas que se eleva junto a la playa.

Durante el trayecto Julián y yo hablamos sobre música y artistas. Barajamos la posibilidad de ir juntos a un concierto en Londres, pues yo nunca había estado en ninguno y la idea me gustaba.

Cuando nos alejamos de la civilización y nos adentramos en la zona natural, perdimos toda conexión. No había internet ni señal para hacer llamadas, tampoco se podía sintonizar ninguna cadena de radio. Era como viajar en el tiempo.

Teníamos que ir a veinte o treinta kilómetros por hora pues el camino impresionaba, un solo descuido y acabaríamos rodando por el precipicio. Algunas cabras salvajes balaban en los alrededores sin espantarse con el ir y venir de los pocos vehículos que atravesaban las montañas.

Conecté mi móvil al coche y puse una lista de canciones que tenía descargada.

La playa de Cofete impresionó a Julián, quien conducía entusiasmado sin poder apartar la vista del mar; sus dimensiones, esa sensación de infinito, el entorno, la costa y el paraje salvaje en el que se encontraba hacían de ella un lugar de ensueño.

Tan pronto llegamos, Julián clavó la sombrilla en la arena, dejamos nuestras cosas a la sombra, me quité el vestido, él la camiseta y corrimos a la orilla.

La primera ola me arrastró. Saqué la cabeza del agua y el pelo mojado se me pegó en la cara, me lo aparté para ver a Julián partiéndose de la risa. En esa playa el oleaje es fuerte y hay que tener cuidado.

Comencé a nadar para no estar en la zona donde rompían las olas y evitar así que me arrastrase la siguiente. Julián fue más lento y la ola le bajó el bañador, dejándolo con el culo al aire.

No podía parar de reírme.

—¿Estás bien? —pregunté cuando llegó a mi altura.

—Mejor que bien. —Me besó con dulzura.

Sentí un arcoíris sobre nosotros. Esa sensación era todo lo que necesitaba para confirmar que había tomado la decisión correcta y que Julián era el hombre con el que quería pasar el resto de mi vida.

Disfrutamos del baño como dos adolescentes recién enamorados. Tras ello, nos tumbamos a tomar el sol.

El tiempo pasó tan rápido que cuando nos dimos cuenta eran las cuatro y aún no habíamos comido. Saqué los bocadillos que mi padre nos había preparado y unas cervezas de lata.

—¿Sabes que nunca había hecho esto? —expresó Julián después de hincarle el diente al bocata de queso y chorizo perrito.

—¿El qué? —Alcé los ojos para mirarlo.

—Esto. Comerme un bocadillo así, tirado en la playa.

—No me puedo creer que no hayas hecho algo tan simple. Lo que tiene ser de la capital... —Me reí.

—Es que nunca ha surgido, o es que nunca he estado en una playa tan paradisiaca como esta.

—O con alguien como yo —añadí.

—Eso seguro. —Me besó.

Le sacudí los restos de pan que se le habían quedado en la barba.

Resultaba curioso que al lado de Julián yo fuera una chica sencilla y humilde y todo lo contrario al lado de Airam y, sin embargo, con ambos era la misma persona.

—No sé, es que siempre que vamos a playas suele haber cerca algún restaurante al que ir.

—¿Te gusta más eso? —quise saber.

—Ni el mejor de los restaurantes puede superar esta experiencia. Además, el bocadillo está buenísimo.

—Eso solo lo dices para quedar bien con mi padre.

—Lo digo totalmente en serio.

—Te creo.

Después de comer me puse protección y me tumbé al sol. Julián se quedó a la sombra, pero lo suficientemente cerca de mí como para poder hacerme cosquillas en el vientre.

Me quedé dormida así.

Cuando desperté, me preguntó si lo acompañaba a darse un baño. Le dije que sí y me quité las gafas de sol. Al ver su cara de circunstancias y sus labios fruncidos controlando la risa supe lo que había pasado.

—¡Dime que no se me ha quedado la marca! —grité a punto de echarme a llorar.

Él asintió y se descojonó de la risa.

—Pareces una guiri en su primer día de playa.

—Me da algo —dije llevándome las manos a la cabeza.

—Estás preciosa igualmente.

—¡Julián! —chillé.

—No, vale, estás fatal entonces. Momento drama. —Se tocó el pelo nervioso.

No me quedó más remedio que reírme.

Al cabo de un segundo se abalanzó sobre mí y me cogió en brazos. Mi risa se transformó en gritos mientras intentaba hacerle entrar en razón y que me bajara.

—¡¡¡Bájame o verás!!!

—¿Qué piensas hacer?

Una señora que estaba en la orilla, próxima a nosotros, me miró con cara de preocupación. Le sonreí y la saludé con la mano intentando hacerle ver que estaba bien.

Tan pronto entramos en el agua Julián perdió el equilibrio y acabamos arrastrados por una ola y llenos de arena.

—¡Esto es la guerra! —grité al tiempo que le tiraba una bola de arena que había cogido del fondo.

—¡Buen intento! —se burló.

Acabamos como críos, cubiertos de arena. Ni siquiera noté lo fría que estaba el agua.

Después de la batalla y de quitarnos toda la arena del cuerpo, decidimos ir a ver la puesta de sol al Barranco de los Enamorados. Yo no sabía llegar, pues solo había estado una vez hacía muchos años con Airam, así que pusimos el GPS.

Airam tenía razón en lo de que hay que elegir, que no se puede ir a dos sitios en el mismo día, porque al final no se disfruta igual. Eso fue justo lo que sucedió, que vimos la puesta de sol desde el coche, perdidos en un camino de tierra en solo Dios sabe dónde.

La noche nos alcanzó justo cuando faltaban unos metros para el dichoso Barranco de los Enamorados.

—¡Ve más despacio, por favor! Que hace poco vi en las noticias que dos chicas cayeron a un barranco y murieron ahogadas por seguir las indicaciones del GPS —dije nerviosa.

—¿De verdad?

—Sí, te lo juro. Así que no te fíes de este aparato y pon las largas, que estos caminos pueden dar a cualquier parte.

De pronto se escuchó una especie de soplo, como un silbido.

—¡¡¡Nooo!!! —Supe rápidamente que habíamos pinchado.

—¿Qué ha sido eso? —preguntó Julián.

—Para el coche. Hemos pinchado.

—¿Qué?

—Sí, estoy segurísima. —Me bajé y vi cómo la rueda trasera del lado derecho estaba completamente desinflada—. ¡Mierda, y encima no hay cobertura!

—¿Y ahora qué hacemos?

—Hay que buscar un sitio con cobertura y llamar a la grúa —dije resuelta.

—Es que el seguro no cubre asistencia en pistas de tierra.

—¿Cómo?

—¡Yo qué iba a saber que íbamos a venir por caminos de cabras! Pensé que era totalmente innecesario —se justificó.

—¡Vienes a una isla! ¿Dónde te creías que ibas?

—¡Cálmate! No pasa nada, llamamos a una grúa y se paga lo que cueste, ya está.

Cerramos el coche y caminamos a oscuras, alumbrando el camino con la linterna del móvil hasta encontrar un sitio desde el que poder llamar. En ese momento nos dimos cuenta de que teníamos cobertura, pero no internet para buscar el número de teléfono de alguna grúa.

—Déjame llamar a mi padre —dije.

—No, lo vas a preocupar. Mejor llamo a Daniel, que él viene todos los veranos, y si no sabe, que busque por internet algún número.

Después de más de media hora de gestiones conseguimos dos números de teléfono de empresas diferentes. Ambas nos informaron de que tardarían unas tres horas en llegar.

—¿¿¿Tres horas???

—Mínimo —aclaró Julián.

—Vamos a cambiar la rueda. No debe de ser tan complicado, ¿no?

—Yo nunca he cambiado una —dijo avergonzado.

Recordé que una vez Airam y yo pinchamos y lo había ayudado a cambiar la rueda. Tardó diez minutos.

Fuimos al coche y busqué en el maletero si había herramientas. Encontré una caja con la llave para aflojar los tornillos y un gato para elevar el coche. Miré debajo de la tapicería y allí estaba la rueda de repuesto.

Julián y yo nos pusimos manos a la obra. Entre gritos, risas y algún que otro susto conseguimos cambiarla.

—¡Esto sí que es trabajo en equipo! —Alzó la mano con la palma extendida para que le chocara los cinco.

No pude enseñarle el Barranco de los Enamorados porque estábamos agotados y se nos habían quitado las ganas.

Nos sentamos en el suelo y dejé descansar mi cabeza en el lateral del coche. En silencio, desde la más absoluta oscuridad, contemplamos el resplandor de las estrellas. Solo se escuchaba a los lejos el armonioso canto de los grillos.

—A veces solo necesitamos detenernos para descubrir la belleza que nos rodea.

Julián tenía razón, aquel momento, ambos allí tirados en el suelo en mitad de un campo, perdidos en algún lugar de la isla, valía más que cualquier atractivo turístico.

—Es un paraíso —musité.

—Tú eres mi paraíso. Te quiero, Idaira, te quiero, porque en ti comienzo y en ti termino. No soportaría perderte.

Sus palabras, acompañadas por el coro de un búho, fueron música para mis oídos. Nunca había escuchado a Julián decirme cosas tan románticas; de hecho, él no era de demostrar su amor con palabras, no solía decir «te quiero» a menudo. Quizá por eso, al escucharlo, el corazón me dio un vuelco.

Quise decir algo, pero entonces me besó y mis palabras murieron en aquel beso sin descanso. Su mano se deslizó por mis caderas y tiró de mí para que me sentara sobre él.

Me desgarró las braguitas del biquini. Mi sexo se estremeció ante la brusquedad de su acto. Estaba sorprendida porque nunca habíamos hecho el amor al aire libre. En realidad, solo utilizábamos la cama, nunca en el coche ni en la oficina, con el morbo que me daba imaginarlo empotrándome contra el escritorio cada vez que lo veía en su despacho, perfectamente enchaquetado.

A veces me gustaba que fuera brusco. Notarlo duro. Me ponía la rudeza. Lástima que lo hiciéramos con tan poca frecuencia; eso sí, cuando lo hacíamos era sensacional.

Disfruté cada caricia mientras me deshacía sobre él.

—Córrete para mí —susurró mirándome a los ojos, y entonces me dejé llevar.

Tardé solo unos segundos en alcanzar un devastador orgasmo que me recorrió de pies a cabeza.

51
IDAIRA

La semana se nos pasó volando, tenía la sensación de que me habían metido en una burbuja donde todo era paz y amor. Julián y yo recorrimos la isla, le enseñé las mejores playas, mis lugares favoritos, nos perdimos en las dunas de Corralejo, nos emborrachamos en el puerto al anochecer, vimos la puesta de sol desde la playa del Aljibe de la Cueva, navegamos en barco privado hasta la isla de Lobos y nos profesamos amor eterno en el romántico faro de San Martiño.

Me sentía más enamorada de él que nunca, por fin me había reconciliado con mi yo del pasado y Julián adoraba a esa Idaira más... salvaje. A mi padre también le había gustado Julián, desde luego me preocupaba lo contrario, porque sabía que, en el fondo, siempre albergó la esperanza de que volviera con Airam, pues era para él como el hijo que nunca tuvo. Pero había llegado el momento de volver a la realidad.

—Te voy a echar de menos, hija. —Mi padre me abrazó cuando, después de comer, nos levantamos para irnos al aeropuerto.

—Volveré el mes que viene para terminar con todo el asunto del chiringuito. Tenemos que ir juntos a firmar unos documentos.

—Vale. Tened mucho cuidado y llama cuando llegues.

—Que sí, papá.

Después de despedirnos, antes de llegar al coche, me encontré con Yanira. Sí, la Yani. Acababa de bajarse de un coche destartalado y estaba sacando unas sillas de playa del maletero con una amiga.

No sé por qué pero tuve un arrebato infantil y de pronto quise presumir de futuro marido y del descapotable que habíamos alquilado.

—Mi amor, ve a por el coche, te espero aquí, que voy a saludar a una vieja amiga.

—Preséntamela.

—Sí, ahora te la presento, pero ve a por el coche. —Le guiñé un ojo y él me vio las intenciones.

Me acerqué a ellas.

—¿Yanira? ¡Qué casualidad!

—Ay, Idaira —se bajó las gafas de sol para mirarme por encima—, pero ¿qué haces aquí? Cualquiera diría que le has cogido gusto a la isla, con lo que has renegado de ella siempre.

—¡Qué exagerada! —Me reí—. Estoy esperando a mi prometido, que ha ido a por el coche.

—¿Es de aquí?

Esbocé mi mejor sonrisa comercial.

—¡Qué cosas tienes! Mira, aquí viene.

Ambas miraron el flamante descapotable y luego se fijaron en Julián, que con aquellas Ray-Ban Wayfarer y despeinado parecía un modelo de revista.

—Este tiene perras —dijo la amiga de la Yani.

—Mira, mi amor, te presento a Yanira, una vieja amiga —dije mientras me montaba en el coche.

—Encantado —dijo él con un sutil movimiento de cabeza sin, por supuesto, bajarse del coche.

—Bueno, chicas, hasta pronto. —Saludé con la mano, luego, sin mover los labios, le dije a Julián entre dientes—: ¡Acelera y derrapa!

Él hizo lo que le pedí y dejó tras de sí tal polvareda que cuando me giré no pude ver a ninguna de las dos.

Me descojoné de la risa.

—¿Qué? —dije al ver cómo me miraba Julián.

—¡Eres mala!

—¿Mala yo? Cuando era pequeña esa zorra me hacía la vida imposible en la escuela. Por su culpa todo el mundo me llamaba la Fritos. ¡¡¡Ni se te ocurra reírte!!! —le grité.

Al final ambos acabamos muertos de la risa. La broma de la Yani nos costó quince euros. La noche anterior habíamos lavado el coche para entregarlo limpio en el aeropuerto como requería el contrato de alquiler, pero cuando llegamos y el chico que lo recogió vio que la parte trasera estaba cubierta de polvo, nos cobró un suplemento. En cualquier caso, mereció la pena. Fueron los quince euros mejor invertidos de mi vida, aunque en realidad no los pagué yo.

Dicen que hay que desear el bien, aunque te hagan el mal, pues yo lo siento, pero aquel acto infantil me hizo muy feliz y lo mejor de todo: me encantó la complicidad de Julián.

52
IDAIRA

El viernes Bianca me invitó a ir con ella al aniversario de la revista en la que trabajaba. Un evento de lo más top al que acudían modelos, artistas, diseñadores e influencers de la moda.

Cuando llegamos, la fiesta estaba en su máximo apogeo. Confieso que, pese a que siempre he estado bastante segura de mí misma, me sentí desgarbada al lado de aquellas chicas, todas tan monas, tan altas, tan bien maquilladas y peinadas, y con esas prendas tan atrevidas y sofisticadas a la vez.

—¿No crees que voy demasiado clásica? —le pregunté a Bianca.

—Vas ideal.

—Ideal vas tú, tenía que haber optado por un outfit más casual.

En realidad, daba igual lo que me hubiese puesto, porque a veces, por muy guapa que una vaya, siempre va a sentirse inferior al compararse con otras chicas que, a su vez, se sentirán menos al compararse con otras porque todas, con independencia de cómo seamos, tenemos inseguridades. Las que están excesivamente delgadas quieren ganar unos kilitos, las más rellenitas desean perderlos, las que son muy altas preferirían ser más bajas, porque así podrían usar tacones sin que su novio parezca un llavero, las que son morenas quieren ser rubias, las que tienen el pelo liso lo preferirían rizado... Con lo bonito que sería amarse a una misma y lo difícil que resulta a veces. Yo lo intentaba, hacía todo lo posible por aceptarme tal y como era, cuidarme y valorarme, pero no siempre resultaba sencillo. A veces me descubría maquillándome y arreglándome para gustar cuando un día me prometí que lo haría solo para mí. Supongo que no soy perfecta y que dentro del amor propio hay margen para todo.

No tuvimos que esperar a que nos atendieran, pues había camareros por todas partes ofreciendo champán y cócteles.

Mi amiga y yo nos hicimos con una copa de champán para cada una.

—¿Reguetón? —pregunté atónita al escuchar la canción del verano.

—Está de moda. —Bianca se encogió de hombros.

—En la moda vale todo, por lo que veo. —Puse los ojos en blanco.

—No te hagas la fina, que seguro que en tus tiempos lo dabas todo...

Me reí, porque en el fondo tenía razón, alguna que otra canción había perreado en las fiestas del pueblo.

—No sé, pero aquí, en este ambiente, no pega, ¿no?

—Por cierto, no me has contado que visteis a Airam.

—¿Eh? —Su comentario me desconcertó—. Sí, sí. Se me ha pasado por completo, ¿te lo ha dicho él?

—Sí, me lo comentó.

No sabía qué decir, hablar de él con mi amiga me incomodaba en exceso.

—Sabes que puedes contármelo todo, ¿verdad? Somos amigas.

Tragué saliva. ¿Le habría contado Airam algo sobre nosotros? ¿Lo sabía y no me lo había dicho? ¿Estaba esperando a que yo se lo contara? Dios mío, me iba a volver loca. Quizá debía decírselo, no podía ser tan complicado. Seguro que no se molestaría. Lo entendería. Había sido solo una mentira fruto de los nervios del momento.

—Me refiero a si viste algo raro o sabes algo —aclaró al ver que no decía nada.

—¿A qué te refieres?

—Creo que hay otra.

Sentí una fricción eléctrica en todas mis terminaciones nerviosas.

—¿Qué?, ¿otra?, ¿crees que te engaña? —Me dominó un leve delirio de ansiedad.

—Sí.

—Últimamente hablamos menos, lo veo... más distante y sé que aún sigue enamorado de ella.

—¿Ella?, ¿quién es ella? —Me estremecí.

—No lo sé —respondió en tono cansado.

—Pero ¿te ha dicho algo?

Negó con la cabeza y le dio un sorbo a su copa.

—Entonces ¿cómo lo sabes?

—A veces me ha contado algún detalle y una saca conclusiones. Tú me entiendes, eso se sabe, se intuye.

Tuve miedo, el tipo de miedo que se siente cuando no se quiere comprender.

—Bueno, no pienses que es porque hay otra. Él es así, muy bohemio. Para él todo se resume en surf, y con eso de que en la mayoría de las playas a las que va a practicarlo no hay cobertura, pues es normal que tarde en responderte.

—Sí, eso lo entiendo, pero al principio hablábamos por teléfono casi todos los días y ahora con suerte hablamos un par a la semana.

Resulta curioso que, cuando una se pilla por un chico, aprovecha cualquier excusa para hablar de él. No había día que Bianca y yo quedáramos y no sacase su nombre. Así era imposible no pensar en él por más que me lo propusiera.

Cada vez que mi amiga me hablaba de Airam, me hacía recordar algo de nuestra historia. No me gustaba esa sensación de remover una y otra vez las cenizas que había dejado el fuego, porque sabía que la llama podría volver a prenderse en cualquier momento.

—¿No hace mucho calor aquí dentro? —dije para cambiar de tema.

—No, yo estoy bien.

—Yo estoy sudando. —No mentía, tenía la tela del vestido pegada a la espalda.

—Y cuéntame, ¿no estás nerviosa?

—¿Por qué iba a estarlo? —pregunté acalorada.

—Coño, por la boda, ¿no? Te casas en dos meses.

—Qué rápido ha pasado el tiempo. —Dejé la copa vacía en la bandeja de un camarero que pasó a nuestro lado y me hice con otra llena.

—Sí. ¿Qué te queda por organizar?

—Ya está casi todo, solo me queda la última prueba del vestido, que la tengo a finales de agosto por si gano o pierdo algún kilito.

—Más te vale que no.

—Lo intento.

—He pensado pedirle a Airam que sea mi acompañante. ¿Qué opinas?

—Bueno... no sé, por mí no hay ningún problema.

—Eso ya lo sé, me refiero a que si crees que aceptará.

En aquel momento se me hizo un lío tremendo en la cabeza. Ni siquiera pude articular palabra, me quedé muda. Quise reaccionar y darle un sorbo a mi copa para ganar tiempo, pero tampoco lo conseguí.

No sabía exactamente qué me atormentaba. ¿Que Airam estuviera presente el día de mi boda? ¿Caminar hacia el altar y encontrarme con su mirada? ¿No atreverme a pronunciar el «sí quiero» en su presencia?

Ojalá hubiera podido decirle a mi amiga que me sentiría más cómoda si él no venía a mi boda, pero ¿cómo le explicaba eso? Quizá había llegado el momento de poner las cartas sobre la mesa y contarle la verdad, pero ¿no sería un poco raro hacerlo a esas alturas? Pensaría que la supuesta chica de la que Airam seguía enamorado era yo.

Qué complicado era todo, o quizá deba decir qué complicado lo había hecho todo yo. Hubiera sido muy fácil decirle aquella noche, en mi fiesta de compromiso, que Airam y yo éramos amigos desde que casi teníamos uso de razón, y que luego habíamos sido amantes y de ahí pasamos a ser novios. Con las cartas sobre la mesa, mi amiga habría podido elegir si tener o no una cita con él y yo no tendría que estar pasando por esa molesta situación. Pero, lamentablemente, el ser humano es así, no siempre reacciona como debe, no siempre es capaz de tomar las decisiones correctas; de hecho, suele optar por las más equivocadas.

—Sí, ¿por qué no iba a aceptar? —dije tratando de mantener la calma.

—Esta semana se lo propongo.

—Yo tengo que ir en un par de semanas a Fuerteventura para cerrar todo el papeleo con mi padre de la operación del chiringuito, ¿por qué no te vienes y así hablas con él en persona? —propuse.

—En agosto imposible, me encantaría, pero estoy hasta arriba de trabajo porque es mi último mes antes de las vacaciones.

—Es verdad, había olvidado que este año te las coges en septiembre.

—Sí.

—¿Dónde irás?

—He reservado con mis amigas para irnos a Ibiza una semana. No te he dicho nada porque lo decidimos hace poco y, además, tú estarás de luna de miel sabe Dios dónde. —Rio.

—¿Y harás algo con Airam? —curioseé.

—La verdad es que no lo hemos hablado aún.

—Oye, ¿ese no es Carlos? —pregunté al ver a su antiguo compañero de trabajo entre la multitud.

—¡Ay, mi madre! —Se giró de inmediato—. Sí, es él.

—¿Y qué hace aquí?

—No lo sé, le habrán invitado. ¿Estoy mona?

—Estás estupenda, como siempre.

—¿Crees que habrá venido para hablar conmigo?

—No creo. Te habría llamado, ¿no?

—Le bloqueé las llamadas.

—¿Las llamadas también? —pregunté atónita—. Pero ¿eso se puede hacer?

Mi amiga asintió con la cabeza.

—Se está acercando —le advertí.

Ella comenzó a reír como si lo estuviera pasando en grande.

—¿Viene? —preguntó.

—Ya no. Lo he perdido de vista.

—Vamos a la barra, ya estoy cansada de este champán. Necesito una copa de algo más fuerte.

Carlos y ella fueron compañeros en la revista anterior en la que trabajó Bianca, él era uno de los directivos. Comenzó a haber rumores de que tenía ciertos beneficios por follarse a uno de los jefes, cosa que por cierto estaba totalmente prohibida por política de la empresa. Bianca encontró una nueva y mejor oportunidad en *Glam* y decidió irse y olvidarse de él, que no había sabido luchar por ella. Además, mi amiga llevaba muy mal el hecho de que media compañía la criticara, como si ella hubiese conseguido el trabajo por acostarse con uno de los jefes, cuando no había sido así.

Estábamos en la barra pidiendo dos gin-tonics cuando el susodicho apareció.

—Bianca, cuánto tiempo. Estás... radiante.

—Hola, Carlos. Ojalá pudiera decir lo mismo.

—¿No vas a darme ni dos besos?

—No, no vaya a ser que nos vea alguien y tu importante puesto como directivo peligre.

—Eso ha sido un golpe bajo —dijo él con una sonrisa dolida.

—Más que merecido.

—Sí, eso es cierto.

—¿Qué te trae por aquí? —curioseó Bianca.

—Voy a empezar a trabajar en *Glam* como asesor general en el departamento jurídico.

Mi amiga se atragantó con la copa.

—¿Estás bien? —pregunté al ver que no paraba de toser.

—Sí, sí. Es que se me ha ido por mal sitio. Enhorabuena —dijo al fin cuando se recuperó del susto.

—Gracias. La verdad es que estoy muy contento.

—¿Y qué te ha hecho cambiar de trabajo? —quiso saber ella.

—Te dije que lo solucionaría —dijo él con una sonrisa pícara.

¡Menuda indirecta! Me quedé boquiabierta con el comentario de Carlos. Mi amiga, tratando de parecer tranquila, me miró en busca de una explicación que yo no tenía.

—Has tardado mucho tiempo, ¿no crees? —respondió ella muy resuelta.

—Un año no es tanto. Ha sido difícil. Lo importante es que ahora trabajo para una compañía que contempla las relaciones entre empleados.

—¿No tuviste suficiente, que tienes previsto enamorarte de alguna compañera aquí también? —soltó Bianca con sarcasmo.

—No, ya estoy enamorado de una.

—Ah, me alegro, porque yo también estoy enamorada y no es de alguien del trabajo.

—¿Sí? ¿Quién es el afortunado?

—Un surfista.

—Vaya, no sabía que te fueran de ese rollo.

Silencio.

—Estás muy guapa, Bianca.

Mi amiga forzó una leve sonrisa.

—Nos veremos por las oficinas —dijo él—. Me encantaría que pudiéramos ser... amigos.

—Pudimos serlo. —Mi amiga le devolvió una mirada que no supe interpretar.

—No lo creo.

No estaba entendiendo muy bien nada de aquello, pero fuese como fuese, mi amiga estaba muy alterada por aquella conversación.

—No, la verdad es que no. Te deseo lo mejor —dijo Bianca con aparente sinceridad.

—Gracias. —Miró a mi amiga y luego a mí y nos regaló una sonrisa de despedida.

Bianca tardó unos segundos en recomponerse.

—¿Qué ha sido todo eso? —pregunté.

—No lo sé, estoy igual de impactada que tú.

—Pero ¿ha querido decir que ha cambiado de trabajo por ti?

—Ha sido un poco ambiguo, sí.

—¿Ambiguo? Yo creo que ha sido bastante directo.

—Es un player. Trabajar con él, lo que me faltaba.

—Bueno, tranquila, tampoco coincidiréis tanto, ¿no? Estáis en departamentos diferentes.

—Ya, pero, no sé. Ya había cerrado ese capítulo de mi vida.

—Entonces déjalo cerrado.

—Vamos a dar una vuelta. A ver si veo a mi compañera María. Quiero presentártela.

La noche pasó tranquila, Bianca y Carlos no volvieron a hablar, aunque cruzaron un par de miradas que no me pasaron desapercibidas. ¿Quién necesita palabras cuando los ojos hablan?

53
AIRAM

Había pasado casi un mes desde que vi a Idaira y su prometido en el chiringuito. Casi un mes dándole vueltas a aquella pregunta que me había hecho Julián. ¿Seguía sintiendo algo por ella? Hubo un tiempo en que la amé, pero también la odié. La odié mucho por lo que me hizo, pero era verla y aquella aura misteriosa que la envolvía me hipnotizaba. Era algo inexplicable, como una química que no podía controlar ni frenar.

Cuando Bianca me pidió que fuera su acompañante en la boda de Idaira, quise negarme, quise incluso terminar con ella para no tener que enfrentarme a aquello que intuía me haría daño. Sin embargo, Bianca se había convertido en mi mayor ilusión. Con ella por fin sentía algo más que placer por follar. Me encantaba hablar con ella. Cuando nos veíamos, todo era fácil, fluía. Sabía que con el tiempo podría enamorarme de ella como un día lo estuve de Idaira, ya lo habría hecho si no fuera porque eran amigas, y vivía en Madrid y la distancia lo enfriaba todo. ¡Maldito destino! Para una chica que merecía la pena y me la ponía tan lejos.

No eran ni las nueve cuando David y yo terminamos de desayunar juntos en el Canela Café para poner rumbo a Sotavento, un lugar recóndito al sur de la isla que visitaba con menos frecuencia de la que me gustaría.

Paramos en el Hiperdino, que estaba a unos metros, y compramos cerveza y bocatas para echar el día.

El paisaje para llegar a esa playa es espectacular. Por el camino pueden verse kilómetros de dunas de arena blanca perdiéndose entre los acantilados que dan paso a un eterno océano azul.

Las nubes quedan atrapadas en la cadena montañosa que recorre la costa. Poder contemplar el mar desde aquellas murallas de piedra es todo un privilegio.

Kilómetros de arena y playa sin rastro de civilización. Una cita a solas entre el mar y uno mismo. No hay manera de poder definir ese inmenso y sobrecogedor paisaje.

David y yo detuvimos la autocaravana en mitad de la nada, pues debíamos continuar a pie. Cogimos las tablas, la bolsa con los hielos, y demás cosas que habíamos comprado en el supermercado, y las mochilas con nuestros kits. Para bajar debíamos tener cuidado, pues había que hacerlo por un sitio concreto al final del acantilado, entre riscos y arena. Era bastante peligroso, no solo por la altitud, sino porque había que arrastrarse por la ladera hasta llegar a la arena de la playa. A esta dificultad había que añadir que íbamos cargados con las cosas y las tablas.

Al afrontar el último tramo nos asomamos para asegurarnos de que íbamos por el sitio indicado. Solo se veía agua y espuma al fondo.

—Chacho, creo que nos hemos equivocado —dijo David.

—Sí, me da que ahí abajo hay rocas. —Aunque no se veían, lo supe por la espuma, que solo se produce con el romper de las olas.

—¡Estamos al borde del precipicio, loco! —David parecía preocupado.

Con sumo cuidado de no resbalar y caer del farallón, rodeamos la zona en paralelo a la costa. Caminamos por una peligrosa rampa de arena. El menor descuido suponía caer al acantilado y estamparnos contra aquellas rocas.

Llegamos a un lugar donde nuestros pies ya no se hundían en la arena porque esta se había solidificado.

—No podemos continuar por ahí o...

David no había terminado la frase cuando en cuestión de segundos perdí el agarre y resbalé. Comencé a descender boca abajo en dirección al precipicio, tan rápido que ni siquiera tuve tiempo de gritar.

Solté la tabla y conseguí aferrarme a la roca con todas mis fuerzas. Tarde unos segundos en tomar conciencia de mi situación y entonces supe que iba a caer. No me podía creer que hubiera llegado el fin.

—¡No te muevas! —gritó David, quien bajó con cuidado por la zona en la que los pies se hundían en la arena con facilidad, proporcionando un buen agarre.

No me atrevía ni a hablar, temía que al menor cambio pudiera rodar hasta el abismo. Notaba la presión en la yema de los dedos que se aferraban a la roca con todas sus fuerzas. De ellos dependía mi vida.

El pecho me ardía, debía de habérmelo abrasado con la fricción al resbalar boca abajo por la pendiente.

Tenía el rostro pegado a la superficie. Mi respiración provocaba un polvo en la arena que se me metía en los ojos y en la nariz. Tuve ganas de estornudar y no sé cómo conseguí controlarlo. Traté de mantener la calma para respirar lo más pausado posible.

En ese momento solo pensé en una persona. Ella, sus ojos azules, su pelo rubio, su sonrisa; si aquello era el final, solo le diría una cosa.

David tardó demasiado en llegar a mi altura, tenía que hacerlo muy despacio para no perder el equilibrio él también. Tuve la sensación de que ya había vivido todo, de que había llegado mi momento. Había tentado a la suerte demasiadas veces.

Mis fuerzas comenzaron a flaquear y temí caer. Llegué al límite de mi resistencia física.

—Dile a Idaira que la quiero.

Las palabras salieron de mi boca como un pensamiento que pasa por la mente. Sin que pudiera controlarlas o reflexionar sobre ellas. Simplemente las pronuncié, como si se me hubiesen quedado atravesadas en la garganta y las tuviera que escupir antes de caer al vacío.

54
AIRAM

Resulta asombrosa la velocidad con la que reflexiona la mente cuando estamos a punto de morir. Es como un afán de crecimiento que tenemos hasta el último aliento. Ser consciente de que lo único que habría cambiado de mi vida para irme en paz hubiera sido poder decirle a Idaira todo lo que llevaba dentro, me dejó mal sabor de boca. Cuántas cosas perdemos por miedo... Cuántas palabras no nos salen por orgullo o por exceso de prudencia...

La muerte puede ser tan inesperada y súbita como diversa en su concepción. A veces llega para llevarnos; otras, solo para avisarnos.

David, que ya estaba llegando a mi altura, me ofreció su mano, pero no me atreví a moverme. Estaba paralizado.

—¡Agárrate a mí! —ordenó.

Dudé unos segundos, luego solté una de mis manos y agarré la suya. Ejerció toda la fuerza posible hasta que consiguió ponerme a salvo en la zona de arena segura.

Tenía las uñas ensangrentadas y el pecho arañado de haber intentado frenar la caída.

—Cabrón, la tabla. —Me llevé las manos a la cabeza.

Él se rio y yo también. Fue una risa asustada. Ambos habíamos pasado miedo.

Con cuidado regresamos por el mismo lugar. Subimos a la parte más alta del acantilado y nos sentamos sobre una roca a contemplar el mar. Nuestro día de surf se había visto frustrado por la visita de la parca y por la pérdida de mi tabla.

Por suerte, la bolsa con los hielos y las cervezas la llevaba David. Abrimos un par de latas y brindamos antes de dar un buen trago.

Aún me temblaban las piernas del susto y violentos estremecimientos me sacudían por dentro.

En el horizonte no se divisaba ni una sola embarcación. A pocos metros a la izquierda se advertía la pequeña cala a la que habíamos intentado acceder. Dejé que el olor a mar sosegara mi turbación.

—¿Qué ha sido eso de antes? —preguntó David en tono muy serio.

—Menudo susto, chacho —dije haciéndome el tonto.

—No me refiero a eso.

Sabía perfectamente a qué se refería, pero no podía explicárselo, porque ni yo mismo comprendía de dónde venía aquello. Las personas, cuando estamos al límite, decimos cosas desesperadas.

—¿Aún sigues enamorado de ella? —continuó David tras mi silencio.

Tuve miedo de que todo lo que llevaba dentro de mí, ignorado y reprimido, quedara liberado y perturbase mi paz.

—Pensaba que no —confesé.

—¿Y Bianca?

—Bianca me gusta.

—¿Te gusta?, ¿y ya está?

—Es una mujer maravillosa.

—¿Pero?

—No hay pero. Bueno, quizá sí, que vive en Madrid.

—Y es amiga de Idaira —puntualizó.

—Sí, eso es una putada, lo complica todo.

—¡Todo!

—¿Te he contado que Bianca me pidió que fuera con ella de acompañante a la boda de Idaira?

—No. Últimamente ya no cuentas nada —se quejó.

—Eso no es verdad, es que tampoco hay mucho que contar.

—¿Y qué vas a hacer?

—Le he dicho que sí.

—Quizá, si no estás preparado, sea mejor que se lo digas y que ella pueda buscar a otra persona que la acompañe.

—No quiero perderla.

—Joder, loco. Que te gusta, que es maravillosa, que es amiga de Idaira, que no quieres perderla... No entiendo nada. ¿Qué hay de Idaira?

—¿Qué pasa con ella?

—No tienes pensado hablar...

—¿Para qué? Idaira ya ha tomado una decisión, la tomó hace diez años. No va a cambiar de idea ahora y yo tampoco me veo con fuerzas para luchar por ella después de lo que me hizo. Supongo que necesito tiempo para averiguar si puedo empezar algo serio con Bianca al cien por cien.

—¿Al cien por cien estando aquí y ella en Madrid?

—Bueno, pues al sesenta por ciento. —Me reí.

—¿Si te hago una pregunta en serio me responderás con total sinceridad?

—Ah, ¿que esto no era en serio?

—Sí, joder, pero...

—Venga, adelante —lo interrumpí.

—¿Crees que algún día podrás encontrar a alguien que llegue a ser tu cien por cien como lo fue Idaira?

—¿A qué cojones viene eso ahora?

No supe qué contestar, pese a que la respuesta era evidente.

Mi amigo y yo nos quedamos en silencio disfrutando de las vistas. Los rayos del sol se reflejaban en las azuladas aguas provocando un centelleante baile de luces.

—Loco, ¿esa no es tu tabla? —dijo David señalando algo amarillo que flotaba a lo lejos en el agua.

—¡Estaba nuevita! —me lamenté.

—Mírala cómo brilla.

—Calla, calla, que me da la llantina.

Me dio un abrazo.

—¡Quita pallá! —Lo empujé.

—Y luego May dice que no me ve como un pibe sensible.

—Lo que en verdad importa es que estoy vivo.

—Ya te digo, pero chiquito susto, loco. —Se rio.

55
IDAIRA

A mediados de agosto tuve que ir de nuevo a Fuerteventura para finiquitar el papeleo del chiringuito. Todo lo que no había visitado la isla en los últimos diez años lo estaba haciendo en apenas unos meses.

Mi padre sonaba feliz con la idea de verme cuando hablamos por teléfono. Julián, en cambio, no parecía muy contento con que fuera sola a la isla. En un primer momento se ofreció a acompañarme, pero, como siempre, a última hora le había surgido un asunto de trabajo. Me sorprendió que, en esta ocasión, fuera yo quien insistiera en que debía atender sus asuntos, pues estuvo a punto de cancelarlo para venir conmigo, lo que habría supuesto arriesgar un proyecto millonario. No veía razón alguna para hacer eso; al parecer, él sí.

Los días antes de irme estuvo muy raro, demasiado atento y complaciente. No es que me quejara, solo que me sorprendía y no llegaba a entender muy bien por qué se comportaba así.

La noche antes de mi partida hicimos el amor y fue muy placentero, Julián se preocupó de satisfacerme como a mí me gustaba.

Me levanté con él, pues tenía el vuelo a las once. Lo notaba muy callado.

—¿Está todo bien? ¿Te pasa algo? —pregunté, dejando mi taza de café sobre la encimera y acercándome a él.

—Estoy bien, es solo que me hubiera gustado acompañarte. —Se sentó en el taburete alto y me atrajo hacia él.

—Estaré bien, vuelvo el domingo.

—Ya, pero son muchos días.

—Mi amor, estamos a miércoles ya.

—Demasiados. ¿No podrías hacer todas las gestiones entre mañana y pasado y volver el viernes a última hora?

—Sí, por eso voy entre semana, pero ya que me doy el viaje quiero aprovechar la playa y estar con mi padre.

—¿Esa es la única razón?

Me aparté de él y lo miré extrañada.

—Por supuesto, ¿qué otra razón podría haber?

—Perdóname, es que he tenido una semana de mierda en el trabajo y te voy a echar de menos estos días. —Me besó en los labios.

—Yo también a ti.

Miró el reloj y al ver la hora se levantó. Se puso la americana y cogió el maletín.

—Llámame en cuanto llegues. —Se me acercó y me dio otro beso.

—Vale.

—Te quiero —dijo antes de salir.

—Y yo. —Sonreí.

Me terminé el café mientras me hacía unas ligeras ondas en el pelo.

Antes de salir de casa cambié el agua de las flores que el día anterior me había regalado Julián, aunque supuse que a mi regreso ya estarían marchitas. Me detuve unos segundos a pensar en lo rápido que se secan las flores, en la facilidad con que mueren las plantas si no se riegan.

Fui al dormitorio y cogí mi maleta. Apenas llevaba un par de mudas y algo arreglado para ir con mi padre a la Agencia

Tributaria y demás organismos públicos, pues había trámites que no se podían realizar online.

Por alguna razón, me sentía rara, quizá porque por primera vez iría a la isla sin la compañía de Bianca o Julián. Me tendría que enfrentar sola a las miradas de los vecinos, a los chismes de mis antiguos compañeros de clase, que ahora me consideraban una cazafortunas cuando todo lo que tenía lo había conseguido con esfuerzo y sacrificio; y por supuesto a Airam, pues no me cabía duda de que coincidiríamos en algún momento.

56
AIRAM

Tuve que comprarme una tabla nueva, y la putada de estrenar una, aunque parezca una tontería, es que no resulta funcional. El agarre no es bueno y la relación no es sólida, por lo que falla el factor más importante: la confianza. Me pasaba cada vez que cambiaba de tabla, por eso siempre que me veía en la obligación de renovar el modelo me lo pensaba mucho. Opté por comprarme una igual a la que había perdido el día que casi caí por el acantilado.

Por suerte, los primeros días de uso fueron con alumnos que se estaban iniciando en el surf, por lo que no tenía que preocuparme si no maniobraba a la perfección.

El viernes por la tarde fui a la playa que había frente al chiringuito del padre de Idaira. Me gustaba mucho para dar clases a turistas aficionados o alumnos que estaban comenzando, porque sus olas eran perfectas para dar los primeros pasos. Tenía un oleaje constante, pero nada salvaje, y no había rocas, lo que reducía considerablemente el peligro.

Cuando terminé la instrucción, al salir del agua me percaté de una figura femenina que me resultó familiar. A pesar de aquel mandil tan poco favorecedor, reconocí de inmediato su silueta curvilínea. ¿Qué hacía Idaira allí? ¿Habría venido sola? ¿Por qué estaba trabajando en el chiringuito de su padre? ¿Habría venido para echarle una mano en el mes más fuerte del año?

Salí del agua y me bajé la parte de arriba del neopreno. Luis, mi nuevo alumno, se despidió hasta la semana siguiente. Yo, en cambio, me quedé allí, en la orilla, esperando sabe Dios qué. Mirando con disimulo la terraza del chiringuito, a la espera de que sucediera algo.

En una de esas, al alzar la vista, me crucé con su mirada. En ese momento supe que caería en la tentación. Y aun sabiéndolo, no hice todo cuanto estuvo en mi mano para evitar hablar con ella.

Salió del chiringuito y caminó descalza por la orilla. Su andar, su pelo meciéndose con el viento, cada detalle de ella me alteraba.

Pretendía pasar de largo por delante de mí, lo supe tan pronto vi la dirección que tomaron sus pasos.

No sé por qué lo hice, tampoco de dónde procedió aquel insano impulso, pero grité su nombre.

—¡Idaira!

Ella me miró y fingió no haberse percatado antes de mi presencia. Se acercó a donde me encontraba.

Mi ritmo cardiaco se aceleró con cada uno de sus pasos.

57
IDAIRA

Después de estar toda la mañana de gestiones, me pasé el resto del día ayudando a mi padre en el chiringuito, al igual que el día anterior. Oficialmente la deuda estaba saldada y el negocio familiar a salvo, aunque yo me había quedado sin coche.

Salí a la terraza a servir dos cervezas a una de las mesas. Cuando ya me disponía a entrar de nuevo, me fijé en un chico que había en la orilla. Me quedé embobada viendo cómo se quitaba la parte de arriba del neopreno y dejaba al descubierto su pecho. Contemplé aquellos músculos, exquisitos y firmes, que un día había recorrido con mis labios. No conseguía descifrar en qué rasgo de su físico radicaba aquella poderosa belleza, pero había algo en Airam que irradiaba plenitud y libertad.

Salí de mi embeleso cuando mi padre apareció a mi lado.

—¡Qué pasión tiene por el mar! —exclamó mi padre refiriéndose a Airam.

—No recordaba que esto fuera tan pequeño. Me lo encuentro cada vez que vengo —me quejé como si me molestara.

—¿Por eso has estado tantos años sin venir?

Se me tensaron todos los músculos del cuerpo. No pude responderle.

—Desde niños fuisteis los mejores amigos, ¿qué tal si tratas de dejar de evitarlo?

—Yo no lo evito.

—Claro que sí, cariño. ¿No te parece que podríais volver a ser amigos?

—Quizá, algún día.

—Perdone, otra cerveza, por favor —pidió un cliente.

Forcé una sonrisa y entré al bar a por ella. Mi padre vino detrás.

—Ya se la pongo yo, anda, ve a dar un paseo y desconectas.

—No, me quedo aquí ayudándote.

—Ayudándome a qué, si no hay gente.

Tenía razón, solo dos mesas estaban ocupadas.

—Con que vuelvas a la hora de cerrar para irnos juntos es suficiente.

—Está bien, papá —acepté.

Serví la cerveza que habían pedido y luego me quité el mandil. Hice lo mismo con los zapatos y empecé a caminar descalza por la arena.

Fingí no haberlo visto y pretendí pasar de largo, pero entonces dijo mi nombre. El corazón me dio un vuelco. No podía ignorarlo, carecía de excusas, había dejado el móvil en el bar y no tenía con qué disimular.

Lo miré y lo saludé con la mano. Dominada por una atracción sobrenatural, caminé hasta él. Sus ademanes me excitaban, un intercambio de miradas y gestos que me resultaban tremendamente sexis.

—No te había visto —mentí.

Él alzó las cejas pero no dijo nada y su silencio me llevó a decir una estupidez.

—¡Qué buen día hace!

—Sí.

—Buenas olas...

—Es triste —dijo con una sonrisa nostálgica, un tanto apenado.

—¿El qué?

—Que nuestra amistad haya quedado reducida a esto.

No supe qué decir, su comentario me dejó un poco descolocada.

—A hablar del tiempo, quiero decir —aclaró.

—Ah —musité, fascinada por la luz que irradiaban sus ojos.

—¿Cómo ha ido la jornada?

—¿La jornada?

—Te he visto con el mandil. Te sienta muy bien, por cierto.

—¡Qué gracioso!

Su sonrisa, su voz, su piel, su olor... Demasiados recuerdos.

—¿Dónde vas?

—A dar un paseo.

—¿Quieres surfear?

—¿Ahora? —pregunté confundida.

—¿Por qué no?

—No sé, no tengo traje y hace mucho que no lo intento.

—¿Hasta cuándo te quedas?

—Hasta el domingo.

—¿Has venido sola?

—¿Esto qué es, una entrevista?

—Perdón, no quería...

—Sí, he venido sola —lo interrumpí.

—¿Tienes planes para mañana?

Negué con la cabeza, evitando bajar la vista a su torso desnudo.

—Vente mañana por la mañana a surfear y por la tarde a la barbacoa que haremos en Majanicho, y tal. Seguro que la gente se alegra de verte.

—No lo creo.

—En verdad, igual no. —Se rascó la cabeza.

No pude evitar reírme, su comentario, acompañado de aquel gesto, me había producido un cosquilleo.

—Bueno, pues vente a surfear al menos. La verdad, me gustaría que pudiéramos ser amigos otra vez.

El cuerpo me pedía a gritos ponerme el neopreno, coger una tabla y lanzarme al mar, pero dudaba de que estar cerca de Airam fuese buena idea, aunque quizá tenía razón y había llegado la hora de dejar el pasado atrás.

—Está bien. —Sonreí—. ¿A qué hora?

—Si te parece te recojo a las nueve, ya sabes que para coger buenas olas hay que llegar pronto.

—Tranquilo, estoy acostumbrada a madrugar.

¿Cómo era posible que Airam me mirara de aquella manera clara, cálida y esperanzada? ¿Acaso lo que le había hecho diez años atrás no bastaba para separar radicalmente nuestros mundos? ¿Acaso el hecho de que yo estuviera a punto de casarme y él saliendo con mi mejor amiga no nos apartaba irremediablemente al uno del otro?

A pesar de todo, él parecía contento con la idea de ir a surfear. Yo también lo estaba, pero lo disimulaba mejor que él, o eso creía.

Me apetecía mucho que fuéramos juntos, recuperar, aunque solo por unos días, a esa persona que fue mi amigo, mi confidente durante tantos años. Sin embargo, la idea me aterraba, porque Airam era esa clase de chico con el que te perderías, con el que huirías al fin del mundo. Esa clase de chico con el que sabes que podría funcionar si no fuera porque nos hemos vuelto egoístas y anteponemos nuestros propios proyectos personales; el amor ya no es una prioridad.

58
IDAIRA

Al día siguiente me desperté cinco minutos antes de que sonara el despertador. La luz del alba se colaba por las ranuras de la ventana. En la isla amanecía antes que en Madrid.

Me levanté y, tratando de hacer el menor ruido posible para no despertar a mi padre, me preparé un café. Luego fui al aseo, me cepillé los dientes, me lavé la cara con agua fría y me recogí el pelo en una cola. Pese a la cara de sueño que tenía, me gustaba la sensación de salir a la calle con la cara lavada. Hacía mucho que no me atrevía a hacer eso, no porque no me sintiera cómoda sin maquillaje, sino porque mi trabajo exigía un mínimo de buena presencia.

Al salir del baño me encontré a mi padre sentado en el salón.

—¡Dios, qué susto! —Solté un grito.

—Lo siento, hija.

—¿Qué haces levantado tan temprano?

—Me levanto a esta hora todos los días. —Sonrió—. ¿Y tú?

—Eh... Voy a salir a surfear.

—¿A surfear?

Asentí con la cabeza.

—¿Sola?

—No.

—¿Con Airam?

Me mordí el labio y asentí de nuevo.

—Pasadlo bien —dijo antes de levantarse—. ¿Tienes que volver a entrar en el baño?

—No. —Sonreí.

Me quedé un poco aturdida con la reacción de mi padre, pensé que me haría más preguntas al respecto o que me juzgaría por ir con mi mejor amigo de la infancia y ex a pasar el día cuando estaba a un mes de casarme.

Entré en mi habitación y busqué un biquini en la maleta.

—¡¡¡Mierda!!!

No podía ser. Había metido ropa interior, dos vestidos, algunas camisetas, un par de shorts, la americana y unos vaqueros para ir a las gestiones, tacones y sandalias, pero había olvidado lo esencial.

Busqué en el armario. Tan pronto lo abrí me llegó el olor a antaño, a pasado de moda, a rancio y al mismo tiempo a juventud, a veranos de playa, sexo y surf.

Vi unos pantalones vaqueros de campana colgados en una percha, tenían los bajos gastados. ¿Cómo podía ponerme esa horterada? ¿En qué estaría pensando? Lo peor es que cuanto más rotos, más me gustaban.

Saqué la cajita en la que guardaba los biquinis. Eran un horror, ni muerta podía ponerme aquello. ¿Tanto había cambiado la moda en diez años?

Encontré uno rojo con volantes medio decente. Me lo probé. Si ya era estrecho de por sí, el paso del tiempo y el aumento de mis pechos hacía que no me cubriera ni el pezón. Descartado, no podía ir con media teta fuera.

Me probé otro con top en triángulo y este sí me quedaba bien, el único inconveniente es que aquel tono rosa metalizado que en su día causaba furor, ahora me parecía horrible.

Estuve a punto de escribirle a Airam para decirle que no podía ir, que me había surgido algún contratiempo, pero la idea de surfear me motivaba tanto que al final decidí ir con aquel biquini brillibrilli.

Escuché el rugido del motor de la autocaravana de Airam y me asomé a la ventana para decirle que ya salía. Me puse una camiseta y unos shorts, cogí una toalla y me despedí de mi padre.

Me monté en aquel trasto. No sabía cómo podía seguir funcionando después de tantos años.

—Pensaba que te rajarías... —dijo Airam cuando cerré la puerta.

—A punto he estado —confesé.

—¿Y eso? —Frunció el ceño.

—Un pequeño contratiempo con el biquini. Eso sí, te prohíbo que te rías de mí.

—¿Por el surf o por el biquini?

—Por ambas cosas. —En mis labios se dibujó una sonrisa incontrolable.

Hicimos el resto del camino escuchando las viejas canciones que solía poner cuando nos íbamos los fines de semana con la autocaravana. No sé si lo hizo intencionadamente o es que en todos esos años no había querido cambiar el repertorio. Tampoco le pregunté, me daba miedo la respuesta.

Intercambiamos algunos comentarios sobre Fuerteventura, sus playas y el surf, no me quiso decir a qué playa me llevaba, solo me aseguró que no había estado nunca. Algo difícil teniendo en cuenta que con él me había recorrido toda la isla de norte a sur mil veces.

Al llegar vi unas pequeñas casas de pescadores edificadas cerca de la orilla y acorraladas por imponentes acantilados. La zona parecía despoblada. Airam detuvo la autocaravana.

—Bienvenida a la playa de Los Molinos —dijo antes de bajarse del vehículo.

Había escuchado hablar de esa playa por las increíbles puestas de sol, de hecho, recuerdo que un día quiso llevarme a surfear, pero algo pasó a última hora.

El agua lucía casi turquesa con un oleaje un poco bravo, Airam ya me había avisado de que esas olas no eran para principiantes, pero él parecía muy seguro de que mi nivel de surf no habría empeorado tanto como yo creía.

Airam me dio un traje de neopreno y comenzó a desvestirse. Ver de nuevo su potente y maravilloso cuerpo semidesnudo causó en mi interior un inesperado revoloteo.

—¿Qué haces ahí parada? Venga, quítate la ropa, tenemos que ponernos los trajes, o ¿ya se te olvidó cómo se hace?

Aunque lo había avisado, me daba vergüenza que me viera con aquel biquini horrible.

Comencé a desnudarme.

—¿Qué te divierte tanto? —pregunté al ver a Airam apretando los labios para no soltar una risotada.

—Que ese biquini ya no te cubre los pechos como cuando tenías dieciocho años.

—Muy gracioso, pues menos mal que no has visto cómo me quedaba la otra opción.

Casi me caigo al intentar ponerme el traje de pie, como lo había hecho él. Al verme un poco acalorada se ofreció a ayudarme.

—Puedo sola —me quejé.

—Lo sé, pero entre los dos lo haremos antes. Además, no quiero que se rompa el traje. Es nuevo. —Se acercó y me ayudó a subirlo hasta la cintura donde sus cálidas manos rozaron mi piel. Sentirlas me provocó un escalofrío. La proximidad de su cuerpo sugería que me abalanzase sobre él. Airam mantuvo su postura y continuó con su misión.

Con los trajes de neopreno puestos, calentamos la musculatura en la arena. Airam me obligó a hacer los saltos que practicaban los principiantes. Para mi sorpresa, seguía estando en forma, aunque sabía que en el agua no resultaría tan fácil.

Cogí mi tabla, enganché la amarradera al tobillo y corrí hacia la orilla. Él se metió en el agua detrás de mí.

Me tumbé sobre la tabla y comencé a bracear. Era adrenalina pura remando mar adentro. Cuando llegó el momento, me coloqué en posición concentrándome solo en una cosa: el impulso que me llevaría a erguirme sobre la tabla en la posición correcta para mantener el equilibrio. Me sentía como una niña en su primer campeonato, queriendo demostrarle al chico que le gusta que es la mejor del equipo. Me moría porque Airam viese que aún podía hacerlo y, al mismo tiempo, necesitaba sentir que aquella parte de mí seguía viva. Entonces algo falló: perdí el equilibrio en el primer intento y la ola me arrastró; también en el segundo. Pero las olas son como los tropiezos en la vida: por muchas veces que nos hagan caer, siempre intentamos volver a ponernos de pie sobre la tabla y salir lo más airosos posible.

Pronto me olvidé de Airam y me centré en mí misma, en esa conexión que un día tuve con el surf, y comencé a sentir que solo éramos el mar y yo.

59
AIRAM

Salí del agua con la sensación de que Idaira había disfrutado de una buena sesión de surf.

—¿Por qué salimos tan pronto? —se quejó.

—Llevamos casi dos horas, hay que hidratarse. Luego seguimos.

—¿Dos horas? Se me han pasado volando —dijo muy activa.

—Veo que no se te ha olvidado tanto como creías. No ha estado nada mal. —Le di un cariñoso puñetazo en el brazo.

—Ya, estoy flipando. —Rebosaba felicidad por cada poro de su piel.

Nos bajamos el traje hasta la cintura para descansar un rato sentados en la arena, frente al mar. La cala estaba escondida bajo un acantilado y solo se podía acceder desde el agua. Era un pequeño paraíso.

Idaira estampó, en un leve movimiento, la planta del pie contra la arena. Al hacerlo, golpeó uno de los míos. Parecía una niña hiperactiva. La miré a los ojos y ella rio animada. La mezcla de frío y paz que tenía sus ojos azules me envolvió. No me quedó más remedio que reírme y experimentar un sentimiento de liberación.

La tenía tan cerca y a la vez era tan inalcanzable...

—¿Qué se siente al surfear de nuevo?

—Viva. Me siento más viva que nunca. Es como si viajara a través de mi cuerpo. El corazón se acelera y las piernas se tensan como si tomaran el control. Y luego la sensación de que todo pasa tan deprisa... Ay, no sé cómo he podido pasar tanto tiempo sin surfear. Gracias, Airam, por esto.

Me sentí satisfecho y victorioso al escuchar aquellas palabras. Por alguna razón necesitaba recordarle a Idaira la sensación que aporta el surf. Quizá, inconscientemente, albergaba la esperanza de que experimentarlo en su piel despertara esa parte de ella que se había apagado. El surfista es, por defecto, un yonqui del surf. Y como con cualquier otra adicción, solo se necesita probarlo una vez para sufrir una recaída, porque el potencial del mar es enorme y misterioso, te atrapa.

Mi vida era compleja, sabía que ninguna mujer me entendería. Tiempo atrás había pensado que Idaira sí, y que podríamos pasar juntos el resto de nuestras vidas, viviendo como nómadas en busca de olas, pero cuando se fue... ni siquiera me atrevo a recordarlo... Remar sin mirar atrás fue lo que me salvó del abismo cuando Idaira me dejó. Para mí todo giraba en torno al mar. Todos mis recuerdos, desde que tengo uso de razón, están llenos de arena y salitre. Jugar con las olas era lo único que necesitaba para ser feliz. No esperaba que ella cambiase su vida radicalmente ni que volviéramos a estar juntos, solo volver a ser amigos, que viniese los veranos y recorriéramos las playas en busca de las mejores olas, como solíamos hacer.

—No entiendo por qué dejaste de hacer surf, te encanta el mar. —La miré, pero ella continuó con la mirada perdida en el horizonte.

—El segundo año de estar en Madrid subí al norte en verano con una compañera de la universidad que es de allí. Uno de sus amigos surfea y me llevó con él. Me encantó la experiencia, me hacía sentir conectada con Fuerteventura, con el mar y... contigo. Por eso dejé de hacerlo.

El corazón me dio un vuelco.

—Por eso yo nunca podré dejar de hacerlo —confesé.

Sentí que se me humedecían los ojos.

—¡Mira aquella ola que se forma al fondo! —dijo Idaira incorporándose y cambiando el tono de voz.

—Esa... es peligrosa para ti —expresé con delicadeza, pues no quería ofenderla, pero tampoco ponerla en peligro.

—Lo sé, pero no para ti. ¡Vamos! Te acompaño.

Nos subimos el traje y volvimos a meternos en el agua. Remamos hasta la parte del acantilado, a unos cuatrocientos metros de la playa por la que habíamos entrado al agua.

El día era perfecto para surfear, el viento soplaba contra las olas y formaba tubos impecables. Estábamos a unos cincuenta metros de donde salía la ola que queríamos coger.

Mientras remaba me dio la sensación de que algo oscuro pasó bajo la superficie brillante del mar, pero no le di mayor importancia.

Idaira parecía agotada después de haber remado hasta pasar la zona rompiente de las olas. Me senté en la tabla, con una pierna a cada lado, a esperar a que arrancara la serie.

La fuerza del mar estaba creciendo y sabía que Idaira no iba a aguantar mucho dentro del agua. Tendríamos que buscar otra ola más refugiada que la que estaba entrando.

Tenía la mirada fija en el horizonte cuando, de pronto, una aleta picuda del tamaño de mi mano emergió del agua en dirección a donde nos encontrábamos. Se aproximaba tan rápido que no tuve mucho tiempo para reaccionar. Miré a Idaira, que se llevó las manos a la boca, aterrada.

—Tranquila. No va a atacarnos.

—¿Cómo estás tan seguro? —preguntó con la voz entrecortada.

—Porque nunca se ha producido un ataque de tiburón en la isla y hoy no va a ser la primera vez. ¿O acaso recuerdas alguna noticia que diga lo contrario?

Ella se calmó y negó con la cabeza. Contemplé cómo el tiburón venía a toda velocidad.

—¡No muevas las piernas! —le ordené.

No quería que el animal se asustase y nos atacara. Los tiburones no se comen a las personas. Eso solo pasa en las películas. Una vez que prueban la sangre humana se alejan, pues no les gustamos, pero lamentablemente ha habido incidentes mortales por la gravedad de las mordeduras. Sin embargo, solo suelen atacar si confunden a los humanos con presas huyendo o si están hambrientos. Por eso en playas como las de Isla Reunión se producían tantos ataques, pues las autoridades pensaron que la reserva marina se convertiría en un atractivo comedor para los tiburones y que estos proliferarían, así que decidieron permitir la pesca, lo que provocó el efecto contrario, pues al no tener comida, comenzaron a atacar a lo primero que veían.

Cuando el animal estuvo a unos pocos metros, se hundió. En ese momento cogimos la ola que venía detrás de él.

60
IDAIRA

No sé si fueron los nervios o mi falta de práctica lo que me hizo perder el equilibrio y ser arrastrada por la furia del mar. Cuando coges una ola tienes que colocarte deprisa en la pared y los movimientos han de ser rápidos y perfectos para mantener la estabilidad, algo que en aquel momento de pánico me resultó imposible.

Parecía como si me hubiesen metido en la lavadora con el programa más intenso de centrifugado. Pensé en soltar la tabla y nadar hasta el fondo; ahí, la corriente no me arrastraría con tanta fuerza, pero luego recordé lo que Airam siempre me decía sobre la importancia de no separarse de la tabla, porque, en caso de quedarnos sin fuerzas, es nuestro único punto de apoyo en mitad del océano.

Luché por salir a la superficie, pero las olas me pasaban por encima sin cesar. Al abrir los ojos vi que estaba demasiado cerca de las rocas y que, encajado en estas, había un trozo de barco del que sobresalían unos hierros. En ese momento sentí que no saldría con vida de allí, por mi cabeza solo pasaba la idea de que si no me devoraba aquel tiburón, que seguramente seguía merodeando a mi alrededor, acabaría estampada contra las rocas o contra aquellos hierros.

De pronto, una angustia indescriptible me asaltó, no pude evitar pensar en lo agonizante que sería sentir cómo mis pulmones se iban encharcando poco a poco. Estaba a punto de abrir la boca, no aguantaba más allí sumergida.

Me pareció ver a Airam nadando hacia mí desesperado.

Traté de mantener la calma y de conservar el poco oxígeno que tenía en los pulmones. Hubo un momento en el que dejé de luchar y mi cuerpo comenzó a hundirse en las profundidades. En ese momento la tierra me atrapó, el miedo me paralizó y todo se volvió oscuro.

El miedo se apoderaba de mí y aniquilaba mi tranquilidad cuando sentí cómo algo en movimiento rozaba mi brazo izquierdo y se deslizaba hacia mi cuello. Quise gritar y en un impulso separé los labios: el poco aire que me quedaba se esfumó, los pulmones me ardían. Abrí los ojos y vi cómo las burbujas de oxígeno ascendían hacia la superficie.

Agité los brazos luchando por ascender, pero el agua inundaba mis sentidos. De pronto, a pesar de las punzadas en mis ojos, distinguí el rostro de Airam; debía de ser una visión, había llegado el final.

Pasó una eternidad hasta que conseguí salir a la superficie y dar la primera bocanada de aire. Mi respiración estaba tan agitada que no conseguía que el oxígeno me llegara a los pulmones.

Vi a Airam nadar sin cesar hasta mí. Me ayudó a alcanzar la orilla, pues apenas me quedaban fuerzas.

Nos tiramos en la arena, agotados.

—¿Estás bien? —preguntó asustado, tomando mi rostro entre sus manos.

—Pensé que me ahogaba. —Tosí y escupí para quitarme aquel sabor salado.

—Me has dado un susto de muerte, si te llega a pasar algo, me muero —confesó aterrado.

Me fijé en las gotas de agua que se habían instalado en sus pestañas. Aquellos ojos eran como un faro, tan grandes, tan resplandecientes, tan vigilantes.

En ese momento supe que él era y sería siempre el amor de mi vida. Solo cuando estás a punto de perderlo todo y este viaje llamado existencia llega a su destino, sabes identificarlo. Lo ves en los recuerdos, en los pensamientos que pasan por tu mente, en cómo os miráis, en cómo te tiemblan ligeramente las manos al hablarle, al tocarlo. Y, sobre todo, en las ganas de sentir sus labios por última vez.

El corazón se me iba a salir del pecho.

Quería gritar.

¿Por qué esas ganas de besarlo, de tocarlo, de sentirlo?

Solos él y yo. Perdidos en aquel paraíso idílico.

Solo un beso, cuyos únicos testigos serían el horizonte y las gaviotas que revoloteaban por la zona.

Solo un beso. Solo uno.

No sé cuánto tiempo nos quedamos así, flotando en aquel silencio.

Éramos dos seres muy diferentes que ya casi ni se conocían y, sin embargo, nos hallábamos terrible e increíblemente unidos. Era como una locura de la que solo puedes salir dejándote arrastrar por ella.

Airam se acercó un poco más y entonces reaccioné. No podía hacerle eso a Julián ni a Bianca. Lo abracé. Lo sentí contra mi pecho como había necesitado sentirlo tantas veces. Miré al cielo y dejé que las lágrimas afloraran.

Antes de separarme me limpié las mejillas para que él no viera que había llorado.

Me miró de nuevo a los ojos, luego retiró un trozo de alga que había en mi pelo.

—Un primer día de surf intenso —bromeé antes de apartarme, intentando tomar el control de la situación.

—Muy intenso —repuso.

—¿Nos quitamos los trajes? —pregunté, pues no tenía intención de seguir surfeando.

—Será lo mejor.

—¿Y ahora qué te hace tanta gracia? —pregunté al ver en su rostro cierta diversión.

—Se te ve una teta.

Me giré de espaldas a él de inmediato. No me había dado cuenta de que, al bajarme la parte de arriba del neopreno, se me había salido un pecho del biquini.

—Tranquila, nada que no haya visto antes.

—Muy chistoso. —Me giré de nuevo hacia él y lo fulminé con la mirada.

Pasamos el resto del día tomando el sol, nadando en la orilla y charlando.

—Esto es el paraíso —pensé en voz alta.

—¿Ya lo habías olvidado?

—Sí. —Y no me refería al lugar, sino a su compañía. A su lado todo era diferente, a su lado todo olía a verano.

Quise hablar con él de tantas cosas...

—Vente esta noche —propuso.

—¿Adónde?

—A la barbacoa que te dije.

—No sé... Creo que no seré bienvenida.

—¿Y no te gustaría cambiar eso?

—No veo cómo conseguirlo —confesé.

—Muy fácil, yendo y ganándote de nuevo su confianza.

—May nunca va a perdonarme que me fuera como me fui.

—¿Por qué no? Si lo he hecho yo...

Su confesión me cogió por sorpresa.

—¿Lo has hecho? —pregunté mirándolo a los ojos.

—Lo intento con todas mis fuerzas y confieso que ahora que te tengo delante todo es más fácil, está claro que los años que hemos pasado juntos prevalecen sobre el rencor.

—¿Cómo has podido perdonarme cuando ni siquiera te he pedido perdón? —susurré avergonzada.

—Lo sé, pero prefiero perdonarte y tener un pedazo de tu amistad a volver a perderte.

Quise añadir tanto, que supe que si lo hacía, no habría marcha atrás. Temí desmoronarme.

Busqué las palabras para pedirle perdón por todo el daño que le había causado, pero no las encontré.

Airam tenía un gran corazón, era la persona más bondadosa que había conocido jamás. Conmigo, al menos, siempre lo fue. No lo merecía.

—Ella también fue tu amiga durante muchos años, estoy seguro de que si le explicas tus razones, lo entenderá —prosiguió al ver que no decía nada.

—Está bien, iré a la barbacoa.

61
IDAIRA

Cuando entramos en la carretera principal y mi móvil recuperó la cobertura, comencé a recibir numerosos mensajes de llamadas perdidas, la mayoría de Julián.

Me preocupé tanto que no pude esperar a llegar a casa para llamarlo, aunque no quería hacerlo delante de Airam.

—Necesito ir al baño, ¿podrías parar en la próxima gasolinera?

—Sí, no muy lejos hay una. Así aprovecho y repostamos.

En cuanto Airam detuvo la autocaravana, fui directa al baño y llamé a Julián. Respondió al segundo tono.

—Por fin das señales de vida, me tenías preocupado.

—¿Todo bien? —pregunté.

—Todo lo bien que puedo estar sin saber nada de ti desde ayer.

—Me habías asustado con tantas llamadas, te dije que aquí no hay cobertura en muchos sitios.

—En tu casa y en el chiringuito, sí. ¿Dónde has ido tan temprano?

Me bloqueé. Me había pillado y no tenía ninguna excusa en mente. No podía decirle que me había ido a surfear con Airam, sonaría demasiado extraño y pensaría algo que no era.

Había mentido sobre Airam no solo a Bianca, sino también a Julián, aunque fuera por omisión, aunque fuera para protegerlos, o quizá lo había hecho para protegerme a mí misma... No lo sé.

—He ido a pasar el día a una cala con una amiga y me recogió temprano.

—¿Una amiga?

—Sí, con May. Bianca la conoce de cuando estuvo aquí.

Muy útil ese dato para avalar mi mentira.

—La próxima vez, avísame, que no estoy acostumbrado a pasar tanto tiempo sin saber de ti.

—Sí, lo siento. ¿Tú estás bien? ¿Cómo ha ido la negociación?

—Bien, hemos conseguido cerrar el proyecto.

—Guau, qué buena noticia. Tu madre estará muy contenta con la gestión que estás haciendo de la empresa.

—Sí, hoy he comido con ella. Me ha dado besos para ti.

«Menuda hipócrita», pensé.

—¡Qué atenta, por favor! —dije sin querer sonar sarcástica.

—Tengo muchas ganas de verte, mi amor.

—Y yo, ya mañana estoy ahí.

—Por cierto, esta noche tengo cena con los inversores del proyecto.

—Pásalo bien. Yo esta noche voy a ir a una barbacoa.

—Vaya, qué sorpresa. ¿Retomando viejas amistades?

—Lo intento.

—¿A qué hora llegas mañana?

—Por la tarde, no recuerdo la hora exacta, sé que salgo a las dos de aquí.

—Avísame para ir a buscarte al aeropuerto.

—Vale.

—Ten cuidado. ¡Y disfruta en la barbacoa!

Nos despedimos con un «te quiero» y salí del baño. Airam me esperaba con la autocaravana en la salida de la gasolinera.

—Perdón por la tardanza —me disculpé.

Me pasé el resto del trayecto hasta llegar a mi casa en silencio, ensimismada en mis pensamientos. Contemplar aquel árido paisaje, con la brisa que entraba por la ventanilla alborotando mis cabellos, me transmitía paz.

Airam se detuvo frente a mi casa. No paró el motor. Me miró y esbozó una sonrisa.

—Gracias por... el día, en general —susurré.

—No ha sido nada. Me lo he pasado muy bien, pese al susto. —Rio.

—Y yo.

—¿Te recojo a las ocho?

—Vale. —Sonreí y me bajé rápidamente, evitando darle dos besos. No estaba preparada aún para torturarme así con su cercanía. Bastante había tenido ya en la playa.

Cuando desapareció calle abajo, sentí como si me faltara algo. Tenía sentido, pues durante años habíamos sido como dos imanes, siempre juntos. En realidad, nunca dejamos de serlo, solo que durante un tiempo nos dimos la vuelta y nuestros polos, lejos de atraerse, se repelían.

Entré en casa y llamé a mi padre, que estaba en el chiringuito, para decirle que no me esperase, que iba a ir a una barbacoa. Cuando le dije que iba con Airam se aclaró la garganta intencionadamente, como queriéndome decir algo que no supe interpretar.

Me apetecía ir a la fiesta, pero también me daba miedo. Después de la actitud que había tenido May conmigo el fin de semana que Bianca y yo estuvimos en la isla, me había quedado claro que, en caso de perdonarme algún día, no iba a ponérmelo fácil.

Me duché y me lavé el pelo, aunque se me iba a ensuciar de nuevo, pero lo tenía como un estropajo por el día en la playa.

Me lo sequé con el secador y luego puse la plancha a calentar mientras me maquillaba. Aunque fuera de noche, quería estar mona. Me hice unas ondas informales y me puse unos shorts con un top cropped de encaje de macramé en color negro.

A las ocho Airam vino a buscarme tal y como habíamos quedado.

A las ocho y cuarto pasamos a recoger a David.

A las ocho y media estábamos en la puerta de May esperando a que saliera.

—¿Nadie piensa venir a ayudarme? —dijo desde la puerta de su casa, cargada con varias bolsas de comida para la barbacoa.

—Voy —dije mientras salía de la autocaravana.

—Da igual, ya puedo sola. —Me miró de arriba abajo y luego se apartó para que no le quitara las bolsas. Las metió en la autocaravana y volvió a entrar en su casa. Yo me quedé allí pasmada, sin saber muy bien qué hacer.

Ella iba vestida como una pordiosera. Tenía el pelo recogido en un moño y la cara limpia con las ojeras marcadas.

Durante el resto del trayecto la tensión podía palparse en el aire.

A las nueve llegamos a Majanicho, un pequeño y emblemático pueblo costero. No disponía de suministro eléctrico, la luz provenía de un generador; tampoco tenían agua, había que llevarla en cubos. Aun así, algún que otro vecino había establecido su residencia fija allí. Siempre consideré que aquel lugar era mágico, pero esa tarde parecía sacado de un cuento. Robert y los chicos habían colocado un cable con bombillas desde la casa de uno de ellos hasta la vieja barca varada en la playa, que habían transformado con cojines, redes de luces y farolillos.

Atadas a unos palos de madera habían colocado cortinas de gasa y lino blanco que el viento mecía. Aquel sitio no tenía nada que envidiar al mejor chiringuito de Ibiza.

El sol se puso y las luces y la música lo envolvieron todo. Los chicos comenzaron con la barbacoa: costillas asadas, chorizos parrilleros, papas arrugadas, mojo y algunos postres; para beber, nuestro vino favorito, cerveza y ron.

Resultaba tan romántico observar a May y David... Quizá la primera noche que los había visto juntos no me percaté, porque estaba demasiado centrada en Airam y Bianca, pero esa noche no me pasó desapercibida la relación tan especial que tenían. En lo más profundo de mi ser me alegré por ellos. May se merecía tener a su lado a alguien como David. Él estaba todo el rato pendiente de ella, la miraba con amor, la abrazaba, la besaba... Ella parecía encantada con la actitud de él y le respondía con la misma generosidad. Qué aura tan bonita los envolvía.

En un momento de la noche, cuando May fue a por cervezas y otra botella de ron, me levanté y fui tras ella.

—May, espera.

Ella siguió caminando hacia la casa.

—No entiendo por qué me odias tanto —me quejé.

—¿A qué coño estás jugando, Idaira? Te pedí que, por favor, te alejaras de él si de verdad te importa.

—Solo quiero que volvamos a ser amigos.

—Pero ¿tú eres tonta? ¿Qué amigos ni que ocho cuartos?

—Me lo pidió él y..., no sé, me pareció buena idea. Al fin y al cabo, ya ha pasado mucho tiempo.

—¿Acaso no ves cómo te mira? Sigue enamorado de ti.

Me quedé paralizada por el asombro, las piernas se me aflojaron. Tan sorprendida estaba, tan aturdida, que mi voz sonó como un leve susurro cuando, con la incomprensión de la extrañeza, exclamé:

—¡No, eso no es cierto! Está saliendo con Bianca.

—Que él mismo no quiera aceptarlo no cambia nada. No sé por qué has vuelto, solo sé que tu presencia únicamente trae problemas.

—Estás siendo muy dura conmigo —dije al borde del llanto.

—¿Te parece que decir las cosas a la cara es ser dura? A mí me parece mucho peor desaparecer de la vida de tus amigos sin dejar rastro.

—Necesitaba poner fin a todo, sé que fui muy radical y ya te dije que lo siento; siento haber hecho las cosas así, pero en aquel momento no veía otro modo. Tenía que reorganizar mi vida y superar la ruptura, ¿o te crees que para mí fue fácil?

—Y luego, ¿por qué no escribiste? Ah, déjame adivinar. Te avergonzabas de nosotros, ¿no? No encajábamos en tu nuevo círculo de amistades. Claro, como no uso ropa de marca ni maquillaje caro ni llevo el pelo como si viniera de la peluquería, pues no estoy a tu altura. —Agitaba los brazos al tiempo que me gritaba.

—¿Crees que si pensara eso estaría aquí?

Enmudeció durante unos segundos, luego contraatacó con otra pregunta que me dejó sin palabras.

—¿Me presentarías a tus amigos así? —Se señaló de arriba abajo.

No pude responder, quise decirle que sí, pero no podía mentirle, no a ella. Era difícil de explicar, hablábamos de mundos diferentes. Los amigos de Julián llevaban otro estilo de vida, se preocupaban demasiado por las apariencias, tenían una manera concreta de hablar, jugaban al golf y al pádel, acudían a la ópera, se movían por sitios distinguidos, eran ricos y, lo peor de todo, estaban cargados de prejuicios, rechazaban todo lo que no se ajustara a sus estereotipos.

—Eso era todo lo que necesitaba saber. —Se giró para entrar en la casa, pero la detuve.

—Por favor, May. Haz un esfuerzo por entenderme, ¿tanto te parece que he cambiado?

—A veces quiero creer que no —gritó con los ojos anegados en lágrimas—, que esa amiga con la que me reía, con la que salía a dar una güerta en cholas, con las plantas de los pies negras como un tizón, con la que pasaba las tardes en las clases de internet viendo cucas cuando apenas éramos unas crías, esa que me puso la zancadilla y me partió un diente una noche de fin de año, esa con la que me emborrachaba en las fiestas del pueblo, esa en la que confiaba, sigue ahí dentro en algún lugar, pero luego te miro y te desconozco. —May rompió a llorar y yo con ella.

No fui consciente del daño que le había causado hasta ese momento, y no me refiero a lo del diente, que también, sino a lo egoísta que había sido yéndome así, sin ni siquiera despedirme. Tan solo un cobarde email a Airam. Traté a mis amigos como si fueran sustituibles. A mi favor diré que era muy joven, apenas tenía veinte años y no comprendía el valor de ciertas cosas.

Me sentí aplastada por una verdad que era la antesala del renacer de la Idaira que durante muchos años había dado por muerta. Durante todo ese tiempo no había hecho más que mantener enterrada esa parte de mí de la que renegaba, porque pensaba que eso me salvaría del abismo y del dolor.

Percibí, igual que si lo sintiera, el sufrimiento de May y le pregunté:

—Me odias, ¿verdad? Nunca podrás perdonarme.

—Me preocupa Airam. Solo eso.

—Esa no es la cuestión.

—No lo sé, Idaira. No sé si te odio, si puedo perdonarte o incluso si quiero hacerlo.

—Te entiendo, no lo hice bien, pero ahora estoy aquí, con vosotros.

—Sí, ¿por cuánto tiempo?

—Te prometo que vendré más a menudo.

—Entonces lo iremos viendo con el tiempo, las cosas no pueden volver a ser como siempre de la noche a la mañana.

—Sé que lograremos conectar de nuevo, lo que nos unió sigue estando aquí. —Me toqué el corazón.

—Es posible, solo te voy a pedir que, por favor, no le vuelvas a hacer daño. Le costó demasiado superar que te marchases así. Vayamos fuera, deben de estar esperándonos.

Asentí con la cabeza y caminé detrás de ella. Entró en la casa y metió varias cervezas en una bolsa.

—¿Qué quieres beber? —me preguntó.

—Vino, esa cerveza no me gusta.

Me entregó una de las botellas que había en la encimera y regresamos con los chicos.

62
AIRAM

Estábamos bebiendo. Yo tocaba la guitarra y David se atrevió a cantar un flamenquito. Estaba lejos de parecer andaluz, pero por su forma de tocar las palmas y el empeño que le ponía daba el pego. Yo también me animé a cantar algo, mis amigos decían que tenía una voz muy bonita, aunque yo no lo veía así.

Me estaba costando encajar la situación con Idaira y, quizá por eso, opté por decir con la música todo lo que no sabía decir con palabras. Me animé a tocar nuestra canción.

En cuanto sonaron los primeros acordes, su mirada me atravesó. En su rostro se dibujó una expresión triste. Pude ver en sus ojos la bondad de su alma, esa que se empeñaba en ocultar bajo aquel velo de apariencia; era un halo de ternura joven y espontánea que ejercía en mí una atracción infinita, pero que, al mismo tiempo, me mortificaba debido a lo mucho que desconfiaba de su estabilidad.

Idaira vivía en una lucha constante por aparentar ser una mujer fuerte e independiente, luchaba contra ella misma hasta el punto de ser capaz de sabotearse sin ser consciente de ello. No le gustaba mostrar sus verdaderos sentimientos porque eso la hacía frágil, no sabía que todos somos frágiles en el fondo.

Cuando terminé de tocar, Robert puso música en el reproductor.

—Vamos, baila conmigo —le dijo David a May.

Ella rio. David le ofreció la mano, ella la tomó y él tiró de ella hasta que sus cuerpos se pegaron. Ambos estaban descalzos. Todos lo estábamos. En ese momento quise bailar con Idaira, pero no me atreví a proponérselo.

Todos reíamos, habían volado ya varias botellas de vino. Hasta May parecía haber dejado atrás el pasado y noté un buen clima entre ella e Idaira, no sabía qué habrían hablado cuando fueron a por las bebidas, pero resultaba obvio que la cosa había ido bien.

Todos se pusieron a bailar menos Idaira y yo, que permanecíamos sentados muy cerca el uno del otro. Me armé de valor para hacerle aquella pregunta:

—¿Te apetece dar un paseo?

—Vale.

Caminamos descalzos por la orilla bajo la oscuridad de la noche, sintiendo el romper de las olas y el olor a mar que la brisa llevaba.

—Ya no recordaba esta sensación de caminar sobre la arena fría y húmeda de la noche. —Se detuvo a hundir los pies en la arena, deleitándose.

Imité sus movimientos.

—¿Qué haces? —preguntó aguantándose la risa.

—Sentir la arena húmeda y fría de la noche.

—¡Qué imbécil! —Rio.

Me dio un ligero empujón que me cogió por sorpresa y, entre que tenía los pies enterrados en la arena y que estaba algo achispado, perdí el equilibrio y me caí de culo.

Ella se descojonó de la risa y no sé... fue mágico. Dicen que la risa es la distancia más corta entre dos personas.

Cada vez que la tenía cerca me dejaba sin aliento con esa sonrisa radiante. Era tan diferente a las demás...

—¡Ayúdame! —Le tendí la mano.

—No, ¿crees que soy tonta?

—¿Por qué?

—Vas a tirarme. Te veo las intenciones.

—No somos niños, anda, ayúdame.

Ella dudó, pero al final agarró mi mano y entonces tiré de ella. Cayó a mi lado y se llenó todo el pelo de arena.

—Lo sabía, es que lo sabía —se quejó entre risas.

Nos reímos los dos a la vez, luego se hizo el silencio. En ese momento solo podía pensar en las ganas que tenía de acortar la distancia que nos separaba y besarla. Perderme en sus labios hasta que los dos nos olvidásemos de quiénes habíamos sido y de la historia que arrastrábamos.

No sabía qué cojones estaba haciendo, mirándola como un tonto en lugar de besarla de una puta vez, aun a riesgo de cagarla, pero a veces las cosas no son tan fáciles como hacer algo o no. A veces hay terceras personas en las que uno debe pensar.

63
IDAIRA

Era una de las noches más oscuras que recordaba, no había luz eléctrica ni luna, aunque, sin su resplandor, las estrellas brillaban más que nunca. A lo lejos se escuchaba la algarabía del grupo.

En la isla, alejados de la vida cotidiana, nuestras diferencias se reducían a nada.

—Echaba de menos esto —dije apartando mi rostro del suyo y mirando al mar.

—¿Mi amistad? —bromeó.

—Fuerteventura, sus playas, las estrellas...

«Y a ti, solo que no era consciente de ello».

—Múdate.

De pronto se hizo el silencio. Lo que hasta ese momento había sido un juego de palabras y risas se convirtió en una conversación seria. Lo conocía demasiado bien como para saber que lo decía totalmente en serio, que lo deseaba.

No podía regresar a la isla ni a la vida que llevaba allí. Era feliz en Madrid. De pronto tuve miedo, miedo de mí misma, de mi inconformismo y de la desdicha a la que este podía llevarme.

Quise darle una respuesta coherente, pero estaba algo borracha y no sé si lo conseguí.

—No puedo. Aquí todo es perfecto; demasiado perfecto, diría yo.

—Te juro que no te entiendo, Idaira. Lo intento, créeme que lo intento, pero no sé cómo fuiste capaz de renunciar a lo que teníamos, a esa historia por la que estaba dispuesto a sacrificarlo todo.

—Ya te lo expliqué, necesitaba...

—Volar —me interrumpió—. Eso lo sé, lo que no concibo es cómo es posible que las cosas sean tan «volátiles» para ti.

No tenía una respuesta sensata para eso.

—Ojalá pudiera explicártelo, solo sé que siento mucho todo el daño que te hice yéndome de aquella manera, llevo días buscando la manera de pedirte perdón y...

—No es necesario que lo hagas.

—Déjame acabar. No te voy a decir que me arrepienta de haberme ido si es lo que esperas escuchar, porque no es el caso, era lo que necesitaba, lo que en ese momento sentí que debía hacer, pero reconozco que cortar así, sin más, y desaparecer de la noche a la mañana de tu vida, de la vida de todos, no fue la mejor forma de hacerlo. No actué bien y me arrepiento de no haber hecho las cosas de otro modo. Ojalá no hubiera sido tan egoísta, ojalá no te hubiese hecho tanto daño. Elegí la opción más fácil para mí y te pido perdón por ello.

—¿Sabes cuánto tiempo estuve esperando una llamada, algo que me diera más información que aquel puto email? Dos años, dos putos años, joder. Iba a visitar a tu padre casi todos los días y él solo me decía que no sabía ni dónde vivías, ni siquiera tenía tu número de teléfono. ¿Quién en su sano juicio hace algo así?

—Mi padre no estaba bien, sabía que si le decía dónde vivía, te lo diría y hubieses sido capaz de presentarte allí, lo mismo sucedería con el número de teléfono y no estaba preparada para hablar contigo. Ojalá hubiese sido más fuerte y capaz de mantener lo que teníamos, pero era joven y ambiciosa, tenía sed de vivir.

—¿Y ahora?

—Ahora soy otra persona.

—¿Lo eres? Porque yo creo que en el fondo sigues siendo la misma.

Sus ojos eran un mar revuelto y lleno de sentimientos destellando en la superficie.

—Me siento fatal ahora mismo, creo que he bebido demasiado —confesé.

—Podríamos haber sido muy felices juntos, pero la cagaste, y ahora te vas a casar con él y lo peor es que sé que lo quieres. —Se tocó el pelo, desesperado.

Quise llorar de impotencia, no sé en qué momento habíamos abierto la caja de pandora.

—¿Tú no quieres a Bianca?

—No tengo ni puta idea de lo que siento.

—¿Qué es lo que más te gusta de ella?

Lo sé, era una pregunta macabra. No sé por qué me quise torturar de ese modo.

—La calma que me transmite, cómo me hace sentir cuando estamos juntos, lo fácil que resulta todo con ella y lo bien que folla.

Se me hizo un nudo en la garganta al escuchar aquello. ¿Cómo follaría Airam ahora? ¿Tanto había cambiado? Ya en su día me parecía un dios del sexo, pero estaba segura de que con los años habría mejorado, como el buen vino, pero ¿acaso se podía mejorar aquello?

—El amor no es solo pasión y buen sexo —aseguré.

—Entonces ¿qué es?

—Es algo puro, sentir un cosquilleo, unas mariposas revolotear por dentro cuando ves a la otra persona. Es querer que sea feliz, pese a que no sea contigo. Es decirle «te quiero» con la mirada, perderte en sus ojos sin poder dejar de mirarlos. Es confianza y apoyo, que te haga reír. Es cuidar los pequeños detalles...

—Es querer mil veranos con ella —interrumpió.

—Exacto —respondí sin pensar en lo que aquello significaba.

Silencio. Me quedé quieta mirando las estrellas. Pude alcanzar a ver varias constelaciones.

Me percaté de cómo Airam alzaba la mano. La puso sobre mi rostro y lentamente me giró la cara hacia él para que lo mirase.

Sonreía de forma extraña, afectado, bien por nuestra conversación, bien por todo lo que habíamos bebido esa noche, y ofrecía una imagen tentadora, con sus labios entreabiertos y el denso cabello cayéndole sobre los ojos.

—¿Eso es lo que sientes tú por Julián?

Tuve la sensación de que yo intentaba avanzar en la dirección que siempre había querido, mientras él tiraba de mí hacia otra que había decidido dejar en el pasado.

—Voy a casarme con él.

—Un día me dijiste que me querrías siempre, odio haber perdido eso. —Se le humedecieron los ojos y el fulgor de las estrellas resplandeció en su mirada.

—Eso no lo has perdido nunca. Por mucho que lo haya intentado, jamás he conseguido borrarte por completo de mi mente.

No sé de dónde procedió aquella inesperada confesión, solo sé que no me había sentido más liberada en mi vida.

Por unos instantes tuve la sensación de estar fuera de este mundo, como si flotara en otra dimensión.

Solo se escuchaba el romper de las olas y su aliento demasiado cerca. En ese momento reparé en lo mucho que sintonizaba con el mar. Me pareció más bien un descubrimiento, como si nunca le hubiese dado el valor que realmente tenía.

Percibí su olor, su fragancia, las notas amaderadas del perfume incrustado en su piel, el toque salado. Olía a tierra, a hogar, a tardes de pasión... Olía a Airam. Dios, qué guapo era. Desde tan cerca todo se intensificaba: su piel morena, sus labios sensuales, su nariz respingona, sus pestañas espesas y rizadas, sus ojos vivos, sus cejas arqueadas, su frente lisa...

Deslizó sus ojos hasta mis labios. Los miró fijamente.

Los latidos de mi corazón se intensificaron tanto que tenían voz propia.

Bom, bom, bom, bom...

El silencio era tan absoluto y el latir de mi corazón tan fuerte, que me delató.

Creo que estaba a punto de sufrir un infarto.

—¿Qué significa esto? —susurró al tiempo que ponía la mano sobre mi pecho.

Casi no podía respirar. Aquello no estaba pasando. Su cuerpo estaba demasiado cerca del mío. Quería mover la cadera y sentir el tejido de su pantalón. Bueno, vale, lo que en realidad quería sentir era lo que había debajo: su entrepierna rozando la mía, pero me sentía menos culpable si no lo pensaba así. Quería tocarlo, pero no me atrevía, no podía, no debía bajo ningún concepto. Estaba prometida. Iba a casarme. Y él salía con mi mejor amiga, por el amor de Dios.

¿No sería un sueño? Claro, por supuesto que era un sueño. Aquello no podía estar pasando. Debía aprovechar, pues al despertar sería como si nada hubiera sucedido.

Sus manos se aferraron a la piel de mi cintura que el top dejaba al descubierto. Sufrí una sacudida en mi interior.

¡Mierda, mierda, mierda! No era un sueño.

Miré sus labios y recordé cómo era besarlos. Sentirlos. Lamerlos. Morderlos.

¡Joder! No soportaba más aquella cercanía. No recuerdo haber estado tan excitada en mi vida.

Estaba a punto de apartarme, juro que iba a poner distancia, pero entonces me humedecí los labios y creo que él lo interpretó como una señal para que me besara, pues se acercó más a mí.

Sentía su respiración en mi boca. Sus dedos deslizándose por mi piel.

No pude contenerme ni un segundo más y acorté los pocos centímetros que separaban nuestras bocas. La piel de mis labios rozó la de los suyos, aquello no podía considerarse un beso, porque fue más bien una caricia del alma.

Un centenar de mariposas levantaron el vuelo dentro de mí.

64
AIRAM

Sentir sus labios sobre los míos fue como tener una experiencia extrasensorial, una visión, un sueño. Me besó y se arqueó lo suficiente como para que mi erección rozara su entrepierna.

Mis manos se adentraron por debajo de su top y se deslizaron por sus pechos.

Un beso nos llevó a otro. Nuestros labios comenzaron a recorrer caminos olvidados y nuestras lenguas se perdieron en un mar de deseo. Exploré cada rincón de su cuerpo como si fuera la primera vez.

—No me puedo creer que estemos haciendo esto después de...

—¿Después de años deseándolo? —la interrumpí.

Todo comenzó a ir demasiado deprisa, como si alguien hubiese quitado el botón del pause, como si dentro de nosotros se hubiese desatado una tormenta tropical.

Introduje mi mano en el interior de sus braguitas y comencé a frotar con el dedo corazón mientras acallaba sus gemidos con mi boca.

Estaba acojonado y excitado. Muy excitado. Sabía que aquello era un error. Ella se iba a casar. Pensé que tenía un control absoluto de mi cuerpo, pero estaba claro que la única que podía detener lo que estábamos a punto de hacer era ella.

—Vas a tener que ser fuerte si no quieres continuar lo que estoy a punto de comenzar —le advertí en un susurro, pues estaba dispuesto a todo.

No podía resistirme por más que lo intentara. La deseaba más que a nada, poder tocarla así era un sueño. Tenía miedo, miedo a sufrir, miedo porque aquello no sabía a reencuentro ni a reconciliación, sino más bien a un último polvo, un adiós para siempre.

Las sensaciones que sentía me confirmaron que no estaba enamorado de su recuerdo o de lo preciosa que era, sino de quien seguía siendo bajo aquella coraza que ella misma había forjado, y eso sería mi perdición. Soporté su ausencia porque me engañé pensando que la Idaira de la que me enamoré cuando aún éramos niños ya no existía, era un espejismo, una ilusión, pero ahí estaba toda ella.

Idaira me empujó y pensé que se iría, que pondría fin a aquella pasión desenfrenada; en cambio se sentó sobre mí buscándome, encendiéndome.

La imagen era de ensueño. Sus pechos desnudos, su precioso rostro, su pelo cayendo hacia un lado y las estrellas de fondo. No podía dejar de mirarla. Sus jugosos labios rosados me tentaban.

Aparté un mechón que se había quedado pegado en su rostro por el sudor. Ella se inclinó y me besó. Sentí que algo se liberaba en mi pecho.

65
IDAIRA

La sensación de que me desnudaba como si fuese a descubrir mi cuerpo por primera vez. Acariciando mi piel con exquisita lentitud como si quisiera grabar en su mente cada movimiento. El cosquilleo recorriéndome las entrañas, la sensación de gravedad, de caída libre, de abismo.

Sacó sus dedos de mi interior y exhalé un gemido desmedido. Me miró como lo hacía las primeras veces, como si no hubiese pasado el tiempo, pero era obvio que había pasado y también que tenía mucha más experiencia que entonces. Airam se había convertido en el amante perfecto, capaz de volver loca a cualquiera. Me pregunté cuál era la diferencia entre follar y hacer el amor. ¿Era aquello un tipo de sexo sobrenatural? ¿Estaba la diferencia en las palabras que se decían?, ¿en los silencios?, ¿en las miradas?, ¿en la brusquedad o delicadeza del acto? Solo éramos dos cuerpos desnudos. ¿Por qué aquella intensa conexión? ¿Por qué parecía que juntos hacíamos magia? Quizá la diferencia está en la persona y en cómo te hace sentir, lo que transmite... En sus labios... En lo que nos une.

Airam se aferró a mi culo con las palmas de las manos bien abiertas, presionando mis nalgas con las yemas de los dedos, sintiendo bien mi carne. Tiró de mí hacia él y sentí su erección dentro. Muy dentro. Suave, duro, húmedo. Invadiendo una intimidad que parecía haberle pertenecido siempre. Gemí en su boca.

Perdí la cuenta de las acometidas cuando estas adquirieron un ritmo frenético.

Cerré los ojos y me dejé ir. Su respiración cada vez más agitada... la fricción de nuestros sexos... el latir de las olas... el sudor... mi corazón a punto de explotar... Y de pronto el placer, los gemidos, un golpe en el alma, un soplo húmedo, nuestros cuerpos fundidos en un clímax desbordante.

Dejé caer la cabeza sobre su pecho sin saber qué decir. Me limité a contemplar su perfecto cuerpo bajo aquel fulgor y a escuchar los latidos de su corazón, que bombeaba con intensidad. Con un dedo dibujé círculos en torno a su precioso ombligo. Después acaricié el vello recortado de su pubis y, de nuevo, algo vibró en mi interior. Me excitaba solo con verlo.

Nada era importante en aquel momento. La luz del alba a lo lejos se abría paso entre los miles de estrellas que esa noche habían sido testigos de nuestro amor.

Una suave brisa veraniega envolvió nuestros cuerpos desnudos sobre la arena. Pensé en la forma tan curiosa que tenía la vida de manifestarse, de entablar diálogo. Aquella conexión con el entorno no la había experimentado en ningún otro lugar del mundo. Era una sensación de paz y felicidad indescriptible. No es que Airam me hiciera feliz, sino que su presencia sumaba tanto a mi vida que me hacía valorar los pequeños detalles, que, en definitiva, son los que cuentan.

66
IDAIRA

Me dejé vencer por el sueño. No sé cuánto tiempo permanecimos así, puede que solo minutos. Cuando abrí los ojos aún no había amanecido, pero el horizonte ya se teñía de tonos rosados que anunciaban el comienzo del día. Un grupo de gaviotas sobrevolaban el mar, en cuyas aguas se reflejaban los primeros rayos de luz, y subían y bajaban en un ademán coordinado y armónico.

Despertar junto a Airam, y en aquel escenario, fue una experiencia para la que no me había preparado. Nos miramos en silencio, no teníamos mucho que decir, o quizá demasiado.

Nos incorporamos y nos vestimos antes de que alguien nos pudiera ver como Dios nos trajo al mundo. Tenía arena por todas partes, pensé en darme un baño para quitármela, pero estaba algo destemplada.

Airam tenía el pelo revuelto y un brillo especial en los ojos. Me miraba como si estuviéramos en un museo y yo fuese una obra de arte. Era esa forma de mirar que lo dice todo, que te hace sentir hermosa y que incluso te intimida y sonroja. No sabía si aún seguía borracha por el vino o de amor, quizá era la resaca lo que me hacía percibir todo como si estuviera en una nube, en una burbuja de la que no quería salir. Y entonces, de pronto, esa burbuja se pincha y te estampas contra la realidad.

La culpabilidad se apoderó de mí, pensé en Julián, en que estaba a punto de casarme, en que aquello que había vivido esa noche no era sostenible en el tiempo y en que mi vida estaba en Madrid.

—Esto ha sido un error —dije conteniendo las lágrimas.

—No me jodas, Idaira

—No te jodo, es la verdad, es lo que siento.

—¿Lo que sientes? No me hagas reír, lo que sientes es lo que hemos hecho, ¿o me vas a negar que no soy nada para ti?

No respondí.

—¡No juegues conmigo! —dijo enfurecido, aunque sonó más a súplica.

—No estoy jugando —musité con la voz rota.

—Claro que sí, al igual que hiciste hace diez años, porque para ti lo primero eres tú, siempre tú.

—Precisamente si me siento así es porque estoy pensando en terceras personas: ¿sabes el daño que podría hacerles esto a Bianca y a Julián? Esto no cambia nada entre nosotros, voy a casarme, Airam.

—Será mejor que regresemos. —Comenzó a caminar por la playa en dirección a la casa de su amigo.

Cuando llegamos, todo estaba lleno de botellas vacías y los chicos se habían ido. Solo estaban May y David y el propietario de la casa, cuyo nombre había olvidado. Se habían acomodado en la vieja barca para contemplar el amanecer.

May nos miró y pude ver en su rostro que sabía lo que había sucedido entre nosotros. Me sentí aún peor. Nunca fue mi intención hacerle daño a Airam, pero no pude controlarme, sencillamente no pude.

Le pedí que me llevara a casa, no quería que se me hiciera tarde para coger mi vuelo.

El silencio se apoderó de nosotros el resto del trayecto. Un silencio denso que hablaba por sí solo.

Cuando llegamos a la puerta de mi casa, detuvo el motor y los dos nos quedamos quietos. Busqué las palabras adecuadas para no herirlo, porque, pese a todo, seguíamos siendo dos personas que se querían y compartían demasiado.

—¿A qué hora tienes el vuelo?

—A las dos, creo.

—¿Cómo vas al aeropuerto?

—En taxi.

—Puedo llevarte yo.

—No te preocupes, llamaré a un taxi.

—Te va a costar una fortuna, lo sabes, ¿no?

—No importa. —No fue mi intención sonar soberbia.

—Es verdad, se me olvidaba —dijo sarcástico.

Lo fulminé con la mirada.

—En serio, deja que te lleve, puedo esperar a que te duches y te acerco.

—Aún es pronto para ir al aeropuerto.

—Podemos parar a desayunar en la pastelería de Lajares que tanto te gustaba.

—¿Sigue abierta? —pregunté sorprendida.

—Sí.

No quería que nos despidiéramos así, no después de lo que había pasado, así que, tras darle varias vueltas a su propuesta, acepté.

De nada sirvió que no lo invitase a pasar para que mi padre no lo viera, pues en cuanto entré en casa me lo encontré junto a la ventana tomándose un café.

—Papá, ¿qué haces levantado? Cada día madrugas más.

—Estaba preocupado.

—Te dije que llegaría tarde.

—¿Qué está pasando aquí? —Mi padre miró por la ventana, aclarando que se refería a Airam y a mí.

—Nada, éramos los mejores amigos y estamos intentando volver a serlo —dije aprovechando que él mismo había sido días antes quien me había animado a recuperar esa amistad.

—Ya veo. La cabra tira al monte. —Le dio un sorbo a su café.

Yo me quedé pensativa, tratando de descifrar qué quería decir con eso.

—Él aún te importa —añadió al ver que no decía nada.

—Fuimos amigos durante mucho tiempo, le tengo aprecio.

—Fuisteis más que amigos —sentenció.

Había mentido tanto al respecto que había terminado por creerme mi propia mentira.

—Ya, bueno. Qué más da...

—Creo que estar con él te sienta bien, es como si volvieras a ser la misma de siempre.

—No puedo ser la misma que hace diez años porque las personas cambian, progresan y no se quedan estancadas, como él —discrepé furiosa.

—A mí me parece que estos días aquí has sido libre.

—¡Yo soy libre! Aquí y en Madrid.

—¿Lo eres? —Me lanzó una mirada desafiante.

—¿Te has empeñado en que discutamos el último día? Voy a ducharme y a recoger mis cosas, Airam me va a llevar al aeropuerto. —Me giré y me fui a mi habitación.

—Yo solo quiero que seas feliz, hija.

—Lo soy. —Me asomé a la puerta para decírselo alto y claro—. ¡Voy a casarme! Hace tiempo que superé lo de Airam. ¡¡¡Lo superé!!! —grité.

—Fingir que no te importa no es superarlo.

Entré en la habitación para coger mi neceser junto con una toalla y me metí en el baño. Cerré de un portazo.

Me desahogué bajo la ducha. En ese momento experimentaba una tormenta de sentimientos. Nunca había estado tan confundida. Era como si todo mi mundo se desmoronase. Me sentía perdida, como si una fuerza sobrenatural me hubiese arrancado del mundo para transportarme a un horrible lugar, en el que nada de cuanto había sido mi vida durante los últimos años se sostuviera en pie. Quería irme cuanto antes. Necesitaba volver a mi casa, a mi vida, a mi trabajo y no regresar jamás. No volvería a la isla nunca más. Lo que había sentido con Airam había sido... sensacional, pero no teníamos ningún futuro juntos, y ese descontrol de emociones me atormentaba.

No podía creer lo que le había hecho a Julián, con lo bien que se portaba conmigo. Y si Bianca se enteraba de lo que había pasado entre Airam y yo, no me lo perdonaría jamás.

Me lavé el pelo dos veces, intentando quitar los restos de arena y de nuestro amor. Lo primero, lo conseguí; lo segundo, no podría hacerlo jamás. Tenía grabados sus besos en mi piel. Cerraba los ojos y podía sentir aún sus labios recorriendo cada recoveco de mi cuerpo, revivía cada susurro que había hecho en mi oído, cada dulce palabra. Mi mente revoloteaba como aquellas gaviotas al amanecer. Resultaba inevitable no pensar en su resistente cuerpo estrellándose contra el mío, la ardiente penetración... El sexo con Airam era la sensación más dulce y placentera que jamás había experimentado, y recordarlo no me hacía ningún bien.

67
AIRAM

Puede que la felicidad sean momentos. Puede que el amor dure momentos. Solo eso. A veces dos personas llegan a unirse en el instante apropiado y a veces no. Quizá eso es lo que nos sucedió a nosotros. Durante todos aquellos años la quise culpar a ella de todo sin ver que yo también tuve parte de culpa en la historia y ella ni siquiera me lo había echado en cara.

Durante su primer año de universidad intentamos mantener la relación a distancia pero no funcionó y, en gran parte, yo fui también responsable. Ni una sola vez la visité, siempre era ella la que venía, pensé que era lo más práctico, porque así veía a su padre y, por supuesto, di por sentado que nunca la perdería. ¡Qué iluso! Supongo que para cuando me quise dar cuenta ya era demasiado tarde y, aunque estaba dispuesto a todo, ella había tomado ya su decisión y no iba a escucharme.

En el amor, el tiempo es determinante y el nuestro había pasado. Ella iba a casarse, lo veía en sus ojos. Había visto a Idaira y a su novio juntos y, aunque me doliera aceptarlo, Julián era un buen tipo y la amaba. Y luego estaba Bianca... a quien, después de lo que había pasado, tendría que dejar volar, pues estaba claro que, aunque me gustaba y había despertado algo en mí, no me hacía sentir nada comparada con Idaira. Para mí era muy complicado dejar a alguien entrar en mi corazón, Idaira se había colado casi sin darme cuenta, era imposible que nadie más me calase tan hondo como ella. Quizá nunca ninguna otra mujer conseguiría hacerme sentir eso, puede que aquel fuera mi castigo por no luchar más por ella, por no estar dispuesto a renunciar a mi vida en la isla por ella.

Lo peor de todo es que entendía a Idaira, sabía que ella quería a Julián y que debía dejarla ser feliz. No era momento para luchar y complicarle la vida. Debía anteponer sus sentimientos a los míos, porque eso es lo que ocurre cuando uno quiere tanto a alguien.

Así que allí estaba, en mi autocaravana, oliendo a sexo, recordando sus besos y controlando mis hormonas y todas las palabras que quería decirle antes de que se fuera.

68
IDAIRA

Cuando terminé, salí del baño y me vestí en la habitación. Me maquillé un poco y, para no hacer esperar más a Airam, me dejé el pelo húmedo. Guardé todas mis cosas en la maleta y me despedí de mi padre con un cálido abrazo.

Antes de que saliera por la puerta me dijo unas palabras que me dejaron un poco aturdida.

—Cariño, estoy feliz por tu compromiso, solo espero que no te equivoques, porque no hay decisión más importante que casarse con la persona con la que quieres pasar el resto de tu vida.

Airam se bajó de la autocaravana para saludar y ayudarme con la maleta.

Mi padre se quedó en la puerta de casa, con los ojos húmedos y diciéndome adiós con la mano. Tuve que contener las lágrimas, pues me sentía mal por haberle respondido de ese modo; él solo quería lo mejor para mí.

—¡Qué bien hueles! —dijo Airam.

—Ojalá pudiera decir lo mismo de ti —bromeé.

—A mí me encanta, huelo a nosotros.

Solo de pensarlo se me erizó la piel.

Paramos a desayunar en la pastelería El Goloso de Lajares, un lugar perfecto para comenzar el día. Al entrar la encontré más pequeña de lo que la recordaba, aunque igual de acogedora. Se me hizo la boca agua al ver la variedad de dulces. Los ojos se me fueron a una copa de leche machanga, un postre que antiguamente era propio de la élite canaria. Se trata de una especie de natilla hecha a base de leche y limón con canela.

—Quiero una —grité ilusionada como una niña mientras Airam se reía.

—¿Para desayunar?

—Hace años que no la pruebo —me quejé.

Mi madre solía hacerla en el restaurante, pero casi nunca sobraba, aunque ella cada vez que la elaboraba guardaba un vasito para mí.

—¿Estás en la isla y aún no has venido a verme? —La pastelera apareció con su habitual mandil.

—Angustias, cuánto tiempo.

Me dio un abrazo, luego saludó a Airam.

—Pero ¿cuándo has llegado?

—Vine el miércoles y me voy hoy.

—Espero que hayas disfrutado, ¿qué vais a tomar?

Airam pidió dos cruasanes y yo la copa de machanga y una galleta muy famosa en Fuerteventura, con forma de cabra y rellena de crema pastelera.

Nos sentamos a desayunar en la terraza, bajo una palmera.

—Hummm... qué bueno, es el sabor de estar en casa —dije después de degustar aquel postre que adoraba.

Airam me miró y por un momento quise detener el tiempo. Ojalá todo fuera más fácil. Mi castigo por haberme acostado con él sería pasar el resto de mi vida sabiendo que jamás, con ningún otro hombre, sentiría lo que sentía con él.

—¿Qué? —pregunté al ver que me miraba embobado.

—Nada, es solo que... hacía mucho que no desayunábamos juntos.

«Demasiado», pensé.

Después nos fuimos directos al aeropuerto. Airam insistió en dejar la autocaravana en el aparcamiento y acompañarme hasta el control, pese a que yo le pedí que no lo hiciera, pues no hay nada más triste y doloroso que una despedida en un aeropuerto.

Caminamos por la terminal, un lugar frío, testigo de miles de besos y despedidas; la nuestra sería una más.

—Bueno, hasta aquí llega mi acompañamiento —dijo metiéndose las manos en los bolsillos.

Le sacudí la arena que aún tenía enredada en el pelo.

—Solo quería decirte que... —Tragó saliva y su voz sonó tan rota que mis lágrimas afloraron antes de que pudiera terminar la frase— ha sido muy especial estar de nuevo contigo. La isla parece un lugar más acogedor cuando tú estás aquí.

Lo abracé. Porque lo necesitaba y porque no quería que me viera el rostro cubierto de lágrimas. Fue el abrazo más poderoso que jamás haya experimentado. Comencé a llorar como una niña pequeña. Habían sido demasiadas emociones juntas. Pude percibir que el amor de Airam por mí era mucho más intenso y superior que el de cualquier otro hombre al que hubiera conocido en mi vida. Pensé que iba a desmayarme, a morir bajo aquella vibrante tensión de los brazos y el cuerpo de Airam, pensé que perdería el conocimiento.

—Ha sido increíble volver a verte —susurré sin separarme de él.

Se me destempló el cuerpo cuando el suyo se alejó. Airam tenía los ojos anegados. Verlo llorar me rompió el corazón, jamás pensé en el daño que una noche juntos podría causarle. Sabía que dolería, pero no que nos afectaría como lo hizo. Me sentí un ser despreciable y deseé poder retroceder en el tiempo. Quería a Julián, pero no de la forma en la que amaba a Airam, porque nuestra conexión era algo inexplicable, iba más allá de lo racional, más allá del tiempo.

Quise decirle tantas cosas... Pero no había palabras para explicar todo lo que pasaba por mi mente.

—Quiero casarme, Airam, y quiero que salga bien. Me asusta, me aterra la idea de que pueda salir mal y... no me gustaría tener que divorciarme.

—Todo irá bien, porque él te ama, lo he visto y sé que tú lo quieres.

—Pero...

—Recuerda que tú siempre te has saboteado a ti misma, si quieres que salga bien, has de dejar de hacerlo —me interrumpió.

Y tenía razón. Me conocía demasiado bien.

Apoyé el rostro en su pecho en busca de consuelo. Olía a nosotros.

—Si me necesitas, solo tienes que llamarme. —Sentí su cálido aliento en mi oído.

Lo miré a los ojos y quise darle un último beso.

—¿Volvemos a ser amigos? —pregunté.

—En el fondo siempre lo hemos sido, hemos compartido muchas cosas a lo largo de los años.

—Demasiadas.

Quise preguntarle qué iba a pasar con Bianca, pero no me atreví.

—Ojalá todo fuera más sencillo. —Me limpié las últimas lágrimas que recorrían mi cara.

—Ya no somos unos críos. —Me colocó un mechón detrás de la oreja.

—¿Alguna vez has pensado qué habría pasado si...?

Me interrumpió.

—¿Si hubiese dejado la isla y me hubiera ido contigo a Madrid? Por supuesto que lo he pensado, pero sabes que no puedo vivir sin el mar, ojalá. Y la distancia... Ya lo intentamos y no funcionó.

Comencé a llorar de nuevo.

—No llores, por favor —suplicó—. Te quiero, Idaira, pero estás haciendo lo correcto.

—¿Cómo puedo saberlo?

—Eso se siente.

—¿¿¿Cómo??? —insistí.

—Sabes que es la decisión correcta cuando ganas más de lo que pierdes. —Me dio un beso en la frente.

69
AIRAM

Llegué a mi casa agotado, solo quería ducharme y acostarme, pero mi padre estaba colgando una estantería nueva en el salón y me pidió que lo ayudase. Mi madre había decidido quitar el viejo aparador y poner algo más minimalista.

—Acércame la caja de herramientas, Airam.

Dejé el maletín en el suelo junto a mi padre y me fijé en la estantería blanca que pretendía colgar.

Ninguno de los dos me preguntó por Idaira, ambos sabían que ella había estado en la isla y que habíamos ido juntos a surfear, porque me escucharon hablar con David por teléfono la noche anterior cuando lo llamé para decirle que ella también vendría a la barbacoa. Él comenzó a hacerme preguntas y yo, ilusionado como un estúpido, se las respondí sin reparar en que mis padres estaban en el salón y habían quitado el volumen a la televisión para enterarse de mi conversación. Con mi padre fue más fácil, él entendió sin problema que quedara con Idaira como amigos, pero en lo que a mi madre se refería... Bueno, discutimos porque yo ya no era un niño y ella no tenía ningún derecho a entrometerse en mi vida, pero sabía que lo hacía porque tenía miedo a que sufriera de nuevo.

Si no me había ido de casa era porque mi madre decía que en el pueblo todo el mundo iba a hablar, que parecería que estábamos enfadados y no sé qué otras historias. Y la verdad que como tampoco paraba por casa, pues para mí era bastante cómodo seguir viviendo con mis padres.

Mi madre apareció en el salón y cuando me vio las pintas pareció echar fuego por los ojos.

—¿Dónde has pasado la noche?

—En la playa —dije sin soltar la estantería que sujetaba mientras mi padre marcaba en la pared el lugar donde debía hacer los agujeros.

—¿Con Idaira?

Mi padre carraspeó.

—¿Hay plátanos? —pregunté, obviando su pregunta.

—Sí, ¿quieres uno?

Asentí con la cabeza y ella se fue a la cocina. Mi padre y yo dejamos la estantería en el suelo con cuidado.

—Toma. —Mi madre me dio el plátano.

—Gracias.

—Entonces ¿has pasado la noche con ella? —insistió.

—Sí, mamá. Sí. ¿Cuál es el problema?

Mi madre se llevó las manos a la cabeza y creí que se iba a echar a llorar.

—Después de lo que pasó... —Me miró con una mezcla de ternura y decepción.

—Cálmate, mamá. No ha pasado nada —mentí al verla tan afectada—. Y no va a pasar. Se va a casar.

Pronunciar aquellas palabras en voz alta me quemó la garganta.

Quería a Idaira, la amaba, y después de lo que había pasado esa noche lo tenía más claro que nunca. Ni siquiera el tiempo había conseguido disminuir la intensidad de lo que sentía por ella.

Mi madre tensó la mandíbula y se tragó las palabras que estaba a punto de decir. Yo respiré hondo y terminé de ayudar a mi padre. Luego, por fin, me pude dar una ducha.

Mi cuerpo agradeció la sensación cálida del agua. Mi cabeza, en cambio, seguía hecha un lío. No podía apaciguar los pensamientos que rondaban por mi mente. En ese momento todo era caos. Pensé en Bianca y en que debía hablar con ella. Aunque no éramos novios como tal, se lo merecía.

Cuando terminé de ducharme me puse unos pantalones cortos, una camiseta y las cholas, y salí al patio. Me senté en una silla de hierro a la sombra. Antes de llamar a Bianca me quedé mirando un rato las macetas que mi madre mimaba con tanto esmero, pensando en qué le iba a decir. Si le contaba lo que había pasado con Idaira pondría en peligro su amistad y ese dato tampoco era determinante, ¿o sí?

Después de un buen rato mirando las plantas como un gato observa a una mosca, y dándole vueltas al asunto, no fui capaz de llamarla. Así que me fui a mi habitación y me tumbé en la cama.

No podía dormir, veía a Idaira por todas partes. La veía surfeando. La veía jugando con la manguera del agua cuando éramos apenas unos críos. La veía corriendo como una cabra por las calles en las fiestas de la Virgen del Carmen, tumbada sobre mí en el cine de verano, subida en un burro en la Romería de la Peña. La veía en lo alto de mi autocaravana sonriendo, feliz. La veía tumbada en la pasarela de madera de la isla de Lobos, el sol bronceando su piel, y besándome en el faro, flotando en el agua, desnuda sobre la arena. La veía como una alucinación, como un fantasma.

Estaba nervioso, lo supe cuando sentí el sabor metálico de la sangre en mi boca y me miré la uña del meñique que me había estado mordisqueando.

Opté por ir a dar un paseo en moto, eso me relajaba. Cogí las llaves y salí de casa. Mi madre se quedó decorando el nuevo mueble del salón.

Fui a las dunas de Corralejo. Dejé la moto en el arcén y caminé hasta hallarme perdido en mitad de la nada. Solo, sentado sobre la arena del ondulante paisaje, contemplando las cristalinas aguas, comprendí que había llegado la hora de poner fin a aquello que había entre Bianca y yo. Aunque me gustaba y le tenía cariño, estar con Idaira me había recordado lo que de verdad es el amor y, muy a mi pesar, lo que sentía por Bianca estaba lejos de aquel cosquilleo. Pretender mantenerla en mi vida sería muy egoísta por mi parte, nunca podría quererla como ella se merecía, nunca sentiría por ella ese amor visceral que sentía por Idaira, y deseaba de todo corazón que tuviese la oportunidad de encontrar a alguien que se entregara a ella con los ojos cerrados y sin miedos.

Miré mi móvil y afortunadamente había cobertura. Decidido, busqué su número en mi agenda y la llamé. Bianca respondió al tercer tono.

—Airam, ¡qué sorpresa! —dijo ilusionada y sorprendida, pues llevábamos varios días sin hablar.

—¿Qué tal estás?

—Bien, quería hablar contigo, pero no he encontrado el momento.

—Sí, a mí me ha pasado igual. Siento no haberte prestado atención estos últimos días.

—No te preocupes, yo tampoco he estado muy allá últimamente... —confesó.

—¿Estás bien?

—Sí, sí... es solo que para que algo funcione hay que estar presente...

—Tú últimamente tampoco lo estás —dije con la voz rota.

Me arrepentí tan pronto pronuncié en voz alta aquella acusación, no era así como quería hacer las cosas, no podía culparla a ella de algo de lo que solo yo era culpable.

—¿Tú lo has estado de verdad alguna vez? —preguntó calmada y esperando una respuesta sincera.

De pronto sentí que me costaba respirar. Tenía razón, lo había intentado, pero ¿cómo se puede estar presente en una relación cuando tu corazón pertenece a otra persona?

—Conocerte ha sido como ganar un trofeo que no merezco. He hecho todo lo posible por estar ahí, pero supongo que la distancia no es lo mío —dije para no hacerle daño, no podía decirle que el problema de que aquello no funcionase era que estaba enamorado de su mejor amiga, que, además, se iba a casar con otro.

—Realmente no eres la persona que creía que eras —sollozó.

—¿Por qué dices eso?

No dijo nada. Pude escuchar a través del teléfono que estaba llorando.

—No llores, por favor —le rogué.

—Yo nunca te habría llevado hasta este punto si supiera que iba a terminar en nada.

—Es que no lo sabía.

—Sabías que la distancia sería un problema para ti.

—No lo sabía, pero ¿acaso para ti no lo es?

No respondió. Ojalá no doliese tanto tener que hacer aquello.

—¿Prefieres que finjamos?, ¿es eso lo que quieres? —pregunté.

—No, en el fondo yo también me he dado cuenta de que falta algo, pero no he querido admitirlo —suspiró—. Al menos has estado bien conmigo, ¿no?

—Más que bien. A tu lado he vuelto a sentir esa ilusión por comenzar algo nuevo. Cada vez que veía esa chispa en tus ojos me sentía afortunado de haberte conocido, pero eso no es suficiente para construir una relación, quiero que seas feliz y me he dado cuenta de que no vas a poder serlo a mi lado. No quiero que ninguno de los dos nos veamos inmersos en una historia de amor que nos haga pasar por una agonía sentimental. Me llevo todos los momentos que hemos compartido y con eso me basta. Te mereces a alguien que pueda dártelo todo.

Permanecimos en silencio, con el auricular pegado a la oreja, escuchando nuestras respiraciones agitadas.

—¿Sigues enamorado de ella? —preguntó cuando recuperó el aliento.

El corazón me dio un vuelco.

—De tu amor de la infancia, esa chica de la que me hablaste un día —aclaró.

No quería mentirle, bastante mal me sentía ya por ocultarle que esa chica era Idaira.

—Sí —confesé al fin. Fue una afirmación rotunda, y entonces me di cuenta de que era la primera vez que reconocía en voz alta que seguía perdidamente enamorado de Idaira.

—Eres un buen tío, Airam, ojalá puedas olvidarla y ser feliz.

—Llevo los últimos diez años intentándolo.

Después de despedirnos como dos buenos amigos me sentí algo más calmado, raro, triste tal vez.

70
IDAIRA

Julián estaba durmiendo, eran las tres de la madrugada, pero yo no podía pegar ojo. Me levanté de la cama con cuidado de no despertarlo y me fui directa a la cocina. Nunca he sido de beber mucho en casa y menos cuando estoy triste, el alcohol me infunde mucho respeto, pero necesitaba una copa. Abrí una botella de vino tinto, un gran reserva que teníamos para ocasiones especiales, me serví una copa y me asomé al balcón.

En agosto, el bochorno en Madrid es insoportable incluso durante la noche. Desde mi casa podía verse el parque del Retiro, un pequeño bosque en mitad de la ciudad, el pulmón que la oxigena. Me quedé apoyada en la barandilla de hierro contemplando las vistas.

Desde que regresé de la isla, hacía ya varios días, no había podido dejar de darle vueltas a mi infidelidad, pero ¿había sido solo esa noche en la isla? ¿O cuando vi a Airam en mi fiesta de compromiso y el corazón me dio un vuelco? ¿O cuando pensaba en sus chispeantes ojos azules?

Una parte de mí siempre supo que él seguía enamorado, no es que fuera una vanidosa, era solo que tenía esa sensación, lo veía en su mirada.

Cuando Bianca me contó, al día siguiente de regresar, que Airam la había llamado para romper con ella, sentí que el mundo se me venía encima. No podía creer que yo fuera la causante de dicha ruptura, aunque mi amiga no parecía demasiado afectada, como si se tratara de algo que ya viera venir. Lo peor fue escuchar su respuesta cuando le pregunté si él le había dado algún motivo: «En resumen, sigue enamorado de alguien que fue muy importante en su vida». Sus palabras provocaron un tipo de dolor que no había experimentado antes. Saber que él seguía enamorado de mí me desgarraba por dentro. Y el problema es que, cuando recuerdas lo que te hace sentir ese tipo de amor, todo lo demás pierde sentido, pero al mismo tiempo sabes que ese mismo amor que te lleva a tocar las estrellas no puede perdurar.

Me bebí el último trago de vino y entré a rellenar la copa. Cogí el móvil y salí al balcón de nuevo. Pensé en llamarlo para ver cómo lo llevaba, habíamos quedado en que seríamos amigos, ¿no? Una parte de mí me decía que eso no era buena idea.

¿Por qué todo se había tenido que complicar tanto? Yo era feliz, muy feliz. Ya había superado lo nuestro, estaba enamorada de Julián e ilusionada con la boda.

Suspiré hondo y busqué su nombre entre los contactos. Antes de llamar bloqueé la pantalla y guardé el móvil. Aquello no tenía ningún sentido. Airam nunca dejaría la isla y yo jamás renunciaría a mi carrera profesional, había luchado mucho para echarlo todo por tierra.

Si lo pensaba bien, me parecía que no era tan triste amar lo que no se poseía cuando se sabe que el sentimiento es recíproco. No voy a mentir, por supuesto que había fantaseado con la idea de dejarlo todo por él, luchar por nosotros, por el «felices para siempre», pero el miedo a que la batalla convirtiera en escombros aquello que aún conservábamos me lo impedía. Supongo que prefería tenerlo así y soñarlo hasta el fin de mis días. Al fin y al cabo, eso es lo que caracteriza a los amores imposibles: nunca terminan.

71
IDAIRA

Bianca rasgó el sobre de sacarina y lo vertió en su taza de té; con calma y elegancia, lo removió. Luego me miró esperando mi respuesta.

—Vaya, sí que han cambiado las cosas entre vosotros —apunté confundida.

Habíamos quedado a primera hora de la tarde para ir juntas a tomar algo y a la última prueba de mi vestido de novia. Bianca me contó las novedades de su historia con Carlos, quien desde que había empezado a trabajar en la revista, la había invitado a tomar algo en nuestro afterwork favorito y a cenar en un restaurante elegante. Al parecer mi amiga, tras su ruptura con Airam, se había dejado querer por su... ¿exrollo? No sabía si alegrarme o preocuparme.

—Estoy viviendo el momento —aseguró como si me leyera la mente—. Es solo sexo.

—Pero eso ya lo hiciste una vez y salió mal, ¿no?

—Era diferente.

—¿Por qué?

—Primero, porque entonces yo quería algo más con él y, segundo, porque en esa empresa teníamos que llevarlo todo en secreto y estar escondiéndonos siempre. Después de lo de Airam no deseo complicarme, simplemente quiero disfrutar del presente.

—¿Qué tal lo llevas?, ¿habéis vuelto a hablar?

—No, no hemos vuelto a hablar, pero lo llevo mejor de lo que pensaba, me he dado cuenta de que le echaba la culpa a él de que cada vez hablásemos menos, cuando lo cierto es que yo últimamente tampoco estaba muy disponible y, desde que Carlos comenzó a trabajar en la empresa, he estado muy confundida.

—Bueno, ya no tiene sentido que le des vueltas. —Tragué saliva con dificultad, porque me sentía incómoda hablando de aquello con mi amiga.

—No, sobre todo porque no podría haber funcionado aunque me hubiera esforzado más: sigue enamorado de esa chica. ¿Quién será? ¿Tú nunca la llegaste a conocer?

Negué con la cabeza, incapaz de pronunciar palabra. Le di un sorbo al té para disimular.

No sabía qué decir, así que la dejé hablar a ella mientras me sumergía en mis pensamientos.

Me distraje contemplando las notas y frases escritas a mano que había en las paredes de la cafetería. Una de ellas captó toda mi atención: «Si crees amar a dos personas al mismo tiempo, elige a la segunda, porque si realmente amases a la primera, no te habrías fijado en la segunda». Leer aquella frase me hizo reflexionar. Tal vez fuera cierto, si realmente quería tanto a Airam, ¿por qué me había enamorado de Julián?, ¿por qué al primero al que llamaría para contarle una buena noticia sería a él?

—¡No me ignores! —se quejó Bianca.

—Perdona, es que me quedé leyendo una de las frases.

—¿Cuál de ellas? —Mi amiga se giró.

Me puse nerviosa y de nuevo tuve que mentirle, señalar la frase era demasiado obvio.

—Esa de ahí. —Indiqué con la mano.

—¿Cuál? —insistió—. ¿La que habla del amor verdadero?

—Sí —confirmé sin saber a cuál se refería.

—«El curso del verdadero amor nunca ha corrido sin problemas», William Shakespeare —leyó en voz alta—. Pero ¿qué problemas has tenido tú con Julián?

—Pues todo este jaleo de la boda —acerté a decir.

—¿Hay algo que no me hayas contado? —Frunció el ceño.

—Claro que no.

—Sabes que en mí puedes confiar, ¿verdad? Si hay algo que te inquiete...

—Estoy bien, solo algo nerviosa por todos los preparativos. Se supone que esto debería ser divertido y se ha convertido en una tortura —confesé.

—Es normal, hace poco escribí un artículo sobre eso y entrevisté a varias mujeres que estaban a punto de casarse: todas afirmaron que puede llegar a resultar muy estresante.

Terminamos de tomarnos el té mientras me hablaba del artículo que estaba escribiendo. Luego nos fuimos juntas a la boutique.

La dependienta nos recibió con esa sonrisa perpetua que su puesto de trabajo le exigía, parecía ella más feliz e ilusionada que yo. Me pregunté cómo lo haría, ¿le darían algún tipo de formación para mantener aquel nivel de efusividad?

Nos ofrecieron champán y Bianca aceptó rápidamente. Brindamos.

—Me llevo a la novia para hacer magia —dijo la dependienta y me acompañó al probador, una sala enorme repleta de espejos y decorada con mucho estilo.

Me ayudó a ponerme el vestido mientras mi amiga esperaba sentada en un sillón de piel blanca que había en una especie de vestíbulo.

El escote me hacía menos tetas de las que tenía, pero me gustaba cómo quedaba. Me puse los zapatos y el largo también era perfecto. Todo parecía estar donde debía, todo... menos yo.

—Hemos arreglado las mangas y también le hemos metido un poco aquí para que no te haga bolsa. Te queda perfecto —aseguró la dependienta señalando la cintura.

Yo me miraba al espejo sin reconocerme, sin reconocer a esa novia perfecta.

—¿Cómo te lo ves? —preguntó la chica al ver que no decía nada—. ¿Hay algo que no te guste? Aún estamos a tiempo de modificar lo que sea.

—No es eso —aseguré sin apartar la mirada de mi reflejo.

—¿Salimos para que lo vea tu amiga?

Asentí.

—¡Madre mía! ¡¡¡Estás preciosa!!! —gritó Bianca al verme—. Me encanta la falda así, con volumen.

La falda iba ajustada a la cintura y después se abría en forma de A hasta el suelo. Un corte que me recordaba a los de los cuentos de hadas.

Vi un brillo de emoción en sus ojos y me quedé inmóvil. Sin palabras.

Bianca examinó mi rostro.

—¿Qué sucede? —preguntó—. Es el vestido perfecto.

—Pues ha dejado de serlo —confesé a punto de romper a llorar.

—¿Y qué vas a hacer?

—De momento, quitármelo.

—Idaira, ¿estás bien?

No supe qué responder.

—¿Por qué no quieres contármelo? —Parecía dolida.

Quise llorar, pero me contuve.

—Te conozco, sé que me ocultas algo. Desde que has vuelto de la isla estás muy... ra-ra —pronunció la última palabra despacio, muy despacio, como si los circuitos de su cerebro hubiesen unido cada una de las piezas de un rompecabezas y de pronto hallara las respuestas a sus preguntas.

Mi amiga se puso blanca, temblaba como un volcán a punto de entrar en erupción. Su mirada, los puños apretados, la mandíbula tensa, su pecho subiendo y bajando a un ritmo delirante.

Lo vi en sus ojos. Bianca lo sabía.

72
IDAIRA

—¡Mierda, Idaira! Tú eres esa chica —dijo cada palabra con tanta seguridad que parecía que lo hubiese sabido desde el principio—. Tú y Airam... —Un par de lágrimas se deslizaron por sus mejillas.

Quise decir algo, pero me encontraba suspensa e inmovilizada, sumida en la agonía del shock, como un objeto mecánico que ha dejado de recibir suministro eléctrico.

—Lo sabía, siempre supe que había algo entre vosotros, pero no quería admitirlo. —Comenzó a dar vueltas por la sala.

—Bianca... —Traté de detenerla, pero el vestido me impedía moverme con la misma agilidad que ella.

—¿Por qué no me lo dijiste esa noche?

No sabía cómo enfrentarme a aquello.

—No lo sé... habían pasado muchos años y...

—¡Somos amigas! ¿Cómo has podido ocultármelo todo este tiempo? —Con cada palabra subía el tono de voz—. ¿Estabas enamorada de él y no me lo contaste?

—No estaba enamorada de él —aseguré.

—¿No sientes nada por él?

—Por favor, no hagas esto —le supliqué.

—El viaje a la isla, las quedadas, todo era parte de tu plan para estar cerca de él... ¿Os divertíais a mis espaldas?

—Bianca, escúchame, por favor. Estás sacando las cosas de contexto.

—Me has usado de tapadera para que Julián no se enterase de nada. Es eso, ¿no? Os besabais y follabais mientras yo no me enteraba de nada, como una imbécil.

—¿Cómo puedes pensar eso? Sabes que yo no haría algo así.

—¿No lo has besado siquiera?

En cuanto Bianca formuló la pregunta supe que estaba a punto de perderla, pero no podía seguir mintiendo.

—Solo una vez, ha sido en este último viaje...

No pude continuar porque Bianca cogió la copa de champán y la dependienta se acercó a ella, supongo que temiendo que la arrojara al vestido. Sin embargo, se la bebió de un trago y yo aproveché su silencio para hacerla entrar en razón.

—Escúchame, por favor, no es lo que parece.

—¡Suéltame! No te atrevas a excusarte. Lo que has hecho no tiene disculpa. Eres una falsa. ¿Cómo has podido estar riéndote de mí todo este tiempo?

—¡¡¡Yo no me he reído de ti!!! —grité alterada.

—¡¡¡Yo no me he reído de ti!!! —me imitó con burla.

—Yo jamás malmetí entre vosotros, jamás intenté separaros, te lo juro.

—Te deseo lo mejor el día de tu boda, ve buscándote otra dama de honor, porque yo no estaré allí —dijo mientras se colgaba el bolso para irse.

—Por favor, Bianca, somos amigas —supliqué.

—Sí, tan amigas que te follaste a mi novio a mis espaldas. ¿Sabes por quién siento más pena? Por Julián, el muy imbécil no se ha enterado todavía de que es tu garantía para sufragar todos los lujos que con Airam no podrías tener.

—Estás siendo cruel. No voy a permitir que...

Bianca no me dejó terminar.

—No me llames ni me escribas, no te quiero en mi vida —dijo antes de salir de la tienda dando un portazo.

De pronto sentí un sobresalto en mi interior. Desde el primer momento supe que, si algún día tenía que contarle a Bianca la verdad, iba a ser difícil, pero jamás imaginé que me resultaría tan duro.

Comenzaba a añorar hasta el más estúpido detalle de nuestra amistad. Me preguntaba qué iba a hacer ahora sin ella, ¿con quién me desahogaría?, ¿quién me haría reír con un gif inesperado?, ¿quién le daría color a mis días grises? Ya echaba de menos sus audios, sus llamadas, sus bromas, su risa...

Me dejé caer sobre el sillón que había en la sala.

—¿Te ayudo a quitártelo? —preguntó la dependienta con la voz temblorosa.

Asentí mientras me secaba las lágrimas con un pañuelo que ella misma me había ofrecido para evitar que causaran lamparones en el vestido.

El dolor que sentía era casi igual o peor al de una ruptura amorosa, quizá porque no lo vi venir. Cuando empiezas una relación de pareja, siempre existe la opción de que pueda terminar en cualquier momento, sin embargo, cuando tienes una mejor amiga, confías en que será para toda la vida.

Me puse mi ropa y, algo más calmada, me dirigí al mostrador. La dependienta me entregó mi vestido en un elegante portatrajes.

Caminé desconcertada, triste. El recuerdo de la risa de Bianca me acompañó y me atormentó durante todo el trayecto a mi casa.

Supe que había llegado la hora de hablar con Julián: si iba a casarme con él, debía ser sobre la base sólida de la confianza. Tenía que contarle lo que había pasado con Airam y por qué Bianca ya no sería mi dama de honor ni vendría a nuestra boda.

Había cometido un grave error y no tenía dudas de que había llegado la hora de enmendarlo. Estaba decidida, iba a hacerlo tan pronto Julián llegara a casa.

«Que sea lo que Dios quiera», pensé.

73
AIRAM

Cuando aquella importante marca de bebidas energéticas se puso en contacto conmigo para ofrecerme el mejor contrato de mi vida y patrocinarme en un tour por Australia en verano, no di crédito. La chica que me llamó me explicó que la campaña duraría tres meses, de diciembre a febrero, y que el tour sería por las playas de Queensland, por el litoral norte de New South Wales, por el sudoeste de Melbourne, Geelong y por Western Australia.

No solo me pagarían todos los gastos de transporte, alojamiento y comida, sino que viajaría con un equipo de grabación para hacer un documental patrocinado por la marca en veinte playas diferentes, entre ellas Burleigh Head, Palm Beach, Kirra Beach, Snappers Rocks, Bondi Beach, Coffs Harbour, Duranbah, Byron Bay, Lennox Heads, Bells Beach y Ningaloo Reef. Además de una importante suma por los derechos de imagen.

Surfear en la mayor isla del mundo era un sueño hecho realidad. Quería saltar de alegría. Cabalgar las olas de los océanos Índico y Pacífico era la fantasía de cualquier surfista. Varios amigos habían ido y me habían contado que allí los vientos predominantes soplan del sur *(sideshore)*, con incidencia *offshore* (de la tierra hacia al mar) debido a que el agua tiene más temperatura.

Tenía tantas ganas de emprender aquella aventura que desde ese día no pude pensar en otra cosa que no fuera mi viaje.

74
IDAIRA

Cuando una amistad se termina es triste, pero, en última instancia, significa que no era una conexión estable y real, o que no era una amistad tan fuerte como creías. Pensé que, con el tiempo, Bianca y yo podríamos recuperarnos de lo sucedido, pero faltaban dos días para la boda y no sabía nada de ella. Intenté retomar el contacto: la llamé y le envié varios mensajes, pero ella no quería saber nada de mí. Fue devastador. Solo me quedaba aceptar que jamás me perdonaría lo que había pasado con Airam y que tampoco haría el esfuerzo de entender que, cuando se trata de una conexión como la que nos unía a él y a mí, no es tan fácil controlarse.

A veces miraba nuestras fotos y me daba cuenta de que era una parte fundamental de mi vida. Cuando vi la que nos hicimos juntas mi primer día en la empresa, pensé: «Oh, ¡ahí estaba ella conmigo para celebrarlo!». Pese a todo, lo que en un comienzo fue amargura y dolor, se transformó en aceptación y agradecimiento por los momentos compartidos.

Me había pasado las últimas semanas muy triste y sola, pues me di cuenta de que sin Bianca a mi lado no tenía amigos de verdad en la ciudad. Todas las personas a las que conocía pertenecían al círculo de Julián, quizá por eso no me atreví a contarle lo sucedido. Tenía miedo de que después de contarle la verdad no quisiera casarse conmigo y me quedara sola. Sin él estaba perdida, aunque con él tampoco es que me sintiera mucho mejor. No sé por qué me encontraba tan sola, tenía la sensación de haber perdido el tiempo. ¿Por qué no había hecho amigos durante todos aquellos años? Me había pasado los días trabajando y dedicándole tiempo a Julián y a quedar con sus amistades, adaptándome a su entorno.

Los viajes a Fuerteventura hicieron que me diera cuenta de que en Madrid nunca me había sentido de la misma forma que en la isla. Puede que en el fondo no fuera tan libre como yo creía.

Con el paso del tiempo había olvidado todas las cosas buenas de mi tierra: mi padre, mi casa, el surf, mi amiga May, Airam...

Puede que me hubiese pasado los últimos años viviendo por inercia una vida que creí mía, que creí mejor. Me acostumbré a vivir así y, por un motivo u otro, me iba bien. ¿Por rutina? ¿O resignación? Fuese lo que fuese, esa era la vida que había elegido. Tenía un buen puesto de trabajo, el mejor novio del mundo, vivía en una ciudad cosmopolita rodeada de lujos, donde todo estaba al alcance las veinticuatro horas del día, no me faltaba de nada, podía tener cuanto quisiera y, sin embargo, nada de eso hacía revolotear a aquellas mariposas que alzaron el vuelo cuando estuve con Airam. No sé si era él, la isla o el surf lo que me generaba aquella adrenalina, pero sabía que descubrirlo supondría renunciar a mi estabilidad, salir de mi zona de confort, y no estaba preparada. Tampoco tenía muchas opciones, no iba a dejarlo plantado a dos días de la boda y mucho menos saldría corriendo de la iglesia como en las películas. Había tenido mucho tiempo para pensarlo y la decisión estaba tomada.

Habría dado lo que fuera por consumir toda aquella energía que bullía en mi interior, a poder ser llorando. Porque llorar me ayudaba a desahogarme y, después de hacerlo, siempre me sentía algo mejor y con la cabeza más despejada. Sin embargo, no había derramado una sola lágrima desde el día de la prueba del vestido. Pocas cosas me hacían llorar.

Cuando Julián llegó a casa después de trabajar para ducharse, arreglarse e irse a su despedida de soltero, yo estaba sentada en el sofá del salón, escuchando el último álbum de Always Never con una copa de vino en la mano. Se quedó mirando la botella vacía que había sobre la mesa y frunció el ceño.

—¡Es mi despedida de soltera! —me excusé antes de que pudiera decir nada.

Me regaló una sonrisa triste.

—Si quieres, puedo quedarme contigo o podemos celebrar la despedida juntos. —Se sentó a mi lado.

Me miraba como cualquier chica desearía que un hombre lo hiciera.

Se me humedecieron los ojos, porque me sentía mal.

Lo abracé, luego lo besé en los labios. Fue un beso bonito y triste al mismo tiempo. De esos que hacen llorar.

—Mi amor, ¿estás bien?

—No —confesé con lágrimas en los ojos.

No podía hacerle eso, por primera vez en mi vida tenía que dejar de ser egoísta y pensar en él, que tanto había hecho por mí. Julián era un buen hombre. Si pudiera elegir, elegiría amarle a él, amar con esa locura propia de los amores juveniles, sentir eso que había sentido junto a Airam, pero el amor, al parecer, es más complicado.

Puede que en el fondo tampoco lo hiciera por él, sino por mí. Una vez más mi ambición me llevaba a perder a la persona más valiosa que había conocido, porque no podía conformarme con un amor neutro, monótono, yo quería sentir aquel cosquilleo, aquella sensación de caída libre.

Tal vez si no hubiera pasado aquellos días junto a Airam, si no me hubiese recordado lo que es vivir en un verano permanente, si no conociera esa sensación de volar, si no supiera qué es estar realmente enamorada, me habría parecido normal casarme con Julián y llevar una vida como la que tienen muchas parejas.

Desde que regresé de la isla había luchado por nosotros, por mí y por él, pero me sentía perdida, hecha una mierda; él se merecía algo mejor.

—Has sido tan bueno conmigo, siempre me has entendido y respetado... pero esto va más allá de mi control.

—¿Qué sucede? Me estás asustando. —Con delicadeza me quitó la copa de vino y la dejó en la mesa. Luego puso sus manos sobre las mías y me miró en silencio.

—He perdido mis mariposas, y por más que intento recuperarlas... —No pude acabar la frase. Todas las lágrimas que no había derramado en semanas salieron a flote.

Había intentado seguir adelante con la boda y ser práctica, pero quería encontrar un amor que me hiciera volar. No quería conformarme, no podía hacerlo, ni por él ni por mí.

Julián no dijo nada, creo que en ese momento fue consciente de que aquella conversación marcaría un antes y un después en nuestras vidas.

—Sé que a tu lado sería feliz, seríamos felices, porque yo te quiero, pero nunca he sido una mujer conformista y necesito sentir ese cosquilleo, esa sensación de estar locamente enamorada, y tú también.

—Pero yo estoy perdidamente enamorado de ti —aseguró con el rostro desencajado.

—Pues te mereces que alguien te corresponda con la misma intensidad, y esa persona no soy yo.

Ojalá hubiese podido encontrar unas palabras más apropiadas, menos directas, pero llegados a ese punto solo me quedaba la sinceridad.

—¿Qué vamos a hacer con la boda?

En sus ojos pude ver que estaba perdido. Nos desmoronábamos juntos con cada palabra.

Él había sido mi apoyo durante mucho tiempo, sin él estaría sola, pero algo dentro de mí me decía que estaba haciendo lo correcto.

—No lo sé. —Y la verdad es que no tenía ni idea, no tenía en mente la boda cuando empecé a hablar y de pronto él formulaba la pregunta.

—¿Me estás diciendo que se acabó? —En su rostro se instaló una devastadora desesperanza.

La sensación de vacío y soledad que sentía en mi interior era peor que la muerte.

Traté de decir algo, pero tuve la impresión de estar ahogándome.

—No hagas esto, por favor.

—No quiero hacerlo, pero si me caso contigo sería por las razones equivocadas, por miedo a quedarme sola, a tener que empezar de cero, porque es lo fácil. Te quiero, Julián, pero siento que nos falta algo.

—Todo esto es por él, ¿verdad?

—¿Qué?

—Por Airam.

Sumida en aquella tortura y hundida en la vergüenza, quise explicarle que él no tenía nada que ver, pero eso sería mentir, porque aunque me costase aceptarlo, Airam era la única razón por la que estaba sucediendo aquello. Si él no hubiera aparecido en mi vida y me hubiese recordado qué se siente al estar viva, yo seguiría pereciendo en mi rutina.

—Por eso te enfadaste con Bianca. —No había un ápice de interrogación en la afirmación.

¿Le habría contado algo mi amiga?

—Airam es parte de mi pasado, pero el hecho de que reapareciera en mi vida me ha recordado cosas muy importantes que he perdido, que no tengo y que, aunque aparentemente no me parecían valiosas, lo son y las quiero recuperar.

—Yo puedo darte esas cosas. —Dos lagrimones recorrían sus mejillas.

—Ojalá pudieras, Julián —dije con mis manos aferradas a sus mejillas.

Él cerró los ojos y dejó descansar su frente sobre la mía.

—No quiero perderte —susurró.

—Ni yo, pero creo que poco a poco me he ido perdiendo sola. Los años que hemos pasado juntos han sido una bendición para mí, ¡hay tantas cosas que amo de ti! Me siento muy afortunada de haberte tenido en mi vida, pero a veces las cosas no salen como esperamos. ¿Cómo iba a saber el día que, tan feliz, acepté casarme contigo que todo terminaría porque se apagó la llama? En muchos aspectos estamos bien juntos, somos compatibles, hay confianza entre nosotros... pero siento que eso no es suficiente.

Él se apartó lentamente de mí y me miró a los ojos. No me gustó nada la expresión que vi en su rostro, era un Julián completamente desconocido. Tragué saliva y miré al suelo sin saber qué más añadir.

—No entiendo cómo has podido hacerme esto. ¿Qué va a pensar la gente? —Se levantó del sofá y se puso a dar vueltas por el salón.

—Me siento fatal. No sé qué me ha pasado, de verdad... Yo quería casarme contigo —sollocé.

—¿Qué he hecho mal? ¿Qué tiene él que no tenga yo? Te he tratado siempre como una princesa, te he dado todo lo que has querido y más, he antepuesto nuestra relación a mis ambiciones laborales...

Quise decirle que eso último no era del todo cierto y que, en cualquier caso, era lo normal en una relación, pero no era momento para añadir más leña al fuego. Bastante daño le estaba haciendo ya.

—¿Sabes qué? A veces pienso que sigues siendo una niña, que te falta madurar. ¿Crees que esas mariposas van a estar ahí siempre? Eso se esfuma con el tiempo, pero no por eso se deja a una persona.

—No es solo eso —aseguré.

—Entonces ¿qué es? ¿El sexo? ¿Es por eso? ¿Has follado con él y te gusta más cómo te lo hace?

—Por favor, Julián, no hagas esto más complicado. No nos hagamos más daño, no crucemos ahora la línea del respeto.

Se llevó las manos a la cabeza, luego se limpió las lágrimas que recorrían sus mejillas de un manotazo. Nunca lo había visto tan afectado.

Nos quedamos un rato en silencio, solo se escuchaba mi llanto. Agaché la cabeza avergonzada por todo el daño que le había causado. Quizá era el momento de levantarme e irme, no podía seguir allí, era su casa.

—Será mejor que me vaya a pasar la noche a un hotel. —Me incorporé del sofá.

—No. Quédate aquí, yo me iré.

—Es tu casa, Julián.

Él me ignoró, cogió las llaves del coche, la chaqueta y salió del piso dando un portazo que hizo retumbar todo mi ser. Nada me liberaría de aquella sensación de culpabilidad.

75
IDAIRA

Había pasado ya casi una semana desde que Julián y yo rompimos. Él insistió en que me quedara en el piso el tiempo que necesitase mientras encontraba otra cosa.

El día siguiente al que debía haberse celebrado nuestro enlace, me envió un escueto mensaje: «Mañana no vayas a trabajar, es mejor que te tomes las vacaciones según lo programado». Estaba claro que no me lo enviaba el que había sido mi pareja, sino el director de la empresa.

Yo no quería vacaciones, lo que quería era olvidar todo lo que había sucedido e incorporarme a mi puesto de trabajo para que todo volviera a la normalidad, pero ¿acaso eso era posible?

Aproveché el tiempo libre para buscar pisos por internet y a través de inmobiliarias, pero encontrar algo que mereciera la pena en septiembre parecía misión imposible.

A finales de semana recibí una visita inesperada. Estaba recogiendo el piso cuando sonó el timbre. Abrí la puerta y me encontré con Isabel. Como de costumbre, todo en ella, desde el peinado hasta los zapatos, era impecable.

—Su hijo no está —dije sin invitarla a pasar.

—Lo sé. —Sonrió mostrando su perfecta dentadura, y entró.

Seguro que estaba disfrutando con la cancelación de la boda.

—¿Quiere algo de beber? No contaba con ninguna visita, así que tampoco tengo mucho que ofrecerle.

—Un té, Earl Grey, si tienes.

Asentí y fui a la cocina. Puse la jarra de agua a calentar mientras introducía la bolsita de té en una de las tazas pequeñas con plato de cerámica que ella nos había regalado. Cuando el agua hirvió, llené la taza hasta un poco más de la mitad.

—¿Y qué la trae por aquí, Isabel? —Le di el té.

—He venido a hablar contigo.

Un silencio gélido se instaló entre nosotras.

—¿De qué se trata? —pregunté, temiéndome lo peor.

—Verás, Idaira, lo que ha pasado con mi hijo...

—Es cosa nuestra —terminé la frase por ella.

—Sí, por supuesto. Ha sido muy duro para él y supongo que también para ti. Una experiencia un tanto... traumática y, como comprenderás, no podemos permitir que afecte a la empresa.

Sentí que me faltaba el aire.

—No entiendo cómo puede afectarle —dije, tratando de controlar una rabia que iba en aumento.

—Mi hijo es el director de la compañía. No estoy dispuesta a permitir que su reputación se manche, hemos luchado mucho, sobre todo durante estos últimos años, para levantar nuestra empresa —enfatizó la palabra «nuestra».

—Sí, han sido muy duros —apunté para recordarle que yo también había estado allí.

—La cuestión es que la gente está hablando, y permitir que sigas trabajando allí podría poner en peligro su autoridad.

—Pero ¿qué tontería es esa? —Alcé el tono de voz.

Ella le dio un sorbo al té sin pronunciar palabra. Quise darle un manotazo y dejarle los dientes en la taza.

Estaba claro que ese no era el motivo real por el que quería quitarme de en medio, lo había estado deseando desde el día en que empecé a salir con Julián y se le había presentado la oportunidad perfecta.

—¿Me está diciendo que me van a echar? —pregunté como si no fuese obvio.

—Idaira, por favor, no te lo tomes así, tómatelo como que tu misión en nuestra empresa ha terminado y ahora te esperan nuevas oportunidades.

Quise quitarle la taza de té y tirársela a la cara. Mis instintos más salvajes estaban a punto de aflorar.

—No pueden hacer eso, mi contrato es indefinido y no tienen un motivo objetivo para despedirme.

—No te preocupes por eso, ya he puesto a trabajar a los abogados y te pagaremos una buena indemnización para que te ahorres ir a los tribunales, lo máximo por despido improcedente.

—¿Julián sabe esto?

—Mi hijo no necesita tomar todas las decisiones, yo soy la accionista mayoritaria.

—No me haga esto, por favor —le supliqué desesperada. No podía perder lo único valioso que me quedaba en la vida.

—El presidente ya ha firmado el despido.

—No puedo creer que sea capaz de hacerme esto, yo he luchado mucho por la empresa y trabajaba en ella mucho antes de salir con su hijo.

No sé por qué seguía hablándole de usted.

—Así te sirve de experiencia. —Se incorporó y dejó la taza de té sobre la mesa—. La próxima vez, si quieres conservar tu puesto de trabajo, te lo pensarás dos veces antes de meterte en la cama con tu jefe.

Me quedé mirándola sin poder creer lo que acababa de oír. Mientras pensaba en alguna respuesta y me esforzaba por no gritarle y arrastrarla de los pelos, ella recorrió el salón haciendo sonar los tacones sobre el suelo de mármol.

Antes de abrir la puerta y desaparecer de mi vista, se giró hacia mí para despedirse con su impostada sonrisa.

—Gracias por el té. Adiós, querida. —Salió y cerró la puerta con delicadeza.

Estaba tan paralizada que no pude decirle todo lo que me habría gustado. Estuve a punto de salir al rellano para gritarle cuatro cosas, total, ya estaba todo perdido, para qué seguir manteniendo la compostura.

Odiaba a aquella vieja con aires de grandeza, la odiaba desde el primer momento, y lo que más detestaba era que se había salido con la suya. No solo no me había casado con su hijo, sino que además se había desecho de mí de un plumazo.

Nunca pensé en las consecuencias que acarrearía la decisión de anular la boda. Quería culpar a Airam por haber aparecido en mi vida y ponérmela patas arriba, pero en el fondo sabía que él no tenía la culpa, la única culpable era yo por haber construido una vida sobre unos cimientos tan poco sólidos.

Quise llamar a Julián, pero si no lo había llamado para saber cómo estaba sobrellevando todo, no iba a hacerlo para esto, además, si la bruja de su madre ya lo había decidido, él no podría hacer nada.

Una de las cosas más difíciles que hay en este mundo es evitar actuar espontáneamente cuando un violento impulso te lleva a hacer cosas de las que sabes que te arrepentirás.

Cogí la taza de té que había dejado Isabel sobre la mesa y salí al balcón. Cuando la vi aparecer, no me lo pensé dos veces y la llamé a voces.

—¡¡¡Isabel!!! —Ella se detuvo y miró hacia arriba—. Se ha dejado usted el té —dije al tiempo que le vertía encima lo que quedaba en la taza.

Varios transeúntes se alejaron y miraron hacia el balcón. Alguien me llamó loca.

—En mi tierra es de mala educación no acabarse la bebida a la que te han invitado...

—¡Eres una salvaje! —me interrumpió al tiempo que buscaba un pañuelo en su bolso para secarse el pelo. La bolsa de té se le había quedado pegada a la cabeza y yo solo quería reírme.

—Igual en eso sí tenías razón, soy una salvaje, pero una salvaje con el control de su vida y que no ha necesitado de un marido político y corrupto para llegar a ser alguien. —La gente que pasaba por la calle se la quedó mirando, ella se limitó a forzar una sonrisa—. No pensaba que pudieras llegar a ser tan rastrera, pero recuerda una cosa... quien a hierro mata, a hierro muere. —Sentí un placer indescriptible al tutearla y decirle lo que pensaba.

Entré en el piso y cerré las puertas del balcón.

Quizá que me echaran del trabajo era lo mejor. No sé si habría estado preparada para ver a Julián todos los días en la empresa.

Lo había perdido todo, a mi mejor amiga, a mi confidente y compañero de vida, mi trabajo... Ya no había nada que me retuviera en Madrid.

76
IDAIRA

Tenía dos opciones: regresar a la isla a casa de mi padre y buscar trabajo desde allí, como él me había dicho en nuestra última conversación (cosa que veía poco factible, pues la mayoría de las entrevistas eran presenciales), o que me fuera a un piso compartido hasta que encontrase algo mejor. Eso último fue justo lo que hice dos semanas más tarde.

Había encontrado una habitación bastante económica, trescientos cincuenta euros, en Malasaña. Me gustaba mucho el barrio, porque es en el que viví mis primeros años en Madrid cuando estudiaba.

Lo mejor es que solo compartiría con una chica y era bastante maja; lo peor, que ella era la propietaria del piso y tenía demasiadas normas.

La habitación era bastante amplia y contaba con un armario enorme. Sin embargo, pese a su amplitud, no era suficiente para dar cabida a toda mi ropa. Me encontraba parada frente al vestidor que compartía con Julián y no daba crédito a la cantidad de cosas que había acumulado en los últimos años.

Me propuse hacer un buen *maricondo*, nombre que mi amiga Bianca le había dado al método de una conocida escritora y del que ella misma había escrito un artículo para la revista después de donar un total de once sacos de ropa.

Empecé por los complementos, ¿realmente necesitaba todo aquello? Había joyas con la etiqueta incluso. Me quedé con una colección muy reducida. Luego pasé a los cosméticos. Y deshacerme de las decenas de barras de labios que no usaba me costó la vida, la verdad, pues soy una gran apasionada de los labiales. Las cosas de maquillaje las tiré directamente a la basura, no tenía a quien regalárselas y tampoco me parecía apropiado donar eso, no creo siquiera que exista la posibilidad. Tiré también el centenar de revistas que había ido acumulando. Por último, me puse con la ropa. ¡Qué complicado fue elegir! No me había leído el famoso libro del método, pero por lo que Bianca me contó cuando escribió sobre ello, consistía en apilar todas las prendas por categorías y luego tirar todo aquello que llevara tiempo sin ponerme.

Cuando vi las tres montañas de ropa apilada en el salón, me quise morir. No estaba muy segura de que aquello fuera una buena idea. Sin embargo, cuando a media tarde terminé, me sentí liberada. Hasta ese momento no fui consciente de lo mucho que los objetos nos esclavizan y nos roban nuestra energía y libertad.

El vestidor quedó completamente desalojado, solo con las cosas de Julián. Conseguí quedarme únicamente con cinco cajas de ropa que llevarme al piso nuevo, mientras que para donar llené un total de nueve sacos de esos grandes, de ciento veinte litros.

Abrí una botella de vino, me serví una copa y me tiré en el sofá, agotada. Decidí llamar a Julián para decirle que al día siguiente dejaría el piso. Estaba nerviosa, pues desde que se fue solo habíamos hablado una vez, el día que vino al piso a recoger ropa y otras cosas que necesitaba y, a decir verdad, resultó muy incómodo. Había esperado hasta el último momento para darle la noticia de que, por fin, después de dos semanas me iba y él podría regresar.

Desbloqueé el móvil y me quedé mirando la pantalla hasta que finalmente me decidí a llamarle. Julián respondió al tercer tono. Nos saludamos y luego se produjo un incómodo silencio que yo rompí.

—¿Cómo estás?

—Muy solo sin ti —suspiró.

El dolor en sus palabras resultaba perceptible. Por un momento flaqueé en mi objetivo y quise decirle que hablásemos, que solucionásemos aquello y volviésemos a lo que un día tuvimos, pero era imposible, porque la única solución a lo que nos pasó era aceptarlo. Aceptar que no podemos elegir de quién nos enamoramos.

—Solo... quería decirte que ya he encontrado piso.

—Qué buena noticia.

Me di cuenta de que intentaba poner un tono alegre, aunque sin éxito.

—He hecho una buena limpieza y he dejado todo despejado, mañana me llevaré mis cosas. Si te parece, puedo dejar las llaves dentro antes de salir —dije para no tener que quedar con él para darle las llaves. Me dolía mucho verlo.

—Siento mucho lo del trabajo —se lamentó.

—No hagas eso, Julián. Ya lo hablamos el día que estuviste aquí. Tú no tienes la culpa.

Julián era un hombre bueno, eso lo supe desde el principio, por eso se sentía culpable por la decisión que había tomado su madre y estaba segura de que había discutido con ella por mí.

—Es que no es justo para ti.

—Nada de lo que ha pasado ha sido justo para ninguno de los dos. Solo nos queda aceptarlo y seguir adelante.

—Cualquier cosa que necesites: una recomendación, lo que sea, por favor, no dudes en pedírmelo.

—Tranquilo, estaré bien. Entré en una empresa como la tuya sin recomendación, por mis propios medios, y estoy segura de que encontraré algo.

—Aun así, no dudes en avisarme, yo estaré pendiente por si me entero de algo. En cuanto a las llaves, sí, déjalas dentro antes de salir.

—Gracias —dije, para que supiera que me daba cuenta de la elegancia con que había aceptado mi propuesta sobre las llaves: sabía que no estaba preparada para verlo de nuevo.

Nos despedimos con frialdad. Noté cierto rencor en su tono y no me extrañaba.

Él no lo sabía, pero dejándolo le había hecho el favor más grande de toda su vida, pues a mi lado hubiera sido aún más infeliz que yo al suyo.

Después de colgar me quedé un rato allí sentada, pensando en la suerte que había tenido de conocerlo. Todas tenemos en nuestro historial a un Julián, un hombre perfecto del que nos hubiésemos enamorado si hubiéramos podido elegir. Al igual que también encontramos en ese mismo historial a un hombre tóxico, difícil o imposible, del que no nos hubiésemos enamorado si hubiéramos podido evitar elegirlo.

No todas las historias están destinadas a ser un «para siempre», pero no por ello son menos importantes. Hasta las peores dejan un aprendizaje en nosotras, con quienes sí tendremos un «para siempre», y eso es lo que cuenta.

Salí al balcón, el clima aquel octubre era fantástico. Corría una brisa cálida con olor a verano. Pensé en lo complicada que se me había puesto la vida (otra vez). Quería llorar, pero no lo hice, porque una parte de mí se sentía fuerte, decidida. Volvía a tener el control. Me tocaba comenzar desde cero, una vez más, pero en esa ocasión tenía algo con lo que no contaba diez años atrás: resiliencia, esa capacidad de sobreponerte a todo, de caer y levantarte con más fuerza aún.

Durante las últimas semanas había reflexionado mucho sobre el camino que había seguido mi vida y, a decir verdad, me sentía bastante satisfecha por haber llegado al lugar en el que me encontraba.

Ya no me avergonzaba de mi pasado, al contrario, me sentía agradecida y, si pudiera volver atrás, querría hacerlo en la misma familia, en la misma isla y en las mismas circunstancias, porque gracias a eso me he convertido en la mujer que soy, esa que apenas entonces comenzaba a descubrir.

Me había cansado de tener que demostrarle al mundo quién era, cuando en realidad esa no era yo.

Nunca llegaría a ser perfecta, pero es que ya no pretendía serlo. Había comenzado a quererme tal y como era, con mis ambiciones profesionales, con mis despilfarros en prendas caras, con mi esporádica superficialidad, pero aceptando mis raíces, porque al igual que mi pasado no me hacía menos, mis ambiciones tampoco.

Airam tenía razón, él me conocía mejor que yo misma, por eso a su lado me sentía tan bien, tan libre. Él no me juzgaba por ser a veces un poco materialista, porque él podía ver mi interior, sabía que esos detalles de mi personalidad no me hacían peor persona. Y es que desafortunadamente nadie es perfecto. Cuando todos nuestros secretos, nuestros pensamientos más ocultos, salen a la luz, quedamos expuestos, desnudos, y entonces llegan las críticas de aquellos que jamás se miran su propio ombligo.

Me preguntaba qué me depararía mi nueva vida, ¿estaría Airam en ella? Quizá esa persona a la que amamos pero rechazamos por eso que consideramos sentido común, creyendo que no es buena para nosotros, sea justo la persona correcta con la que deberíamos quedarnos. El amor es demasiado complicado como para intentar buscarle una lógica.

Noté que mi móvil estaba vibrando. En la pantalla vi «Airam». El corazón casi se me sale del pecho.

77
AIRAM

Tenía el día libre y me fui a surfear a la playa de Tebeto. Después de coger buenas olas escalé por las rocas y me senté en el único lugar en que había cobertura. A la izquierda se extendía un formidable acantilado y, al otro lado, unas colinas y un mar infinito. El horizonte azul se perdía a lo lejos. En el aire cálido se alzaba una leve cortina de arena fruto de la calima.

Cuando el padre de Idaira me contó que su hija no se había casado, no sé si me alegré o entristecí, pues sabía que eso no significaba que tuviéramos una oportunidad, aunque sí había esperanza.

Me imaginaba que debía de estar pasándolo mal, así que esperé un par de semanas antes de llamarla.

—¿Airam? —Parecía sorprendida de mi llamada.

Sentí un cosquilleo al oír su voz después de tanto tiempo.

—¿Qué tal lo llevas? Tu padre me lo ha contado —aclaré.

—Perdida, pero cada vez más cerca de encontrarme —confesó.

—Sabes que si necesitas desahogarte puedes contármelo todo, no voy a juzgarte.

—No hagas que me ponga sentimental.

—Sabes que te encanta ponerte sentimental conmigo.

—¡Imbécil! —Percibí su sonrisa al otro lado del teléfono.

—Cuéntame qué ha pasado. Tú lo quieres, lo sé, y él te ama con locura.

—No era suficiente.

—¿Por qué?

—¿Por qué va a ser, Airam? ¿Crees que después de lo que pasó entre nosotros podía volver a mi vida anterior como si nada?, ¿que me casaría con él y me olvidaría para siempre de lo que sentí aquella noche?

—Ya te fuiste una vez y conseguiste olvidarte de nosotros.

—Era diferente. Además, nunca me he olvidado de nosotros.

En ese momento solo pensé en sentirla, abrazarla, besarla, acariciarla.

—Lo peor es que me toca empezar de cero en todos los sentidos. Bianca se enfadó conmigo cuando se enteró de que..., bueno, de lo que pasó entre nosotros. Y me he dado cuenta de que era mi única amiga de verdad aquí.

—¿Se lo contaste? —pregunté.

—Más bien ella sola sacó la conclusión y yo no me atreví a negarlo, estaba cansada de mentiras.

—Entiendo. Lo raro es que no se hubiera dado cuenta antes.

—Por si superar una ruptura sola y sin amigas no fuese suficiente, también me he quedado sin trabajo.

—¿Cómo que te has quedado sin trabajo?

—La madre de Julián es la accionista mayoritaria y consiguió que me pusieran de patitas en la calle.

—Vaya, lo siento —dije como si eso fuera a consolarla.

—Pero, bueno, poco a poco, las cosas van tomando su cauce. Ya he encontrado un piso, compartido, claro, porque ahora mismo, sin trabajo, no me puedo permitir vivir sola y tampoco es que haya muchas opciones. Así que mañana me mudo.

Me encantaba su fortaleza, la capacidad que tenía de afrontar situaciones límite.

—¿Sabes lo que tienes que hacer? Volver a la isla —dije en tono broma-verdad, aun sabiendo su repuesta.

—No puedo volver.

—¿Por qué?

—Sería como retroceder, como si todo por lo que he luchado y todo lo que he conseguido... No..., no puedo volver al inicio.

—No lo veas como un retroceso, sino como un avance, ahora vuelves con mucho vivido, con la experiencia que te han dado estos años, con tus estudios. Yo sé que en el fondo echas de menos esto. Tú aquí eras feliz. ¿A qué tienes miedo?

—Tengo miedo a dejar de vivir —confesó, y escuché un sollozo.

—Esto no es una cárcel, puedes salir y entrar cuando quieras, viajar, puedes trabajar, puedes vivir en una casa grande junto al mar...

—Suena tan idílico.

—Es que la vida puede ser idílica si tú te dejas sorprender. Vente a pasar unos meses al menos.

—No puedo.

—¿Por qué? ¿Qué te lo impide? No tienes trabajo, vas a vivir en un piso compartido con una desconocida...

—Gracias por recordármelo, ahora mismo quiero llorar.

—Anda, vente. ¿Desde cuándo no haces este tipo de locuras?

—Desde que me fui de la isla y lo dejé todo.

—¿Y mereció la pena?

—¿Perderte?

—Irte —aclaré.

—Sí, por supuesto que ha merecido la pena, porque me he convertido en una mujer independiente, he conseguido terminar una carrera, un máster y encontrar trabajo que, aunque no fuera el de mis sueños, se acercaba bastante. Había alcanzado la estabilidad laboral y económica que siempre había querido.

—Pues quédate con eso. Ahora lo que necesitas es otra locura, ¿quién te dice que aquí no puedas encontrar la felicidad plena? Las cosas han cambiado. Sé que podemos con esto. Sé que puedo hacerte feliz.

No sé cómo me atreví a hacerle esa confesión.

—La cuestión es si yo puedo hacerte feliz a ti, no es fácil lidiar con alguien como yo... No sé si puedo ser la mujer que quieres que sea, he cambiado mucho, Airam —confesó con la voz rota.

—No me importa cómo seas, conozco tu corazón, tu esencia, y eso permanece. Si es verdad que has cambiado tanto, déjame descubrirte. Sabes que fuimos muy felices juntos...

¿En qué momento aquella conversación había adquirido aquel tono?

—Lo fuimos mientras viví allí, y no estoy preparada para volver. No lo descarto en un futuro, pero antes necesito sentirme plenamente realizada, quiero haber exprimido todas las oportunidades.

—Aquí también hay oportunidades.

—Seamos realistas, Airam.

—Podemos intentarlo en la distancia.

—Ya lo intentamos y no funcionó. Necesito estar sola un tiempo, tengo miedo a desconectarme de mí misma después de lo que ha pasado y de aferrarme a ti. Yo te quiero, Airam, puede que haga mucho que no te lo digo, pero te quiero como jamás he querido a nadie, como jamás querré, pero sabes que también me quiero demasiado a mí misma y no siento que sea nuestro momento.

Experimenté una dolorosa sensación. Cuanto más me esforzaba en atraerla, más la alejaba. Resultaba tan fatigoso, tan doloroso... Me sentí tan cansado... Pero, a pesar de todo, seguía teniendo fe en que algún día Idaira volviera a mí. Que aceptara que la felicidad son instantes y que estar conmigo no mermaba su libertad y ni mucho menos impediría que se realizara como mujer.

—Está bien, lo entiendo —desistí por el momento.

—Créeme que esto es muy difícil para mí, la noche que hablé con Julián lo primero en lo que pensé fue en llamarte, en pedirte que vinieras a buscarme para refugiarme en ti, pero entonces supe que eso sería muy egoísta por mi parte, otra vez, y que no te mereces eso, sino mucho más.

—Creo que has sido muy valiente al no casarte con Julián y pasar por todo esto sola.

—¿Sí?

—Sí.

—¿Sabes lo que creo yo? Que un día me daré cuenta de que lo único que necesito para ser feliz eres tú, te iré a buscar a la isla y entonces tú me dirás que ya te has cansado de esperar y que nuestro tiempo ya pasó, y entonces me arrepentiré el resto de mi vida —confesó con un tono melancólico.

Sentí un escalofrío al escucharle decir eso.

—Creo que te has dado cuenta ya —aseguré.

Ella permaneció en silencio unos segundos.

—No —musitó.

—Sí, de lo contrario no harías una reflexión como la que acabas de hacer. Sé que es lo que sientes, pero algo no te lo permite. Quizá el miedo a que no funcione, a lo desconocido, a que no sea suficiente para ti, a perder el control...

Hubo otra pausa.

—¿Tan claro lo tienes tú? ¿Tanta confianza tienes en ti?

—No en mí, en nosotros —aclaré—. La seguridad y la inseguridad van de la mano. ¿No te has parado a pensar en que quizá no eres tan libre como crees, que estás renunciando a tu libertad por culpa del miedo?

—Tengo que dejarte, hablamos pronto, ¿vale? —dijo de repente.

—Cuídate mucho, Idaira, y llámame de vez en cuando.

—Lo haré.

Nos despedimos y colgó. ¿Había dicho algo que pudiera molestarla?, ¿o era solo que no quería o no estaba preparada para alargar más aquella conversación?

Caminé por las rocas con cuidado y regresé a la orilla, donde había dejado mi tabla junto al resto de cosas.

Siempre había sabido que Idaira me rompería el corazón, lo supe desde el primer día, lo que ignoraba es que pudiera rompérmelo más de una vez.

78
IDAIRA

Estábamos ya en diciembre, me había pasado los últimos meses haciendo entrevistas sin éxito. Estaba desesperada. Afortunadamente la indemnización que me habían dado era considerable y eso, junto con los pocos ahorros que me quedaban después de pagar la deuda de mi padre, me quitaba una gran preocupación a corto plazo en lo que al dinero se refería.

Esa mañana tenía una entrevista para una conocida multinacional. Durante la última semana me había volcado por completo en prepararme y me pasé los días en la biblioteca, lo que no tardó en pasarme factura, pues estaba agotada, tenía ojeras y los nervios a flor de piel.

Sara, mi compañera de piso, me deseó suerte antes de salir de casa.

—Vas ideal, seguro que te seleccionan.

—Ojalá.

Me despedí de ella y cogí un taxi hasta las oficinas. Al llegar, la recepcionista me pidió que tomara asiento. Había dos candidatas, ambas más jóvenes que yo, no sabía si eso era buena o mala señal.

Por más que intentaba tranquilizarme no paraba de preguntarme si estaría a la altura. Después de varios meses acudiendo a entrevistas y siendo rechazada una tras otra, mi moral estaba por los suelos. Tenía miedo a olvidarme de los conceptos técnicos que requería el puesto o a decir algo fuera de lugar que me descalificara del proceso de selección.

Una mujer salió y me pidió que entrase a su despacho, era la directora de recursos humanos. Desde el minuto cero me transmitió mucha confianza y eso hizo que me relajara. Me formuló las típicas preguntas básicas con relación a mi currículo: ¿por qué decidiste estudiar Derecho?, ¿qué te llevó a especializarte en asesoría jurídica de empresas?, ¿qué es lo que más te gusta de este trabajo?, ¿por qué dejaste tu último empleo? Ella iba haciendo anotaciones en los márgenes de mi currículo al tiempo que lo iba leyendo. Cuando llegamos a esa última pregunta y vio que me quedaba callada, fijó la vista en mí. Me había inventado una respuesta muy buena que había dado en mis anteriores entrevistas, pero estaba claro que algo fallaba, así que decidí improvisar y por primera vez opté por ser sincera.

—Verá, es una historia un poco rocambolesca. La cuestión es que cuando terminé el máster, después de hacer las prácticas, conseguí entrar a trabajar en esa empresa. Al poco tiempo me enamoré del director, nos enamoramos. Íbamos a casarnos el pasado mes de septiembre, pero unos días antes de la boda comencé a tener dudas de si eso era lo que realmente quería y al final decidí cancelarla. Su madre, que es la accionista mayoritaria, tomó medidas y me echó de un trabajo que con tanto esfuerzo y sacrificio yo había conseguido sin ayuda de nadie. Pero esto me ha servido de mucho. Ahora ya sé por qué la gente dice que mezclar trabajo y relaciones no es buena idea. —Sonreí para darle un toque de humor.

Ella pareció sorprendida con mi respuesta y sonrió, aunque no dijo nada al respecto. Me habló del tipo de contrato y del salario y me preguntó si tenía alguna duda. Le dije que no.

—Muchas gracias, Idaira. —Se levantó para acompañarme a la salida—. Te llamaremos mañana si resultas seleccionada.

—Gracias. —Me despedí con una sonrisa.

Eran casi las dos cuando salí de las oficinas. Decidí ir a tomarme un vino a Bicai, el afterwork al que solía ir con Bianca y que quedaba cerca. Lo que nunca imaginé fue encontrármela allí tomando algo con Carlos. Ambas nos miramos. Por un momento pensé que giraría la cara, pero entonces se incorporó y nos acercamos la una a la otra.

Así es la balanza de la amistad, se inclina hacia el lado que pesa más de forma natural. Al fin y al cabo, todas las buenas amistades tienen sus altibajos, lo que importa es el sentimiento que perdura en el corazón, y eso es lo único que necesitábamos para estar unidas nuevamente.

Mi amiga y yo nos fundimos en un fuerte abrazo que me enterneció hasta el punto de emocionarme.

—¡Cuánto me alegro de verte! —confesé aún entre sus brazos—. Fui una tonta al permitir que sucedieran las cosas de ese modo, no sabes lo arrepentida que estoy, solo espero que me puedas perdonar algún día, para mí eras y seguirás siendo mi mejor amiga.

—Siento mucho no haber ido a tu boda. Créeme que cuando llegó ese día y vi mi vestido en el armario, el corazón se me encogió, estuve a punto de llamarte —susurró antes de apartarse—. ¡Mírate, estás guapísima! El matrimonio te ha sentado genial, aunque no estuviera yo allí para verte dar ese gran paso. Me he perdido el día más importante de tu vida. Te he echado mucho de menos.

Tenía los ojos humedecidos.

—No fuiste la única que se perdió mi boda. Veo que no te has enterado.

—¿De qué?

—No me casé.

—¿Cómo que no te casaste?

—Es complicado... Y tampoco trabajo ya en la empresa.

—¿No? Entonces ¿qué haces por esta zona?

—He venido a una entrevista aquí al lado.

—Madre mía, siento mucho no haber estado a tu lado, te dije cosas muy feas y...

—No tienes que disculparte, Bianca. Yo tampoco actué bien. Te hice daño, aunque jamás fue mi intención.

—Ven, siéntate con nosotros. Ya conoces a Carlos, ¿no?

—Sí —dije mientras me acercaba a él y le daba dos besos.

—Estamos juntos —anunció mi amiga feliz.

—¿En serio? ¡Qué alegría!

Mi amiga llamó al camarero y pedí un vino. No podía creer que estuviésemos allí de nuevo, juntas, como si el tiempo no hubiera pasado. No fue hasta ese momento, en el que experimenté aquella felicidad, que me di cuenta de lo mucho que la quería.

Me contó su historia con Carlos y lo felices que eran. Se les veía radiantes.

—Entonces ¿estás con Airam? —preguntó con naturalidad.

Negué con la cabeza. No quería decir nada inapropiado delante de Carlos.

—No te preocupes, puedes decir lo que quieras, él sabe toda la historia —aclaró mi amiga y yo me avergoncé.

—Que sepas que cuando Bianca me contó lo que pasó entre vosotras, te defendí a ti —dijo Carlos guiñándome un ojo para ganarse mi confianza.

—Sí, eso es cierto —corroboró Bianca—. He estado a punto de llamarte en más de una ocasión, pero... ya sabes, tengo mis defectos, soy muy orgullosa.

—Te entiendo.

—Pero... ¿por qué no estás con Airam si él está enamorado de ti?, ¿no es recíproco?

—Es complicado. Somos amigos, al menos hemos recuperado eso. Ha sido un apoyo fundamental para mí durante estos meses.

—¿Y os habéis visto?

—No, no lo veo desde... —enmudecí—, desde agosto. Pero hablamos casi a diario por teléfono y lo veré en dos días, porque se va a pasar el verano a Australia y como tiene que coger el vuelo desde aquí, pues se viene un día antes para verme y estar juntos.

—¿El verano?, pero si estamos en diciembre.

—Sí, allí acaba de empezar el verano.

Ambas reímos.

—¡Qué suerte! Él vive en un verano permanente. ¿Y cuándo vuelve?

—En febrero.

—Si te soy sincera, no entiendo por qué no estás con él si al final no te casaste. Me sorprende mucho.

—Yo tampoco. —Sonreí—. Supongo que a veces las cosas son más complicadas.

—O nosotros las hacemos complicadas.

—También.

—Bueno, y cuéntame, ¿de qué es el trabajo?

Mi amiga y yo nos pusimos un poco al día de nuestras vidas. Parecía muy feliz.

Carlos propuso un brindis.

—¡Por vosotras! —exclamó levantando su copa.

—¿No habíamos brindado ya por eso? —dije entre risas, algo achispada por las tres o cuatro copas de vino que llevaba en el cuerpo.

—Pues por el amor —añadió Bianca.

El resto de la tarde se resumió en una sucesión de anécdotas divertidas y recuerdos de lo que había sido nuestra amistad.

79
IDAIRA

Al día siguiente amanecí con un dolor de cabeza terrible. Cuando miré el móvil vi que tenía un mensaje de Airam de la tarde anterior:

> ¿Cómo ha ido la entrevista? Espero que bien. En dos días te veo. ¡Qué ganas!

Dejé el móvil sobre la mesita de noche con la intención de responderle más tarde. Antes tenía que hacer mis necesidades, pues el estómago me pedía a gritos expulsar el exceso de alcohol. En ello me encontraba cuando, desde el aseo, escuché el teléfono sonar. ¡Mierda! En qué mala hora había decidido dejarlo en la habitación. Cogí papel y me limpié a toda prisa sin haber terminado de hacer lo que estaba haciendo. Corrí hasta la habitación porque tenía el presentimiento de que podían ser noticias de la entrevista.

—¿Sí? —respondí agitada, justo cuando pensé que se cortaría la llamada.

—Buenos días, Idaira, ¿te pillo en buen momento?

«No, querida, estaba cagando y me estoy muriendo de los retortijones de barriga que tengo, porque ayer me bebí hasta el agua de los floreros, así que más te vale darme una buena noticia», pensé.

—Por supuesto que sí, dígame —dije con una sonrisa, por si esta podía percibirse a través del teléfono.

—Solo quería decirte que el puesto es tuyo y que te esperamos el lunes que viene en la oficina.

Quise gritar, saltar y bailar en ese mismo instante, porque nada me hacía más feliz que conseguir aquel trabajo. Por fin, después de meses, volvería a incorporarme al mundo laboral.

Regresé al baño tan pronto colgué, porque tanto movimiento hizo que mi intestino se alterara.

Aproveché para escribirle un mensaje a Airam y darle la noticia:

> El puesto es mío, qué feliz estoy. Deseando que llegue mañana para verte y celebrarlo juntos.

80
AIRAM

Me alegraba por Idaira, pero una parte de mí tenía la esperanza de que aceptase a última hora venirse conmigo a Australia si no encontraba trabajo. Ella, aunque no había dicho que sí, veía razonable desconectar unos meses, pues nada la retenía en Madrid, pero el hecho de que le hubieran dado el puesto lo cambiaba todo. Idaira jamás dejaría un trabajo como ese por amor. No podía insistirle, sabía lo feliz que le hacía, por lo que solo me quedaba aceptar que nosotros no tendríamos un «para siempre» convencional y digo convencional porque mi amor por ella sería eterno, al igual que sabía que ella me querría a mí hasta el fin de sus días. Quizá eso bastara, al menos la había recuperado como amiga y lo importante era tenerla en mi vida.

Yo era feliz, estaba tranquilo con las decisiones que había tomado y a punto de vivir el sueño de mi vida. Compartirlo con Idaira era pedir demasiado, me conformaría con hacerlo en calidad de amigo y a distancia.

Ella también sería feliz, por fin había encontrado el trabajo que llevaba meses buscando, sabía lo que significaba para ella sentirse realizada a nivel profesional. Tener independencia económica. A veces tenía la sensación de que estaba tan centrada en su vida laboral que se olvidaba de ella misma, de lo que su corazón realmente le pedía. Olvidaba que amar la hacía más grande.

81
IDAIRA

Era la una del mediodía, ya estaba casi lista. Solo me quedaba terminar de hacerme las ondas en el pelo. Me había pasado la mañana recogiendo la casa, ordenando mi habitación, cambiando las sábanas y eligiendo modelito. ¿Por qué me preocupaba tanto qué ponerme si solo era Airam? Abrí el armario. Todo estaba tan ordenado que de un vistazo podía ver lo que tenía, aunque en ese momento nada me parecía apropiado. Me decidí por una lencería de seda y encaje en color negro. Elegí un jersey de algodón crudo, unos vaqueros tobilleros de pitillo negros y zapatos de tacón en tono nude. Un estilo sencillo pero elegante. Para completar el look me puse un abrigo de paño en tono rosa palo.

Airam estaba a punto de llegar, le había dado la dirección de mi casa para que viniera en uber directamente, así podría dejar las maletas e irnos a comer y pasar el día juntos.

Miré el móvil, no tenía ningún mensaje suyo. Justo en ese momento sonó el telefonillo.

—Sara, ¿te importa abrir abajo? Debe de ser Airam —grité desde el baño mientras terminaba de ondularme la última capa de pelo a toda prisa.

Desenchufé la plancha y salí antes de que Airam llegase a la puerta del piso. Me miré en el espejo que había en la entrada. No me sentí muy conforme con el maquillaje, quizá era demasiado natural.

Sonó el timbre y di un respingo. El corazón se me desbocó. Suspiré antes de abrir la puerta.

Una oleada de recuerdos me abofeteó la cara. Qué diferente era verlo en persona. Estaba guapísimo, tenía el pelo más corto de lo habitual y más castaño. Me alegraba de verlo de una manera que no soy capaz de explicar. No sé, era mucho... Demasiado... Siempre.

Lo miré fijamente, luchando con todas mis fuerzas para no abalanzarme sobre él, y me perdí en esos penetrantes ojos azules que parecían dos burbujas de aguas tropicales. No era el color, sino lo que me transmitían.

Con Airam solía ser así. A veces, con una sola mirada, sabía todo lo que me quería decir. Allí parada, frente a él, me sentí vulnerable.

—Ven aquí. —Y como si tirara de un hilo invisible nos fundimos en un prolongado abrazo que me reconfortó por dentro.

—Te he echado de menos —susurré.

Él pareció relajarse entonces.

Cuando nos separamos, volvimos a mirarnos como si aún no creyéramos que estuviésemos el uno frente al otro, en carne y hueso.

—¡Estás guapísima!

Sonreí nerviosa, me sentía como una adolescente.

—Bueno, ¿qué?, ¿no me vas a invitar a pasar?

—Por supuesto. —Sonreí y me hice a un lado.

Él pasó junto a mí en dirección al salón, donde se encontraba mi compañera. Cerré la puerta y caminé tras él.

—Esta es Sara. Y este es Airam... —Ambos nos miramos y sonreímos—. Algo más que un viejo amigo, ¿no?

—Sí, mucho más —añadió Airam.

—Encantada. —Sara se levantó del sofá y le dio dos besos—. ¿Vais a comer fuera?

—Sí, a ver dónde me lleva la anfitriona... —Airam me miró de tal manera que me estremecí.

¿Cómo era posible que consiguiera causar ese efecto sobre mí?

—Deja la maleta aquí, en mi habitación —dije invitándolo a pasar.

—Vaya, qué bonita. ¿En esta cama vamos a dormir esta noche? —preguntó pícaro.

—Anda, calla, que todavía te mando al salón.

Se asomó al balcón que daba a una calle bastante concurrida.

—¿No te molesta el ruido? —preguntó.

—Por la noche para y por el día suelo estar en el salón.

—¡Qué frío hace en Madrid, joder! —Entró en la habitación y cerró la puerta. Al hacerlo se pilló el dedo con el postigo—. ¡Mierda! —se quejó.

—¿Estás bien? —Contuve la risa.

—No, me he hecho sangre.

Me acerqué a él, preocupada.

—A ver —dije para que me mostrase la mano.

Él comenzó a hacerme cosquillas.

—No hagas eso, sabes que me da coraje —grité, pero él continuó hasta que nuestros labios estuvieron demasiado cerca.

Antes de que su boca alcanzara la mía, me alejé.

—Vámonos, que tengo la reserva a las dos.

—¿Me vas a llevar a uno de esos restaurantes pijos? —Me miró entornando los ojos.

No respondí.

Cogimos el metro en Noviciado hasta Ópera; caminando, apenas eran veinte minutos, pero con tacones sería un suplicio e igual ni llegaba.

Airam me estaba contando una de sus últimas aventuras cuando el pitido que avisaba del cierre de las puertas comenzó a sonar.

—¡Ay! ¡Esta es nuestra parada! —Lo agarré del brazo y tiré de él justo antes de que se cerraran.

Caminamos hasta la plaza del Conde de Miranda y almorzamos en Amicis, un restaurante informal y elegante que me encantaba, tanto por su concepto de diseño contemporáneo, con paredes de ladrillo y piedra vistosa en las que siempre había obras de arte, como por sus platos.

Mientras comíamos, Airam me contó los detalles de su ruta por Australia. Parecía muy ilusionado. Yo le hablé de las características de mi nuevo contrato. En realidad, era como que no hubiésemos hablado en meses cuando lo habíamos hecho a menudo por teléfono. Nos pisábamos al hablar, reíamos y recordábamos anécdotas.

Él quería ver a su amigo Dani por la tarde, pero yo le pedí que fuera solo, pues no me sentía cómoda quedando con él porque también era amigo de Julián y seguían trabajando juntos. Airam lo entendió y decidió no quedar pese a que insistí y le dije que no me importaba, que podía esperarlo en casa o tomando algo sola.

—Quiero aprovechar cada minuto contigo —fue su última respuesta.

Cuando terminamos, dimos un paseo para bajar la comida. Caminábamos a un ritmo alegre, estimulado por el suave viento que corría.

Paseamos por el Palacio Real. Los últimos rayos de luz se reflejaban en el asfalto mojado. Los pájaros lanzaban agudos gritos y jugaban sobre las ramas de los árboles. Las sombras del nostálgico invierno lo invadían todo.

Pasamos por delante de una tienda y se me ocurrió una idea. Le pedí a Airam que me esperase fuera. Entré y compré una botella de champán y un paquete de copas de plástico que parecían de cristal. Guardé todo en el bolso y no le dije nada. Él me miró extrañado.

Fuimos al templo de Debod. Ya había anochecido cuando nos apoyamos sobre la baranda que hay en el extremo de la explanada desde donde se contempla, al fondo, un arsenal de árboles y la increíble imagen del Palacio Real y sus jardines. Una fría y delicada luz hacía visible, en mitad de la oscura noche, aquella obra de arte.

Saqué la botella del bolso envuelta en una bolsa de papel y se la di a Airam para que la sujetara. Él, en un lindo gesto, vertió el contenido en las copas que yo sostenía; la espuma emergió con fuerza.

Airam dejó la botella en el suelo y se hizo con una de las copas.

—¿Por qué brindamos? —preguntó.

—Por nuestro futuro.

—¿Juntos o separados?

Aquella pregunta rompió la magia del momento.

—Hay cosas que no podemos elegir... —dije agachando la mirada.

—¿De verdad lo crees?

—Sí.

—Yo lo que creo es que estamos destinados a estar juntos y que, por más que te niegues a aceptarlo, el destino siempre acabará reuniéndonos, ¿no te das cuenta?

—Tal y como lo dices suena muy bonito, pero en la práctica es diferente.

—Vente conmigo a Australia.

—Sabes que no puedo hacer eso.

—¿Por qué?

—Airam, ya lo hemos hablado, no puedo irme y menos ahora que por fin he encontrado trabajo. Ya no somos niños y esta es la decisión adulta.

—Pero me dijiste...

—Te dije que lo pensaría y eso fue antes de tener esta oportunidad.

—Está bien, no voy a intentar convencerte. Al menos tendremos una despedida en condiciones. —Alzó su copa y brindamos.

Luego me agarró de la cintura y tiró de mí.

—Porque no pretenderás que me vaya sin besarte, ¿verdad?

Su boca, impaciente, se abalanzó sobre la mía. Fue un beso suave, perfecto en su quietud. Oh, Dios, allí estaba de nuevo aquel cosquilleo, como mariposas silenciosas surgidas de mi propia alma.

Todo mi cuerpo ardió de placer, como si una llama se prendiera en mi interior. Sin embargo, en el pequeño núcleo de esa llama anidaba la incesante angustia de querer convertir en permanente lo efímero. Aquella sensación inevitablemente estaba destinada a apagarse. Me pareció escuchar mi propio lamento. Pero ¿qué importaba? No podía rehusar sucumbir a semejante placer.

Mi mente se apagó poco a poco y simplemente me dejé ir. Airam me sostenía al tiempo que nuestras bocas se fundían en un apasionado beso.

Una apacible lluvia nos envolvió.

—Está lloviendo —anunció él con voz calmada.

Lo miré como si todo lo que sucediera a nuestro alrededor careciese de sentido. Contemplé las vistas, admirando la belleza del lugar, y pensé: «¿de qué sirven todos los placeres que la vida nos ofrece si no tenemos con quién compartirlos?».

Nunca me había planteado amar así a alguien y, sin embargo, ahí estaba, perdidamente enamorada de él. Jamás pensé en cuál sería mi final con él hasta ese momento, o si la felicidad estaba en las cosas más pequeñas cuando siempre la había buscado en las más grandes.

—¿Sabes cuál es mi recuerdo favorito de ti? —le pregunté sin venir a cuento.

—Sorpréndeme.

—La primera vez que nos besamos, ¿lo recuerdas?

—Sí, fue al atardecer, una noche que habíamos ido en mi autocaravana a ver la lluvia de estrellas.

—Después de que me tocaras aquella canción que habías compuesto para mí.

—*Mil veranos contigo.* —Su voz sonó nostálgica.

Solo después de las lágrimas derramadas, de las adversidades superadas y de muchos veranos sin él, te das cuenta de que has encontrado el amor verdadero y de que ese tipo de amor no se desgasta con el tiempo, no se acaba ni se enfría con la distancia.

—¿Cómo es posible que siga sintiendo lo mismo que aquel día después de todos estos años?

—Del amor no se puede escapar.

—Tengo miedo, Airam. Miedo a no ser feliz nunca con nadie, a no poder olvidarte.

—Entonces no me olvides, ¿por qué no me dejas demostrarte que puedo hacerte feliz?

—Porque sé que no funcionaría.

—¿Por qué estás tan segura?

—No lo sé, es que somos tan diferentes... Y no quiero volver a pasar por ese sufrimiento. No te imaginas lo mucho que me costó superar nuestra ruptura. Creí que me moriría sin ti.

—¿Sabes lo que creo? Que luchas a contracorriente y que, por alguna razón que desconozco, no quieres aceptar que a mi lado serías la mujer más feliz del mundo. Cuando estuviste en la isla y surfeamos juntos, tu cara me lo dijo todo: hay anhelo de esa vida en ti.

No supe qué responder. Preferí guardar silencio a decir palabras intrascendentes.

—Te conozco, Idaira. Quieres tenerlo todo bajo control, te encanta, por eso rehúsas nuestro amor, porque ahí te sientes perdida, tus emociones te superan y te pones excusas como el trabajo o que somos diferentes.

—Será mejor que nos vayamos, nos estamos mojando —dije intentando zanjar aquella conversación que me estaba acongojando.

Intercambiamos una significativa mirada para determinar qué debíamos hacer. En ese momento supe que nuestras emociones siguieron distintos caminos.

—Sí, parece que está apretando —musitó refiriéndose a la lluvia.

82
AIRAM

Avanzamos a trompicones por el pasillo, besándonos en cada rincón hasta entrar en su habitación. Me empujó sobre la cama y me miró con deseo. Me volvía loco verla así, tan salvaje, tan sexy, tan decidida.

Primero se quitó los tacones, luego el abrigo, y siguió deshaciéndose de sus prendas hasta quedar completamente desnuda. Me quedé sin respiración al ver su perfecto cuerpo después de tanto tiempo.

Me desabrochó el botón de los pantalones y se arrodilló.

—¿Te gusta verme de rodillas delante de ti? —preguntó con voz sensual y mirándome con deseo.

—Mucho.

Temblé cuando pasó su lengua por mi erección. No pude dejar de contemplar cómo lo hacía. Estuve a punto de explotar, pero ella se detuvo en el momento preciso.

Se deshizo de mis pantalones al tiempo que yo me quitaba la camiseta y me quedaba completamente desnudo.

Me incorporé para aferrarla, pero ella de nuevo me dio un empujón para que continuara tumbado.

—Déjame a mí —ordenó.

Aquel gesto me puso a mil. Se sentó a horcajadas sobre mí y su sexo acogió el mío.

Buscó los lunares de mi piel, esos con los que dibujaba constelaciones cuando apenas éramos unos críos y los besó mientras yo me hundía en ella.

Qué familiar me resultaba su cuerpo. Lo conocía de un modo en que nunca llegué a conocer el de ninguna otra mujer.

Sus gemidos se fundían con el repicar de la lluvia en los cristales de la ventana, al tiempo que sus caderas chocaban contra las mías con vehemencia.

Mis manos se enredaron en su pelo y las suyas entrelazaron mi cuerpo con fuerza cuando el orgasmo la sacudió por dentro.

Hundí mi rostro en su cuello, donde su pulso aún latía acelerado, y arremetí una vez más después de estallar.

Nos quedamos tumbados, mirándonos, sin decirnos nada, porque hay miradas que son besos y besos que dicen te amo.

Fue la mejor forma de despedirme de ella.

83
IDAIRA

Apenas pude dormir en toda la noche. No paraba de darle vueltas a todo lo que habíamos hablado durante esos últimos meses, a la idea de irme con él a Australia, de buscar un trabajo en algún hotel de la isla o trabajar desde casa, sonaba tan bien... Pero no era más que una utopía. Si ya resultaba difícil encontrar trabajo en una ciudad como Madrid, no quería imaginarme en Fuerteventura.

Me sentía bien con lo que tenía. Había intentado levantarme con energía y buena cara cada mañana durante los últimos meses, luchando por encontrar un trabajo, y lo había conseguido. De nuevo volvía a tener todo con lo que siempre había soñado.

Miré mi móvil, el reloj marcaba las siete. Tuve la sensación de que el tiempo se nos acababa.

Me levanté de la cama y cogí una libreta y un boli. Me encerré en el baño y le escribí una nota. Habíamos quedado que no lo acompañaría al aeropuerto, ya pasé por eso cuando nos despedimos en la isla y no iba a pasar dos veces por aquello. Era demasiado doloroso.

Cuando terminé de escribirle aquella... carta, arranqué la página de la libreta y la doblé con cuidado. Salí del baño y regresé a la habitación. Busqué un sobre y metí en él la hoja doblada.

Me quedé observando durante un rato cómo Airam dormía en mi cama, luego lo desperté con un beso. Me pidió que me duchara con él y acepté.

Hicimos el amor en la ducha, lento, como si no quisiéramos terminar nunca. Fue tan profundo... Algo mucho más que una simple conexión física. Sin esperarlo, me vi superada por todos esos sentimientos y sensaciones con los que no sabía qué hacer y empecé a llorar. Por suerte, el agua de la ducha camufló mis lágrimas.

Nos vestimos y preparé un café que nos tomamos en silencio. No sé por qué, pero mi mente retuvo esa imagen: él sentado en el taburete, sus grandes manos sujetando la taza, sus labios entreabiertos, el olor a café recién hecho y sus chispeantes ojos perdidos en la nada. Supongo que porque tenerlo allí se salía de mi rutina diaria o porque pensar que podría ser la última vez que lo viera hacía que esos pequeños detalles tomaran otro valor.

Me acerqué a él y lo abracé por detrás. Apenas se movió. Besé la piel de su cuello antes de soltarlo. Él se incorporó y buscó algo en su macuto.

—Te he traído un regalo —dijo entregándome un sobre cerrado.

—¿Una carta? —pregunté sorprendida.

—No lo abras hasta que me haya ido —me rogó sin darme más detalles del contenido.

—Yo también te he escrito algo. —Busqué el sobre con mi carta y se lo entregué—. No lo abras hasta que estés en el avión.

Él le dio un último sorbo al café y guardó el sobre en el bolsillo del abrigo, se lo puso y se colgó en el hombro la bolsa de mano. Cogió la maleta y la arrastró por el pasillo. Lo acompañé a la puerta con el corazón encogido.

—No vayas a llorar —me pidió mirándome a los ojos.

Yo negué con la cabeza, pero las lágrimas ya habían aflorado; las sequé antes de que recorrieran mis mejillas.

—Si te arrepientes, siempre puedes venir a buscarme a Australia —bromeó.

—Eso si antes no te enamoras de una australiana, dicen que son las mujeres más hermosas de Oceanía.

—Sí, algo he escuchado. —Levantó una ceja pícaro.

Le di un manotazo y él me abrazó.

—Sé feliz y disfruta mucho de esta experiencia —dije, y sollocé entre sus brazos.

—Tú también. Te mereces lo mejor, eres una mujer brillante, no seas tan dura contigo misma ni tan exigente.

—Lo intentaré —dije cuando me separé de él.

—Adiós, Airam. Te quiero.

—Adiós, Idaira.

Me dio un corto beso en los labios y se fue. En cuanto salió por la puerta, supe que jamás lo volvería a tener como esa noche. Él ya había esperado mucho por mí, había tenido demasiada paciencia y había luchado más de lo que cualquier hombre estaría dispuesto a luchar por una mujer.

Entré en la habitación y me di cuenta de que el vacío que había intentado llenar en mi vida seguía estando ahí, en lo más profundo de mi pecho.

Me tumbé en la cama y percibí su olor impregnado en las sábanas. Sentí un anhelo extraño.

Noté algo en mi espalda, era el sobre que me había entregado Airam, lo tomé entre mis manos y lo abrí con delicadeza. En su interior no había una carta como yo pensaba, sino una foto. Nuestra foto. La única que nos habíamos hecho juntos en todos esos años. La tomó su padre por sorpresa con aquella cámara Kodak que se acababa de comprar con la que fotografiaba todo a su alrededor. En ella aparecíamos Airam y yo sentados en un banco de madera, sobre el que habíamos dejado nuestras tablas de surf después de un día de buenas olas. Nuestros bronceados cuerpos estaban de espaldas, mirando al mar, contemplando la puesta de sol. Disfrutábamos de nosotros, de la pasión y el amor que nos unía. Mi cabeza descansaba sobre su hombro y mi pelo, ondulado por el agua del mar y aclarado por el sol, cubría parte de su espalda. Nos queríamos en silencio...

Era una imagen preciosa que transmitía paz y tranquilidad; casi me parecía escuchar el ronroneo de las olas con solo contemplarla. Ver aquella fotografía de nosotros me hizo conectar de una forma espiritual con mi niña interior. Me sumergí en la esencia de aquella muchacha que un día fui.

Nos echaba de menos.

—¿Te ha dejado una carta? —preguntó Sara, que apareció en la puerta de mi habitación.

—En realidad, sí, una carta en forma de foto.

—¿Y qué significa? —Frunció el ceño.

—Que una imagen vale más que mil palabras.

84
AIRAM

El coche estacionó frente a la terminal de salidas y el conductor se bajó para sacar mi equipaje del maletero. Antes de marcharse me deseó que tuviera un buen vuelo.

Inquieto, entré en el aeropuerto. Nunca me había embarcado en una aventura tan emocionante, tampoco había volado tantas horas seguidas.

Fui al mostrador de facturación y me puse a la cola. Una vez que facturé, me dirigí al control de seguridad. Busqué en las pantallas la puerta de embarque, pero como había llegado demasiado pronto aún no aparecía.

Tomé asiento en una cafetería y los recuerdos del día anterior con Idaira me invadieron. No podía quitármela de la cabeza, pero tenía que ponerle fin a aquella tortura, ella jamás cambiaría de parecer y yo tenía que dejar de intentar que lo hiciera. Ese viaje sería el comienzo del fin. Sabía que nunca encontraría a alguien que me hiciera sentir lo que sentía por ella, pero tendría que intentarlo. Ya había perdido a una mujer como Bianca a causa de ese amor y no podía dejar que eso se repitiera. Ni siquiera tenía claro que realmente pudiéramos ser amigos, necesitaba a Idaira en mi vida, pero confieso que había sido más fácil durante todos los años que permanecimos separados, ahora entendía a lo que ella se refería cuando decía que cortar de raíz era la única opción. Sentirla tan cerca y a la vez tan lejos me hacía daño, mucho daño.

Las dos horas y media que tuve esperar en la terminal se me hicieron eternas. Me puse nervioso cuando comenzó el embarque, pero me relajé una vez que tomé asiento en el interior del avión, junto a la ventanilla.

Estaba muy ilusionado con esa nueva aventura, no podía parar de pensar en las nuevas tablas de surf que me iban a proporcionar, las playas en las que iba a estar, la cantidad de gente a la que iba a conocer y, por supuesto, en lo que la experiencia supondría para mí. Pero al mismo tiempo estaba triste por no poder compartir todo eso con ella. A veces tenía la sensación de que había perdido a Idaira hacía ya muchos años, cuando se marchó de la isla. No podía seguir siendo mi prioridad, tenía que aceptar que ya nada volvería a ser como antes y dejar de esforzarme por hacerla recapacitar.

A veces querer mucho a alguien no es bueno, porque ese amor se hace tan grande que eclipsa cualquier otro sentimiento. Es como un satélite siempre orbitando en torno a tu cabeza, emitiendo señales clandestinas que no te dejan avanzar, como un fantasma que siempre está ahí para recordarte que nadie llegará a su altura.

Me puse los auriculares para escuchar mi lista de reproducción. Saqué el sobre que Idaira me había entregado y lo abrí. Saqué la carta escrita a mano que había en el interior.

Airam:

Aprovecho que no puedo dormir y que todo está en silencio para escribirte unas líneas que consigan plasmar todo lo que siento.

Cuando leas esto, ya estarás en el avión camino de Australia. Sé que es una experiencia única y no sabes lo orgullosa que estoy de ti y lo mucho que me alegra que, por fin, salgas de la isla y de tu zona de confort. Espero que las olas sean buenas y que disfrutes mucho de esta aventura. Lo pienso y en el fondo te envidio, ojalá tuviera ese espíritu salvaje tuyo para poder enviarlo todo a la mierda e irme contigo, porque hay vivencias que no se deberían dejar escapar y esta es una de ellas, pero mi sentido de la responsabilidad y mi afán por tenerlo todo bajo control, como tú siempre me dices, me impide abandonarlo todo e irme.

Hay unas cuantas cosas que me gustaría decirte, te las habría dicho hoy en persona, pero sé que me habría puesto toda sentimental y tú habrías insistido en que me fuera contigo, que lo único que necesito para ser feliz eres tú, y puede que tengas razón, porque a estas alturas siento que no soy cien por cien feliz salvo cuando estamos juntos. Supongo que la felicidad son solo momentos.

Soy consciente de que conocerme te ha causado mucho dolor en el pasado y espero que un día comprendas por qué hice lo que hice. Tenerte en mi vida es un privilegio al que nunca debí rehusar y eso lo comprendo ahora.

Me estoy acordando de aquella película romántica que vimos en el cine de verano la primera vez que hicimos el amor. Sí, esa en la que tú te reías del protagonista porque le escribía cartas de amor a la chica. Me pregunto si ahora también te reirás de mí por escribirte estas líneas. No, sé que no, sé que te sacaré alguna sonrisa o incluso puede que una lágrima. Esa es la cuestión, que nos conocemos demasiado bien el uno al otro. Hemos compartido demasiados recuerdos y siento que nunca podré olvidarme de ti, pero tenemos que intentarlo, no podemos seguir siendo amigos y acostarnos cada vez que nos veamos, porque me quema la piel.

Dicen que la distancia es el olvido, pero yo, después de varios meses sin verte, he vuelto a sentir lo mismo que esa noche de agosto en la playa, lo mismo que la primera vez, y no dejo de pensar en ti.

Sé que este viaje marcará un antes y un después para nosotros. Ambos lo sabemos.

Solo quiero que sepas que ni las palabras mejor escogidas, ordenadas en las frases más bonitas, podrán plasmar lo que por ti albergo en mi alma.

Disfruta de este nuevo comienzo, vive y sé muy feliz.

Te quiero,

IDAIRA

Suspiré hondo, volví a doblar el papel y lo guardé en el sobre con el corazón lleno de una incomprensible amargura. No era la primera vez que Idaira se abría de esa forma, pero sus confesiones de amor eran tan poco frecuentes que, cuando llegaban, te tocaban el alma. En parte me molestaba, estaba enfadado con ella y conmigo mismo. ¿Por qué, si me quería tanto, si nuestro amor era correspondido, no podíamos estar juntos?

Busqué en mi móvil la maqueta que había grabado ese verano después de que pasásemos la noche juntos en la playa. Era la misma canción que compuse para ella con mi guitarra, pero me había atrevido a ponerle palabras a aquellas notas que tanto transmitían. La grabé en el estudio de un amigo y el resultado no me desagradó, tengo que decir que las nuevas tecnologías y los efectos ayudaban bastante a darle ese toque más cálido y acogedor a mi voz.

Cuando uno siente un amor como ese, exteriorizarlo a través de la música o cualquier otra forma artística es la mejor forma de liberarlo.

Le di al play y fijé la vista más allá de la ventanilla. El señor que estaba sentado a mi lado se levantó para dejar que alguien se sentara. No presté demasiada atención a lo que estaban hablando porque aún pensaba en las palabras que Idaira había escrito en su carta.

Me molestaba que la gente pidiera cambios de sitio por toda la cara cuando existía la posibilidad de reservar el asiento online pagando un poco más.

Tenía la mirada perdida en la pista cuando la chica que se había sentado a mi lado me quitó un auricular.

—¿Qué escuchas?

—¡¡¡Su puta madre!!! ¡¡¡Ños, qué susto, loco!!! —Di un respingo en el asiento.

Antes de mirarla ya sabía que era ella, por su olor y su voz. Tenía el corazón a mil, no solo por el susto, sino porque por un momento pensé que el avión se había estrellado y no me había enterado. Tenía que estar muerto o soñando, porque aquello no podía ser real.

Antes de hacerme demasiadas ilusiones puse mi mano sobre su mejilla. Me quedé mirándola sin habla, sintiendo la calidez de su piel. Estaba preciosa.

—Vaya, esperaba escuchar algo más romántico —dijo con su sonrisa radiante.

—*Mil veranos contigo* —dije cuando fui capaz de reaccionar.

85
IDAIRA

Afortunadamente tenía el pasaporte recién renovado pues se suponía que en septiembre debía haberme ido de viaje de novios.

Fue un impulso, una de esas locuras que se te pasan por la cabeza y dices: es ahora o nunca. Miré los billetes y aún había plazas en el mismo vuelo, casi tres mil euros, y eso que eran en turista, pero la sensación que me inundó al comprarlo no tenía precio. Nunca en mi vida había hecho la maleta tan rápido, jamás me había importado tan poco que las prendas no estuviesen conjuntadas o que no llevase todo lo que pudiera necesitar, porque lo único que de verdad necesitaba era estar a su lado.

Al fin y al cabo, ¿no era él la razón por la que estaba en ese punto de mi vida? Lo había dejado todo porque quería volver a sentir esas mariposas, esa sensación de caída libre, ¿no fue eso lo que le dije a Julián?

Con uno de sus auriculares en mi oreja escuché aquella maravillosa canción que un día compuso para mí y que ahora sonaba más real y más intensa que nunca. Se me erizó la piel al oír la letra.

Le di un beso. Su cálida boca respondió al estímulo. Fue el beso más corto y a la vez más intenso que jamás nos habíamos dado.

Por primera vez en mi vida no tenía una meta que alcanzar, solo vivía el ahora, y no había nada más liberador que aquella sensación.

Sí, lo había dejado todo, pero estaba cansada de luchar contra aquel sentimiento. Ya encontraría otro trabajo, al fin y al cabo, estos son sustituibles, las personas no lo son.

A veces la paz se encuentra simplemente dejándose llevar, ir a contracorriente puede resultar agotador. Porque ¿adónde conducía todo? Conducía al otro. Estábamos unidos de forma irrevocable.

Siempre habrá algo que perder, incluso aunque se gane, pero, como me dijo Airam aquella vez que nos despedimos en el aeropuerto de la isla: «Sabes que has tomado la decisión correcta cuando ganas más de lo que pierdes».

Conforme el avión iniciaba el despegue, lo hacía nuestra vida juntos.

Australia
Sé que te gustaría saber qué pasará
en ese viaje, qué les deparará el destino a
Airam e Idaira, pero, al igual que sucede en la vida real,
no podemos saberlo si no nos arriesgamos.
Atrévete a vivir tu propia historia de amor. Nunca
sabrás qué te tiene la vida preparado si no lo arriesgas
todo y sales de tu zona
de confort.
A veces es suficiente
con apostar por
una persona.

Nota de la autora

Aquí deberían ir mis agradecimientos, pero si me pongo a agradecer a todas las personas que han hecho posible esto, no terminaría nunca, así que prefiero centrarme en la más importante de todas: tú que tienes este libro entre tus manos. Quiero darte las gracias por haber llegado hasta aquí. Sin ti nada de esto habría sido posible. Y es que sin el apoyo de mis lectores nunca podría haber visto publicada esta novela con uno de los sellos que más admiro. Publicar con Suma de Letras es un sueño hecho realidad, no solo porque las autoras y los autores que más respeto publican bajo este sello, sino porque cuando escribí esta historia pensé que si algún día una editorial la editaba tenía que ser esta y así ha sido. Y todo, como digo, gracias a mis lectores y al ruido que han hecho hablando de esta novela, pues después del lanzamiento muchas editoriales se interesaron en publicarla, pero yo fui fiel a mis ideas hasta que un día, cuando menos lo esperaba, llegó el mensaje de mi editora Ana. ¡No te imaginas qué ilusión me hizo!

Este es solo el inicio de una nueva etapa en la que espero que me acompañes. A continuación te dejo mi página web, donde encontrarás todas mis novelas, próximas publicaciones, redes sociales y contenido gratuito. Así como un acceso directo a mi lista de lectoras y mi contacto personal. Estaré encantada de hablar contigo.

Si te ha gustado esta historia recomiéndala y déjame tu opinión. ¡Gracias por tu apoyo! Significa muchísimo.

Un beso muy fuerte.

https://elsajenner.com

Este libro
se terminó de imprimir
en el mes de mayo de 2022